カメレオン

Anzu & Mickey

私みたいなモンの話に興味を持ってくれはって、ありがとうございます。

何から話しましょう？

私は神戸で生まれ、大学病院のお医者さんで転勤の多かったお父ちゃんの仕事の関係で、姫路と大阪の下町を転々としながら大きくなり、奈良の高校を卒業したあと、大阪にある服飾デザインの専門学校に進んで、今はこうして京都で働いてます。自分のことは「関西ミックス」やと思うてます。ほら、お好み焼きとかサラダとかに、なんとかミックスってあるでしょう？　あれとおんなじ。

名前は、都築杏子（つづききょうこ）。

つづきは、都を築く。きょうこは、杏（あんず）の子どもと書いて、きょうこ。ファッション関係の会社にお勤めしてた頃にはよく、上司や同僚や出入りの業者やお得意さんから「えらいかっこエエ名前やなぁ」と褒められてました。名前の自慢してもしょうがないですけど、名前くらいしか、うちには自慢するものがあらへんし。

あの人からは「あんず」と呼ばれてます。

私はあの人からそう呼ばれるのが好き。なんでかというと、私を「あんず」と呼び捨てにするのは、あの人だけやし。それもあるけど、それ以前に、なんて言うたらええのかな、私ね、自分の名前をあの人に呼ばれるだけで、つまり、うちの名前があの人の唇のあいだから出たというだけで、嬉しくてたまらなくなるの。アホみたい？　でもこれ、ほんまのほんまなの。

「あんず、ちょっと来いや」

この命令形が、たまらなく好き。なんやけど、そんなことはおくびにも出さず、ふり返りもせず、素っ気なく答えます。

「なに？」

「ええからちょっと、来い」

なんという亭主関白ぶり。まるで化石みたいな男です。

「あとにして。今、忙しいねん。ごはんつくってるとこやし」

「飯の支度なんかあとでええから。おいで」

ここでぐぐっと優しい口調になるところが、まっこと、憎たらしい。

「手、離せへん言うてるやん」

「何してんねん」

「天ぷらも揚がったとこやし、大根おろし、擂(す)ってんの」

「そんなもん、あとで俺がなんぼでも擂ったる。ほったらかして早(はよ)う来い」

「髪の毛、油臭いし、いやや」

ほんまは、この油臭さをあの人の体にすりすりしたい思うてます。

「おまえ、俺の言うことが聞けへんのか」

「もぉ」

天ぷら鍋の火がちゃんと消えてるかどうかを確認したあと、唇をとんがらせて、私は嬉々として、まるで子犬のようにしっぽとお尻をふりふりしながら、あの人のそばまですっ飛んでいきます。あの人の命令は、私にとっては絶対的で、圧倒的なもの。だって、あの人は、うちの命よりも大切な旦那様やからね。太陽みたいな、神様みたいな存在と言ってもいいかもしれません。

とにかく私は、いったん惚れたら、とことんついてゆくの。なりふりかまわず、どこまでも、ついてゆく。尽くして尽くして、尽くしまくる。生まれつき、そういう女やねんね、うちは。それで過去には失敗も色々したけど、後悔はちっともしてへんよ。

結果的には、今こうして、最愛のあの人と一緒になれたしね。これからも一生、一緒にいる。くっついていく。磁石と砂鉄みたいに。殻に入った二粒のピーナッツみたいに。私があの人の影みたいに、かな。とにかく、何があっても、うちはあの人から離れないの。

あの人の名前？

笹本幹広さんといいます。中学校の体育の先生。柔道部とソフトボール部と陸上部の顧問もしてます。生徒たちからは「ミッキー」と呼ばれてて、私も普段はそう呼んでます。

家のなかではうちらは、ミッキーとあんず。

可愛いですか？　絵本みたいでしょ。アニメのキャラみたい？

うん、ミッキーはね、名前だけやなくて、姿形も本当に可愛いの。体はでっかくて、いかつくて、体重も小柄なお相撲さんくらいはあって、狭いアパートの部屋のなかでは非常に嵩張ってるけれど、性格は、子猫みたいに可愛いの。年は私よりもひとつだけ上。そうそう、目も可愛いの、くりくりっとしててね。その目のなかに入れても痛くないくらい、私のこと、可愛がってくれてて、そして、ものすごう頼りになる、男のなかの男なの。うち専属の可愛いでっかいおす猫やねんね。猫というより、狼かな。ライオンかもしれんな。私のこと丸ごと、むしゃむしゃ食べてしまうのが大得意やから。

「なあ、ミッキー。質問がある」

「なんやねん」

「うちのこと、愛してる？」

「愛してるがな」

「どのくらい？」

「そうやな、あんず百個くらい、いや、百万個くらい」

「証明して」

「堪忍。俺、あんずの食い過ぎで、もう腹いっぱいやねん。一個も食えへん」

「なんや、いっこも愛してへんのやんか」

実はこれ、天ぷらをほったらかしにして、お布団のなかで事に及んだあとの、あんずとミッキーの裸の会話。

夫婦善哉（めおとぜんざい）、ならぬ、夫婦前菜（ぜんさい）。晩ごはんの前に、私はさんざん料理されて、もみくちゃにされ、ふにゃふにゃになり、くたくたになってしまったという次第です。

だいたい毎晩がこんな感じ。

幸せやけど、ときどき、ううん、しょっちゅう不安になる。こんなに好きになってしもて、ええのかな。こんなに好きになってしもたら、別れる時はつらいやろな。別れる時いうのは、もちろん死に別れということ。私が先に死ぬのは問題ないけれど、たとえば先にミッキーが死んでしもうたら、うちはあとを追って死なずにいられるやろか。

二年前から、一緒に暮らしてます。知り合ったのは、その半年ほど前かな。

祇園のはずれにある「桃」という名前のスナックで。いつどこで迷子になってもおかしくないほど、入り組んだ細い路地。路地と路地のあいだを流れるちっこい川に架かっている、これまたちっこい石の橋やら木の小橋やら。濃密な夜の闇のなかに突然、浮かび上がってくる花火が見えたかと思うたら、それはまるで生きてるお人形さんみたいな舞妓（まいこ）はんや、これからお勤めに出かける粋な芸妓（げいこ）はんやったりする。「桃」があったんは、そんな場所。

会社の飲み会の二次会で、上司や同僚や先輩たち、総勢七人くらいと一緒に「桃」に流れていった時、ミッキーもそこで飲んでたんです、ひとりで。先輩社員のひとりとミッキーが大学時代の同級生やったらしくて「おう、久しぶりやないか。こんなところで会うなんて奇遇やなぁ」「せっかくやし、一緒に飲も。みなを紹介するわ」――そんなノリで、ミッキーも私らの輪のなかに入ってきて、みんなでわいわい楽しく飲みました。

うちらは自己紹介をし合ったり、世間話もしたと思うけど、その時には、私はミッキーに対して、特別な感情は抱いてなかったという気がします。なんや、熊のぬいぐるみがそのまま人間の男になったみたいな人やなぁ。第一印象はその程度やったと思う。

小一時間くらいして、私は「お先に失礼します」と言って席を立ちました。そろそろ帰ろし。

う思うて。うちには門限もあったし。食べ盛りの子どもらの、夜食もつくらんならんかったし。

店の外に出ると、ぶるっと震えが来たのをよう覚えてます。そう、その日は三月の初めやったんですけど、まるで冬が忘れモンを取りにもどってきたみたいな、冷たい寒い夜やった。風もぴゅうぴゅう吹いてたし。月は三日月やったなぁ。私は空を見上げて、薄手のコートの襟をかき合わせながら「あ、店のなかに、マフラー忘れてきた」と、気づいてたんですけど、取りにもどるのはなんや面倒くさいような気がして、そのまま歩き始めた。と、その時、うしろから追いかけてきて、声をかけてくれた人がいた。

「都築さん、都築さぁん、ちょっと待ちぃな。待ってぇな」

立ち止まってふり返ると、そこに、ミッキーが立っていました。フード付きの黒いダッフルコート。その時も思ってた。遊園地の着ぐるみの熊さんみたいで可愛いなって。一緒に遊んだら、楽しいやろなって。

「ああ、笹本さん。どないしはったん？」

その答えは、私の目に映ってました。ミッキーの手に握られていた、うちのマフラー。色はオフホワイト。ミッキーの手にかかって、まるでハンカチみたいに見えました。

「これ、忘れモンです」

「あっ、おおきに」

受け取って、マフラーを巻いていると、

「実はほかにも、あとひとつ忘れモンがありまして」

ミッキーは、にこにこ顔でそんなことを言うのです。

「え？」

私はあわててバッグに手を伸ばしました。財布でも忘れたんかな、と思ったのです。でも、財布はちゃんとバッグのなかにありました。

「知りたいですか？　忘れモンの内容」

「はぁ？」

「忘れモンいうよりも、お届けモンなんやけど」

「なんでしょう？」

くるくるした――そう、くりくりやなくて、くるくるなんです、ミッキーの瞳は――円らな瞳を見上げて問うと、

「ほんまに、知りたい？」

恥ずかしそうに――実は、そういうふりをしていただけ――ふたたびそう言って、

「ほな、歩きながら話そか。バス停まで送っていくし」

ミッキーはすたすたと私の前を歩き始めました。

「あの、うち、タクシーで帰りますんで。話なら今ここで済ませてもらえます？」

背中に向かってそう言うと、ミッキーはふり向いて、問い返してきたんです。

「都築さん、どうしても、家には急いでもどらなあかんの？」

「いえ、特別に急いでいるというわけでは」

門限があるとは正直には言えず、私はそう答え、答えたあと、たずねました。

「なんなんですか？　そのお届けモンいうのは」

「それなんやけど、それはな、あのな、俺の絵のモデルになってくれへんかなと思うて」

「モデルぅ！　絵のぉ？」

思わず知らず、素っ頓狂な声を出してしまいました。

あんた、アホとちゃう？　それって、まるで大昔のドラマの台詞、そのままやん。そんな古くさい手で女を引っかけようとしても、考え甘いで。などと思いながらも、私の気分はまんざら悪くはなかったんです。むしろいい気分やった、本音を言えば。

そういえば、さっきお店のなかで、ミッキーは「俺の趣味は油絵やねん」と言って、まわりにいた人から「嘘つけ」とか「そんなん似合わへんで」とか「冗談は顔だけにせぇ」とか「弘法も筆の持ち誤りや」とか、訳のわからへんことを言われ、さんざんからかわれていた。

それに対して、ミッキーは真剣に、今は体育の先生をしているけれど、絵は絶対に趣味では終わらせたくない、みたいなことを言ってました。その時のミッキーの真剣な目つきを思い出しながら、私は訊いてみました。おそるおそる。

「モデルって、まさか、ヌード、ということやないですよね？」

「それは、違います。でもまあ、成り行きで」

ますます、アホかいな？　と思うてました。成り行きで裸になる女が、どこの世界にお る？　冗談やめてんか。そう思いながらも、ますます非常に困ったことに、私がこの人の絵のモデルになったあとには、いったいどんな楽しい成り行きが待ってるのやろ、とワクワクしている自分に気づいていたのでした。しかしそんな自分をぐっと抑え込み、

「成り行きで裸は困ります」

ぴしゃりと言ったあと、ポーカーフェイスで、付け加えました。

「裸やなかったら、うちでもよければ……」

考えてみます、という言葉に、ミッキーの言葉が覆いかぶさった。

「ほな、引き受けてもらえるんやな。わぁ、どないしょう。嬉しいなぁ」

早合点も独り相撲も、早い者勝ちということでしょうか。ミッキーは勝手に話をどんどんまとめていくのです。すぐあとで、わかりました。とにかく手も足も口も早いのは、ミッキ

ーの得意技。先手攻撃、速攻、盗塁、百メートル全力疾走、あと、寝技も。あと、頭の回転も速い。

「せやけど、なんでやの？　なんでうちを？」

選びはったん？　と心底、不思議に思ってました。左手の薬指にはまっている指輪を、左手の親指の腹で確かめるように撫でながら。私は結婚してるし、一緒に飲んでた女の子たちのなかには、私よりも若くて、私よりもきれいで、個性的な子がおったのに。なんで、うちなんやろ？　そう思ったあと、もしかしたら、私が人妻やからこそ、この人は安心して、うちに頼もうと思ったのかもしれへんなと思い当たった。結局それは、見事にはずれてたんやけど。

「なんで、都築さんに声かけたか？　その答え、知りたい？」

「知りたい」

私がそう答えるのと、いきなりぎゅううううっと抱きしめられたのは、ほとんど同時やった。びっくりして、息が止まってしまいそうになった。「むぎゅう」って、ほんまに骨の音がしたような気がするくらい、強い強い強い力。

なになになに？　いきなりなんなんや、これは？　頭のなかは意外にも冷静やった。頭は冷静で、体は正直。うん、正直に、なんや知らんけど、喜んでいたような気がする。熊さんの胸、あったかい。いい匂いがする。うちの口紅、胸についてしもたんとちゃうか？　でもまあ、これで証拠を残すことができたかもしれんな。証拠？　そう、うちらが今夜、抱き合ったという動かぬ証拠。

実はその時、ふたりが歩いてた細い路地に猛スピードで入ってきたバイクから、うちを守るために、ミッキーはそういう行為に出たのでした。

運命のバイク？

その通りやと思います。あれは、うちらの運命のバイクやった。乗ってた人は、黒っぽいジャンパーに黒っぽいズボンを穿いてた。もしかしたらあれは、神サンやったのかなぁ。

猛スピードでバイクが走り去ったあと、私はすぐにはミッキーの胸から離れられへんかった。

なぜならば、バイクが去ってしまったあと急に、というか、そこで初めてというか、私の胸には恐怖がこみ上げてきたんです。

「ああ、怖かった」

「俺も怖かった。もうちょっとで撥(は)ね飛ばされるとこやったな」

私の膝はガクガクしてた。もっと抱きしめていて欲しかった。その思いが通じていたのか、ガタガタ震えている私の体をミッキーも抱きしめたまま、なかなか離そうとしなかった。恐怖が少しずつ、安心に変わっていくのがわかった。

ミッキーの胸は広くて、あたたかくて、干し草みたいな、お陽様の当たってる猫の毛みたいないい匂いがして、そしてものすごく、堅かった。

驚きのあと、急にドキドキがやってきた。なんや、このドキドキは？　そう思ったらさらにドキドキしてきた。それは決して緊張とか興奮とかではなかったし、ああ、なんて言えばいいのかな、あの時の気持ちをあえて言葉にするなら「とうとう来た」――そんな感じになるのかな。ああ、とうとう、こんな日が来てしまった。これは隕石かもしれん。私は隕石にぶち当たられてしまった。ぶち当たられて、うちは流れ星になってしもうた。あとは、燃え尽きて、流れて、消えてしまうだけや。

ミッキーはそんな私を抱きしめたまま、独り言をつぶやいている。

「うん、うん、これやねん、これこれ」

「これって、なに？」

「ん、これがな、さっきの質問の答えや。なんで、都築さんにモデルになって欲しいか？　俺、これが欲しかったんや」

低くて、艶のある声。男の情熱全開の。なんて素敵な声やろう。

耳もとで囁(ささや)かれて、私はもうメロメロになってた。とろけそうな感じ？　ぞくぞくする？　そう、恋したことのある人なら、誰でも経験したことがあると思うけど、脳味噌がとろけそうな感じになってて、でも、ある一点だけは妙に冷めてて、体中の神経がぴりぴりしてるというのか、自分で自分の気持ちをうまくまとめることができなくて、どうしよう、どうしよう、と、焦ってる。そんな感じやった。けど、うちは子どもとはちゃう。大人の女やし、そんなことは素ぶりにも見せず、ミッキーの両腕からするりと抜け出した。

「困ったなぁ。どうしよう？　モデルにはなってもかまへんけど」

「俺のモンにはなれへん？」

「堪忍ね。到底無理やわ。うち、結婚してるし」

「そんなん、関係ない」

「笹本さんにはなくても、うちにはあるもん」

「ない！」

「ある！」

「よっしゃ、ほんなら賭けするか？　あるかないか」

「何を賭けるの？」

「決まってるやん。都築さんの唇や」

「冗談やめて、そんなん、いややや。困るわ」

「唇の方は、いやがってへんみたいやで。試してみるか？」

「そんな下手な冗談、犬も食わへんわ」

そんなことを言い合って、ふたりでゲラゲラ笑い合ってました。私は、顔では笑っていたけれど、笑っていたのは顔だけで、顔以外は全然、笑ってへんかった。どうしよう、どうしよう、困ったことになった。さっきからずっと、おんなじこと、思ってた。ああ、とうとう、こんな日が来てしまった。これは隕石かもしれん。うちは隕石にぶち当たられてしまった。ぶち当たられて、私は流れ星になってしもうた。あとは、燃え尽きて、流れて、消えてしまうだけや――。

私の脇腹についてる傷跡が赤くなって、じんじんと熾っているのがわかりました。昔、ちょっとしたアクシデントに見舞われ、その時に縫った五針ほどの傷跡。それがときどき、こんな風に、まるで熱を帯びたみたいになるんです。私の体の上で、生き物みたいに、のたうちまわるの。たとえば、感動で胸がいっぱいになってる時とか、反対に、ものすごく腹の立つことがあった時とかにね。この傷跡が反応する、ということは、それは私の感情がほんまモンやということの証なんやね。

この傷跡を、うちはいつかこの人に、見せることになるのかなぁ。近い将来。いつか、見せたい。見て欲しい。見られたい。きっとそうなる、そうなるに違いない。そんなことも思ってたなぁ、あの時。

こうして、私はミッキーの女に、あの人のモンに、なってしまいました。まんまとはめられたんやね。

モデルにもなったよ。もちろん、裸で。せやけど、絵は一枚も完成されへんかった。ミッキーは、私の洋服を脱がせるたびに、「絵なんか描いてる場合とちゃう」と言って、別の創作活動に夢中になるのです。私も、モデルよりもそっちの方がずっと好き。ミッキー以上に夢中になった。

これは少しあとで聞いた話なんやけど、ミッキーが私に、絵のモデルになって欲しいとひらめいた本当の理由は、私の「肌の色がきれいや」と、スナックで飲んでる時、思っていたからやそうです。今でもミッキーはよく、私の肌の色を「きれいやねぇ」と褒めてくれます。

「色が微妙に変わるねん」

と、言います。自分ではようわかりませんけど。

「ほら、見てみ。今すうぅっと色が変わったで」

などと、裸で抱き合ってる時、突然、言い出すこともあります。

「あんずの肌って、カメレオンみたいやな」

「うん、うちはね、男に合わせて色を変えるのよ」

「そんなん、許さへん。おまえは俺の色だけに染まっとったらええねん」

幸せ過ぎて、私も、私の傷跡も、くねくねと蠢き（うごめ）ます。

私は、恋多き女ではないけれど、恋濃き女やと思います。そう、濃く、たっぷりどっぷりと、深く、染まるのが好きなんやね。体も心も、頭のてっぺんから爪先（つまさき）まで。髪の毛の一本一本まで。血管のなかの血の色まで。

「ああ、もう、天ぷらがすっかり冷えてしもうた」

「ほな、鍋焼き天ぷらうどんにして食お。天つゆあたためたら、だし汁になるやろ」

「賛成！」

「餅も入れよう。ある？」

「あるある」

お餅はミッキーの好物なので、一年中、欠かさないようにしています。

冷蔵庫に残っていたお魚の切り身と野菜で即席鍋をこしらえて、ふたりでふぅふぅ言いながら、熱燗飲んで、お鍋をつついて、最後は天ぷらとおうどんとお餅も加えて、ああ、ミッキーとこうして毎晩、美味しいアツアツのごはんをおなかいっぱい食べられる幸せ。

ごはんのあとは一緒に狭いお風呂に入って、背中を流し合い、気が向いたらそのあとで、もういっぺん、デザート代わりにミッキーに齧（かじ）られたり、果物みたいに皮を剥かれたり、アイスクリームみたいに舐められたり、ふたりでべたべたいちゃつくこともあって、それもまた楽しからずや。

心も体もふたりでひとつ。

私は幸せです。ほんまにほんまに幸せモンやなと思います。

「ミッキー」

「なんやねん」

「うちのこと、好き？」

「おまえ、なんべん言わせるねん。決まってるやないか、大嫌いや」

そんなことを言いながら、私の体を折れそうになるくらい、ぎゅうぎゅう抱いてくれて、しまいには体の一部が痺れてしまって、なかなかもとにもどらないこともあります。

「まだ、足らんのか」と言いながら、何度も何度も川の向こう岸まで泳いでいかされて、気持ちよくくたびれ果てた私は、ミッキーの体に両手両足を巻きつけて、ミッキーの皮膚の色に染まったまま、目を閉じて、安らかな眠りにつくのです。

「おやすみ」

「おやすみ」

あ、雨が降ってきました。

最初はその雨音が強まっていきます。でもずっと聞いているとだんだん、その音は弱まっていきます。ああ、だんだん眠りの世界に入っていく。吸い込まれるように、あともうちょっと、あともうちょっとで、ぐっすりと寝てしまえる。今夜もそう思っているのですが、あるところまで来ると、ふっと途切れます。その瞬間、私は自分の体温がすっと下がって、冷たくなるのを自覚するのです。

わかるんやね。

どんなに眠りが深くなっていても、うちにはわかってしまう。

真夜中の十二時か、一時か、その前後くらいに、ミッキーはお布団から抜け出して、音を立てないように細心の注意を払いながら、部屋から出ていく。ミッキーには帰るべき家、帰らんとあかん場所があるんです。

私は目を覚ましているけれど、いつも寝たふりをしている。ミッキーのため？　自分のため？　たぶんその両方のためかな。もしかしたら、それらのどれでもない、何か得体の知れないもののためかもしれんな。

雨音はさっきよりも激しくなっている。土砂降りに近い雨や。

「ミッキー、傘、持っていき。濡れるで」

言いたくてたまらないけど、私は何も言わない。ううん、言えへん。私の傘はどれも派手な色とデザインやし、そんな傘、ミッキーは家には持って帰られへんし。持って帰ってくれたって、うちはかまへんのやけれど。

ドアがあいて、ミッキーは部屋の外に出て、ドアを閉める。外から鍵を掛ける。雨音のなかに消えてゆくミッキーの足音を、私は耳をピーンと立てて、聞いている。そんな悲しい音、聞きたくもないのに、なんでやろ、なんでか知らんけど、いつも、いつまでも、聞いてしまうの。きっと、もしかしたらあの音はだんだん小さくなって消えてゆくのではなくて、途中から大きくなって、ミッキーはもういっぺんここに、私のそばに、もどってきてくれるかもしれへん、と、無意識のなかで、期待してるんやろうね。そんな期待、絶対に、天と地が逆さになっても、叶えられることはないって、頭ではようわかってるんやけど。

期待の音というのは、すなわち、絶望の音なんやね。

悲しいね。

悲しい女やね。

うん、ものすごく悲しいよ。

私の全身は涙になってる。全身、涙の塊や。けど、涙が多過ぎるせいか、うまく流れてこないの。それに、いったん泣き出したら、涙が涙を呼んで、もっと悲しくなるのがわかってるから、うちは泣かない。泣かないけど、悲しいの。悲しいけれど、でもそれが私の現実なの。

私は、無人島に取り残された、哀れなカメレオン。ミッキーがいなくなったあと、私の皮膚の色は、死人みたいに白くなるの。ミッキーがいないから、まっ白なシーツの色に染まるしかないでしょう。白いカメレオンは、体温を極限まで落として、まるで冬眠でもするみたいに体中の神経を殺して、まぶたをぎゅっと閉じて、明け方まで浅い眠りの世界を彷徨（さまよ）いつづけるの。冥途って、こんな感じなんかなぁって思いながら。

ときどき、我慢できへんようになって、わあわあ泣いてしまうこともあるよ。そんな夜には、翌朝、起きた時まぶたがくっついてしもうて、目があかへんようになってる。なんにも見えへん。けど、それでいいの。なんにも見えへん方がいい。ミッキーのいない世界を、私は見たくないの。

そこは殺伐とした、生命のかけらもない、寂しい無人島。誰もいない世界。

涙も涸れ果て、干からびたカメレオンは、それでも力をふりしぼって、波打ち際にあるコナツの木に登る。てっぺんまで這い上がってゆく。そして、遥か遠くまで渺々（びょうびょう）と広がっている大海原のその彼方に向かって、叫ぶの。声にならない声で、声を限りに。

早くもどってきて。この島に、私を迎えに来て。死にかかっている私を、救いに来て。救い出して、あなたの熱い息で、私を生きかえらせて。うちの体をぎゅうぎゅう抱いて、あなたの色に染めて。お願いや、ミッキー。

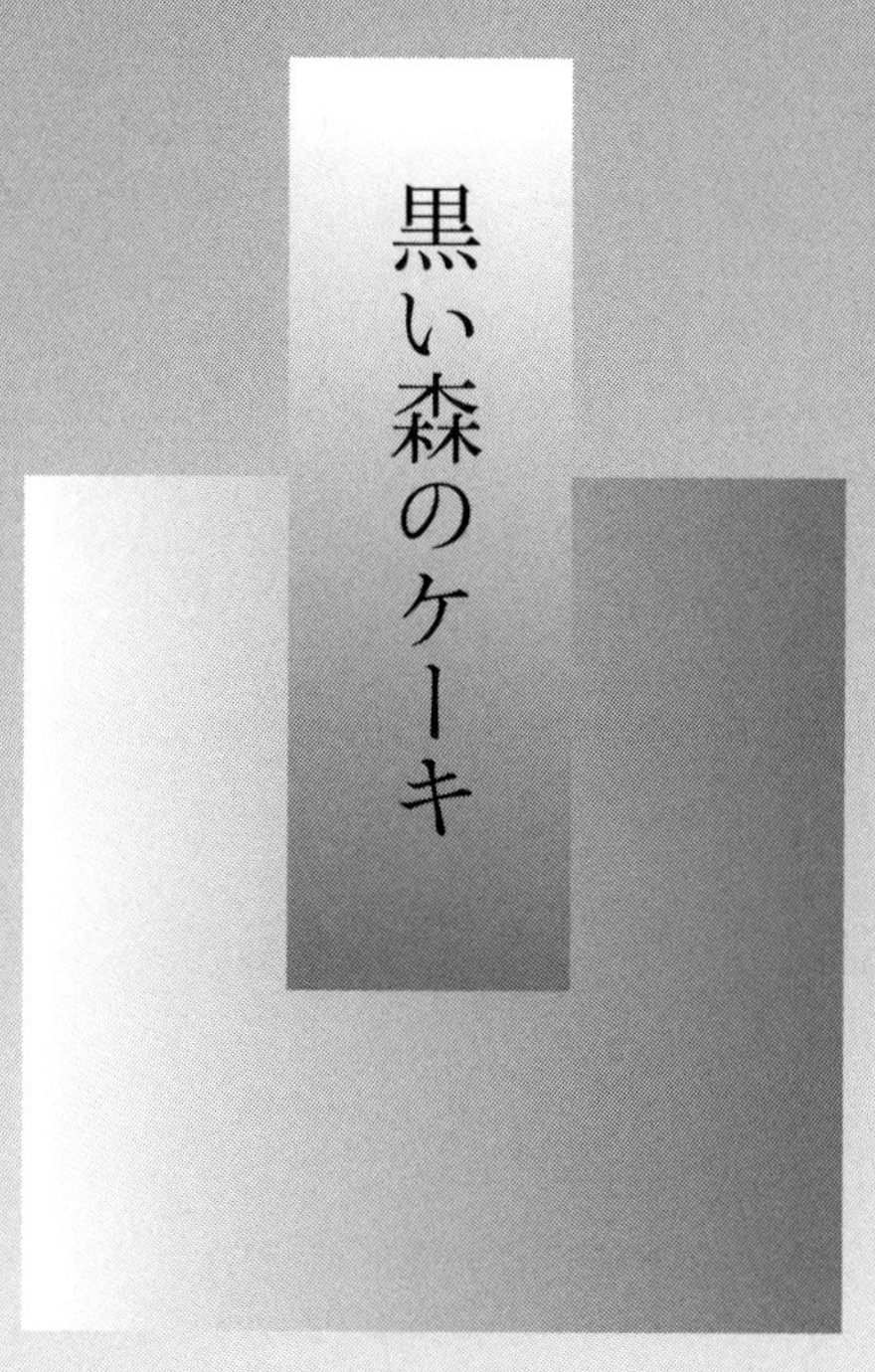

黒い森のケーキ

Mizuki & Akinori

雨が好き。

真夜中にやってくる雨は、特に。

音もなく、けれども気配だけは濃く漂わせ、闇に銀色の無数の斜線を引くようにして降り始め、部屋中の時計の秒針を雨粒に変えてゆく。丹念に、一秒一秒を、ひとつぶひとつぶの雫に。それから、まるで意を決したかのように、確信犯的な音を響かせて、夜を一枚のベールで覆い尽くす。その日、あるいは、その週に起こった、できるだけ早く忘れたいような出来事をすべて、ご破算にしてくれそうな頼もしさで、屋根を窓ガラスを縁側を物干し竿をずぶ濡れにしてゆく。そんな雨が、好き。

わたしは、雨を喜ぶ。

古いこの借家の三方を取り囲んでいる生け垣の紫陽花（あじさい）たちと、裏庭に立っている桜の老木と、隣家とうちの前庭の境界に植わっている銀杏（いちょう）の木と一緒に。紫陽花の葉の裏にくっついている、でんでん虫と一緒に。家の近くの畑のそばにある、池のなかに棲（す）んでいる蛙たちと一緒に、わたしも喉を震わせて鳴きたくなる。おすを求めるめす蛙になって。いつだったか、愛しい人と交わした会話を思い出しながら。

――今年は色がうすいな。去年はもうちょっと、青が深かったような気がするけど。

――紫陽花はね、本格的な梅雨の季節が来たら、色が濃くなるの。白は水色に、水色はブルーに、ブルーは青紫に。ピンクは紫がかった紅（くれない）に。数えてみたらね、七つくらい色があるの。これって、七変化？

――雨に濡れたら色が変わるなんて、誰かにそっくりな花だな。

――どういうこと？

――知ってるくせに。

――知らない、そんなこと。

――教えてあげようか。

そのあとに、シーツの上に降らされた土砂降りの雨。

雨は必ず、わたしのもとに何かを連れてくる。美しい何か。せつない何か。幸福な何か。優しくて残酷な何か。そんな予感がするから、雨が好き。もしかしたら、胸を引き裂かれて泣きたくなるようなことを連れてくるのかもしれないけれど、それでも、かまわない。何もやってこないよりは、いい。砂漠のように乾いた人生よりも、涙で潤っている人生をわたしは選ぶ。

待たない人生よりも、待つ人生を。

絶望するとわかっていても、待ち望みたい。

窓辺の長椅子に寝転んで、いつのまにか穏やかに老いたような雨音に包まれて、大好きな作家の書いた本を読みながら、わたしは今夜も待っている。

先週の水曜日から週末にかけて、遠いところに「出張」していた明典さんが、ここにもどってくるのを。彼を迎え入れ、ふたりでこの家で雨宿りをする日々を。安らかな日常を。深い森のなかに迷い込んでしまって、そのまま出られなくなってしまうような、出たくなくなってしまうような夜を。

雨が上がれば、雨宿りは終わる。終わるとわかっていても、待つことをやめられない。

桜の花のように、銀杏の葉のように、散りゆくものはみな美しい。咲き誇ったままの姿で枯れてゆく、紫陽花もまた。雨は、だから、わたしの好きな恋の物語に似ている。悲しい結末が待っているとわかっていても、それでも最後までページを捲りつづけずにはいられない。

だから、本が好き。小説が好き。本のなかに綴られている一字一句が、雨と同じくらいに。

——おまえ、ほんとによく飽きずに読むねぇ。放っておいたら、そうやってひとりで、いつまでもしこしこ読んでるだろ。

——悪い？

——悪かぁないけど、世の中には、本を読むよりも何百倍も面白いことが色々とあるだろうに。

——どんなこと？

——教えてあげようね。今から一緒に実習してみよう。

——あと一ページだけ、読ませて。

おとといから読み始めた本に栞をおろして、壁の時計を見る。
午前零時まで、あと五分ほど。
もうそろそろだな、と、思う。そろそろやってくる。雨が連れてくる。連れてきてくれる。
起き上がって、部屋着の上に浅葱色のカーディガンを羽織る。この五分間のために、きょうという日の二十三時間五十五分はあったのだと思いながら。

心躍る想像を巡らせる。通い慣れた道を、安定した足取りでたどる。
上りの新幹線が東京駅に着くのは十時過ぎ。在来線に乗り継いで、途中で各駅停車に乗り換えて、だいたい十一時半頃に、明典さんはこの田舎町の駅に降り立つ。階段を駆け上がって、陸橋を歩いて、階段を降りて、駅前のロータリーのタクシー乗り場で待つこと、およそ十五分から二十分。車に乗ってからは、十分もかからない。急な坂道を登って、切り通しになっている細い道を走り抜け、左折して脇道に入り、ゆるやかなカーブの下りにさしかかったあたり。野放図に生い茂っている紫陽花の枝に埋もれてしまって、外からは見えない玄関の手前で、キュッ、と音をさせてタクシーが停まる。どんなに雨足が強まっていても、わたしがその音を聞き逃すことはない。

　コンクリートの石段が三段。そこから玄関ドアまでつづく砂利道に敷かれた踏み石は、合計七個。おそらく、傘は持っていないと思われる明典さんの肩や背中や膝は、雨をたっぷり含んだ紫陽花の葉っぱに当たって、さらに濡れそぼっているだろう。

　わたしは、クローゼットの整理棚のなかから、ふかふかのバスタオルを取り出して、それを手に、玄関の上がり框（がまち）の前で待つ。

　タッ、タッ、タッ、と、近づいてくる足音。軽快な、まるでバスケットボールのドリブルを思わせるような響き。パスを確実に受け止めるために、すでにドアの鍵はあけてある。そのことを知っている人の手がノブにかかる。右に回す。回しながら、ぐいっと引く。

「ただいま」

「お帰りなさい。お疲れさま」

「はぁ、雨だ、雨だ、大雨だ。なんてことだよ、ったく。雨女は、これだから困るよ」

「わたしのせい？」

「おう、ほかに誰が降らせるんだよ、こんな雨。俺が帰ってくる日に限って、いつも雨じゃないか」

無造作にばさっと、廊下に落とされる鞄。豪快な筆文字みたいに脱ぎ捨てられた靴。右手でバスタオルを摑んで、濡れた髪の毛をぐしゃぐしゃにしながら、左の腕でわたしの背中をきつく抱き寄せて、耳もとでもう一度「ただいま」とつぶやく。甘く。

「やめて、濡れちゃうじゃない」

邪険に言いながらも、わたしは紺色のポロシャツの胸に顔を埋める。せつない。雨の香りに、夜と汗と電車と人混みと都会の匂いが混じって、漢方薬みたいな匂いがする。これは媚薬なのかもしれない。わたしだけに効く、特別な。

「留守中、いい子にしてたか？」

これは「教えてあげる」と同じで、明典さんの口癖。「いい子だ」「いい子になれよ」「いい子だから、そんなこと言うな」「いい子だから、もっと我慢してみろ」――機嫌がいい時、彼はわたしを子ども扱いする。ぞんざいに、時にはちょっと乱暴に。使い古しの、手に馴染んだ、でも絶対に手放したくない大切なおもちゃのように。

おもちゃになるのが、わたしは嫌いじゃない。螺旋はいつでも巻き切ってある。

「泣かずにひとりで遊んでました」

「よろしい」

会いたかった……すごく、と、言葉にはしないで、伝える。

「俺もだよ」

体を離したあと、わたしたちはやっと人心地がついて、普通の大人の会話を始める。

「さっき急に降り出したの。タクシー乗り場、いつもより混んでたでしょ」

「いや、そうでもなかった。普段よりも、行列は短かったよ」

「そうなの、よかった。おなか、空いてる？　お風呂は沸かしてあるけど。熱いほうじ茶でも、飲む？」

「風呂にする。夜食はいらない。茶もいらない。みずきだけ、欲しい」

などと言っておきながらも、冷蔵庫をあけて「ああ喉が渇いた」。扉に並べてある缶ビールを取り出して、あけて、ぐいぐい飲む。飲みながら、洋服を脱いでゆく。脱ぎ散らかしながら、早口で仕事関係の話をする。これも、いつものこと。決してわたしに理解や共感を求めているわけではない。ただの報告。重要な用件は先に手短に片づけてしまって、あとは楽しい雑談に終始したいと目論んでいるミーティングみたいなもの。会社でも、こんな風なのかな、とふと思う。

「でさ、またあと十人ほど、なんとかしろって言うんだよ。まったくいやになるよ。人を人とも思っていないというか。あいつらの血管には、本当に血が流れているのかと疑いたくなるよ」

この町に隣接している村のはずれにある、ハイテク機器の部品製造工場を立ち上げるために、本社から派遣されてきた明典さんは、数年前から、工場の責任者に任命され、関西にある本社と工場を行ったり来たりする生活をつづけている。経営不振を理由にリストラを言い渡そうとする上層部と、首を切られて路頭に迷うことになる労働者の、明典さんはちょうどあいだに挟まっている。

「踏みつけようとする奴と、踏まれる奴がいる。俺はまあ、彼らの靴みたいな存在だよな。両方の足の。いや、靴下なのかな。どっちにしても、うんざりだよ。俺は、靴にも靴下にも足にもなりたかねぇや」

そんな話を聞きながら、実はわたしは彼の「話」をちっとも聞いていない。

わたしはさっきから、明典さんの「声」だけを聞いている。聞きながら、にこにこしている。深刻になってゆくばかりの不況、容赦なく切り捨てられる派遣社員、仕事を失い路頭に迷うかもしれない人たちのシリアスな話に耳を傾けているふりをしながら、わたしは彼の「声がここにある」ことに、安堵している。自分が切り捨てられなかったことに、喜びを見いだしている。無人島に、わたしを救い出しに来てくれた人の声。救い出しに来たものの、そのまま一緒に島に残ってくれることになった、命の恩人の声。

その声が今夜、わたしを踊らせる。雀になって、わたしは踊るだろう。雨が止むまで、たぶんひと晩中。

「風呂、一緒に入るか？」

「いい。もう入ったから」

「そう言わずに、来いよ。背中流してやるから」

この言葉の意味は「俺の背中、流してくれよ」だとわかっている。明典さんの望みを叶えてあげることは、わたしの望みでもある。

翌朝、空は「雨なんて知りません」と言いたげに、晴れ上がっていた。

ロケットになって、宇宙の果てまで飛んでいけそうなほど、青い。居間の窓をあけると、遠くに富士山が見えた。五月の半ばの月曜日。町立図書館で働いているわたしの公休日。明典さんは、日曜出勤の代休を取っている。

わたしのために？　わたしたちのために？　いいえ、きっと、自分のため。そしてわたしは彼の「自分」のなかに含まれている存在。

十時過ぎまでふたりで朝寝を貪ったあと、明典さんが先に起き出して、電動ミルで豆を碾き始める。自分のためにはコーヒーを、わたしのためには紅茶を淹れてくれる。とても丁寧に。

そのあいだに、マッシュルームと椎茸としめじをたっぷり入れて、わたしは「森のきのこオムレット」——明典さんが名づけた——を焼く。舞茸やオイスター・マッシュルームを使うこともある。近所のパン屋さんで買ってあったスコーンを半分に割って、トースターでこんがり焼いて、バターを少々、杏とたんぽぽのジャムをたっぷりのせて、食べる。杏とたんぽぽのジャムも、パン屋さんの手づくり。住宅街のなかで、ひっそりと営業しているパン屋さんの三軒先には、ぼんやりしていると見逃してしまいそうな小さな看板しか出していないケーキ屋さんもあって、その並びには公園があって、家が途切れたところには野菜畑があって、わたしたちは午後、たぶんそのあたりまで散歩に出かけることになるだろう。

ブランチを食べているさいちゅうに、

「ああ、忘れてた。鞄のなかに、土産があるんだ」

「わたしに？」

「ほかに誰がいるんだよ？」

そうね、ここは無人島だもの。わたししか住んでいない島だもの。そんなことを思いながら、テーブルのそばまで明典さんの鞄を持ってくる。明典さんはあけて、なかから紙包みを取り出す。中身は本だと、ぱっと見ただけでわかる。確かきのう出たばかりの、わたしの好きな作家の新刊。長編小説。

「わぁ、ありがとう。嬉しいな。実はきょう、買おうと思ってたの」

「きのう、新幹線の駅ビル内の書店に出てたよ。すみっこの方だったけどな、さっさと買っとかないと、すぐに消えちまうだろ」

本の話はあっさりと、そこで終わってしまう。なぜなら明典さんは、その作家の書いた小説を読んだこともなければ、興味もないし、そもそも小説は読まない人だから。明典さんは現実と、現実に起こることだけに夢中になれる人。対照的に、わたしはフィクションと、フィクションのなかだけで起こることに夢中になってしまう。いとも簡単にここではない場所へ行ってしまう。

――みずき、おまえ、さっきまでどこへ行ってた？

――どこへも。

――俺にはわかったよ。おまえはひとりで、どこかへ行ってた。教えてよ。どこまで行ってきたんだ？　そこはどんなところだったの？　そこで誰と何をしていた？　誰に何をされてた？　何をされて、こんなに喜んでるのかな？


わたしは何も言えなかった。ひとりで本に夢中になっていたのは、本当だった。でも、本を取り上げられたあと、どこへ行ってきたのかは、秘密。

ゆうべも、ベッドのなかで問い詰められた。いたずらっぽい光を宿した、限りなく愛おしいまなざしに。同じようなことを、これまでにも何度も訊かれたことがある。体を重ね合っている時や、終わったあとに。

「なんとか言えよ。愛想のない女だねぇ、おまえは。感じてるのか、感じてないのか。はっきり言ってみろ」

「感じてる」

「どこが？　どんな風に？」

「言えない、そんなこと」

「わかった。じゃあ、俺が今から言わせてあげようね」

固くまぶたを閉じて、ひたすら明典さんの声を聞いていた。

彼はベッドのなかでも、外でも、よくしゃべる。饒舌に語る。わたしは言葉少なで、感情表現が下手。無口なせいで、他人から、要らぬ誤解を受けることさえある。「ま、そこがみずきの魅力と言えば、魅力なんだけどな」と、明典さんは言ってくれるけれど。

彼が話す。わたしは聞く。聞きながら、頭のなかの小さなメモ帳に、一生懸命にメモしていることもある。覚えておきたい言葉。あとで思い出して、ちょっと恥ずかしくなって、でも幸せになれるような言葉。たとえそれが嘘であっても、作り話であっても。

「さ、そろそろ出かけるか？」

「はぁい」

身支度をととのえ、わたしは籐の買い物かごをたずさえて、外に出る。明典さんは手ぶら。

五月の光がまぶしい。まぶしい光を一身に受けて、紫陽花の幼いつぼみが少しずつ色づいてきている。今はまだ緑だけれど、やがて黄緑になり、そのあとは雨に染め上げられて、水色、ブルー、青紫、ピンクに移ろってゆく。

わたしたちは手をつないで、ゆるやかな坂道を降りてゆく。ときどき、近所の人たちとすれ違う。明典さんは明るい笑顔で、誰に会ってもはきはきと挨拶をする。わたしの代わりに近所づきあいをしてくれている。すごく助かっている。

「ねえ、わたしたちって、仲良し夫婦みたいに見えるのかな？」

「そりゃあ、見えるだろうよ、当たり前だ。だってこんなに仲良しなんだから。だろ？」

「そう？」

「なんか文句ある？」

それ以上、その会話はつづかない。そうして、明典さんの好きな話題に変わる。わたしは聞き役に回る。政治経済の話。金融危機がどうのこうの。アメリカの政治がどうのこうの。わたしが退屈していることに気づいたのか、話題が変わる。職場の人間関係や、部下の失敗談などを面白おかしく話す。そこに、人生哲学や仕事論や幸福論が交じる。わたしの脳内のメモ帳も大活躍する。

パン屋さんで買い物をする。

あしたの朝食べる「渦巻きデニッシュ」。今夜食べるかもしれない「フランスよりも美味しいトルコのフランスパン」。明典さんはなんにでも、自分流の名前をつけてしまう。他所（よそ）のおうちの飼い猫にも勝手に「さくらともみじ」。うちの家には「あじさい屋敷」。わたしは「淫乱」になったり「修道女」になったり「俺の宝物」になったり「迷子の子猫」になったり「マイガール」になったり。

「よし、可愛いみずきちゃんに、ケーキを買ってあげようね」

ケーキ屋さんのショーケースを覗き込んで、あれがいいかな、でもこれもいいな、どれにする？　ふたりで迷う。迷った末に「黒い森のケーキ」にする。これは明典さんの命名ではない。いつだったか、ケーキ屋のご主人が名前の由来を教えてくれた。ドイツにあるシュバルツバルト——訳すと、黒い森——地方のさくらんぼを使ったトルテで、キルシュと呼ばれるさくらんぼのお酒で風味をつけたチョコケーキのスポンジのあいだに、サワーチェリーとホイップクリームを挟み込み、表面には、削ったチョコレートを落ち葉みたいに降り積もらせ、縁には、まっ赤なさくらんぼをネックレスみたいに飾りつける。

「ピースじゃなくて、丸ごとにしよう。じゃあ、これ下さい」

わたしの意見は訊かないで、明典さんは注文する。

ケーキをホールで買うということは——

今週ずっと、いるの？　あしたもあさってもしあさっても、こっちにいるのね？　次の出張は、来週の週末だけ？

わたしは、訊けない。訊けないけれど、嬉しくなる。胸のなかで、小さな雀が小躍りする。こっそりと、ひとりで、喜んでいる。喜びが体の奥に、強いリキュールみたいに染み込んでゆくのがわかる。

　ケーキの入った紙袋はわたしが、パンでいっぱいになったバスケットは明典さんが持って、歩く。

「今夜の夕飯は、俺がつくってやるよ」

「ほんと？」

「みずきは、何が食べたい？　イタリアンか、フレンチか、それとも中華？」

　野菜畑の近くの路上に置かれている無人の屋台の前で、わたしたちは夕飯の献立に思いを巡らせる。所狭しと並べられた、土のついている野菜たちを眺めながら。

「気分はイタリアン。食欲は中華、かな？」

「欲張りな女だねぇ」

　冷蔵庫のなかには、あれはあったな。じゃあ、できるな。あ、でも、あれがないか。待てよ、代わりにこれを使えばいいのか。ひとしきり独り言をつぶやいたあと、明典さんは決断を下す。料金箱のなかに五百円玉を二個落として、トマトとアスパラガスとバジルとパセリを買い求める。

「チーズはあったよな。春の野菜盛りだくさんラザーニャでどうだ？　だったら、ワインも買って帰らなきゃな。赤だなやっぱり」

「賛成」

酒屋へ向かう途中に、公園がふたつある。ふたつ目の大きな公園の前を通りかかった時、

「あっ、アキちゃんだ。アキちゃん、アキちゃん、こっち、こっち」

案の定、幼い子どもたちにつかまってしまう。母親たちは砂場の近くでかたまって、おしゃべりに興じている。ゴムボールを投げる子、受ける子、プラスチック製のバットを振る子。当たって飛んだボールを追いかける人がいない。

明典さんは、母親たち――みんな顔見知り――に会釈をしたあと、キャッチャーになる。十五分ほど一緒に遊んでやったあと、

「おじさんな、これから晩飯つくるから、もう帰るね。また来るから」

「えーっ、もう帰るの」

名残りを惜しまれながら、公園をあとにする。

きょうは月曜日だからこれで済んだけれど、これが土日で、少年たちがもっと大きくて、人数も多くて、草野球だったりしたら、十五分では終わらない。試合が終了するまで、明典さんは、選手、コーチ、監督、審判として、フル回転させられる。彼は子どもが好きで、好きで、たまらない。欲しくてたまらないのに子どもがいない――できない？――せいなのか

どうか、わたしにはわからないけれど、とにかく大の子ども好き。子どもたちの方でも嗅覚が働くのか、明典さんの姿を見かけると「アキちゃーん」と、口々に声を張り上げて叫ぶ。「一緒に遊ぼう」「ねえ、遊んで」と。

——な、みずき。俺たちもそろそろ、子ども、つくろうか？

——えっ、本気なの？

——冗談でこんなこと言うと思うか。俺はいつだって、本気だよ。なあ、産んでくれよ、俺の子ども。俺をおやじにしてくれよ。おまえも母親になりたくないか？　俺のガキのお母ちゃんに。

——それは……

——なんだ、欲しくないの？　俺は欲しいよ。絶対に欲しい。な、頼むから、産んでくれよ。

——そんな……

——いやなのか？

——いやじゃないけど。

——けど、なんだ？　はっきり言ってみろよ。遠慮しなくていいから。

――遠慮はしてない。

――ごめん。ちょっと、いや、かなり強引だったかな。ま、いつか、おまえがそういう気になった時でいいから、考えといてよ。

――うん。だけど……

――だけど、何？

――ううん、なんでもない。

今から一年ほど前に交わされた会話。太字でメモしてある。明典さんが借りていたマンションを引き払って、わたしの住んでいた借家に引っ越してきて、三ヶ月ほどが過ぎていたか。泊まりがけで、鎌倉と葉山の海まで小旅行に出かけた時だった。

だけど……

あのつづきを、あれからずっと、考えている。

きょう、公園でも、考えていた。ベンチに腰かけて、幼い男の子たちと楽しそうに、嬉しそうに遊んでいる明典さんの姿を眺めながら。

これって、いつか見ることになる風景なのかな。あの少年たちのなかに、わたしたちの息子が加わることになるのかな。あるいはこのベンチに、わたしのすぐそばに、小さな女の子がちょこんと腰かけている日が来るのかな。簡単に想像できるような気もするし、複雑な想像だけで終わってしまうような気もする。わたしは今年、三十二歳。

いつか、明典さんの子どもを？　いつかって、いつ？　いつまでなら、大丈夫？　何が大丈夫なの？

答えは見つからない、初めから、答えなんて、どこにもないのかもしれない。まるで、夏休みと夏休みの宿題みたいだなと思う。まだまだあると思っていたら、いつのまにかなくなっている夏休みがわたしの時間で、八月三十一日まで残されている夏休みの宿題が「ふたりの子ども」――。

「もうじき、できるぞ。あと五分くらいだな。みずき、ワインあけてくれ」

「はい」

ワイングラスをカチッと合わせて乾杯してから、ふたりとも、ひと口だけ飲む。

「どうだ？　うん、なかなかいけるな、このワイン」

「葡萄ジュースっぽい」

「そりゃあ、そうだよ、ワインがオレンジジュースっぽかったら、詐欺だよそれは」

色とりどりの野菜――サニーレタスとチコリと人参とレッドオニオン――にドライフルー

ツと胡桃を刻んで混ぜ合わせたサラダを食べながら、オーブンのなかでラザーニャのチーズが焦げる香りに包まれて、わたしたちはお酒を飲み、明典さんはしゃべり、わたしはその声に耳を傾けている。すみれ色の夕暮れ時。なんて幸せな、なんて優しい、なんて心安らかな夕餉。冷蔵庫のなかでひっそり眠っている、黒い森のケーキが跡形もなく、なくなってしまうまで、この幸せはつづく。


「みずき、おいで。もっと近くに。そんな遠いところにいたら、キスもできないじゃない?」

「うん」

「なんだい、熱いね。ちょっと熱があるんじゃないの」

「じゃあ、冷まして」

聞こえなかったふりをして、明典さんは言う。わたしの両足を両手で摑んで。

「え?　泣かせて欲しい?　笑わせて欲しい?　どっちがいいの?」

両方。と、心のなかで答える。

「両方だろ?」

何もかも見透かされている。

今夜もまた、明典さんの手と指と声で、わたしは、甘くて苦くて恐ろしい漆黒の森まで連れていかれる。彷徨わされる。彷徨いながら、わたしは願う。大雨が降って、大木が倒れて、森の出口が塞がれてしまって、わたしたちがもう二度と、こっち側に、もどってこられなくなりますように。失踪事件を、起こせますように。

「みずきを泣かすのは、難しいんだけどさ……」

つらい目に遭わされても、壊れてしまいそうなほど喜ばされても、わたしは、泣かない。明典さんの好みの女には、完全な言いなりには、ならない。そうやって、わたしは彼を引きつけておきたいのだ。「俺が泣かせてやるよ」と、言われたいがために。わたしは眉間に皺を寄せ、悪い女になる。あなたをどこへも帰さない。わたしと一緒にあなたをここに、黒い森のなかに閉じ込めたまま、誰の手にも渡さない。返さない。この本は、誰にも。

不死鳥

Anzu & Mickey

「結婚未遂事件」を起こしたのは、今から十年ほど前のことです。

いや、もうちょっと前やったかな。

誠さんと知り合ったのは、社会人になって二年くらい経ってた頃やったから、私は二十二でしょ。一年半ほどつきあって、正式に結納を取り交わして婚約したんは、二十四になったばかりの頃。事件はそれから少しあとのことやったので、正確に言うと、今から十一年前の出来事になります。

あれから、十一年。

涙はもちろん乾いてますけど、傷跡は、ときどき痛みます。忘れた頃にときどき、やけどね。

前にもちらっとお話ししたように、私は、大阪にある服飾デザインの専門学校を卒業したあと、同じ大阪市内にある、業界ではわりと名の知られたファッション関係の会社のデザイン部に採用され、子ども服部門の見習いデザイナーとして、意気揚々と働いていました。最初の年は雑用が中心やったけど、二年目からは先輩社員のアシスタントをつとめさしてもらいながら、デザイン画を描いたり、生地選びをしたり、縫製をしたりして。うん、ものすごく楽しかったよ。

今も、根っこのところはまったく変わっていないけど、うちは筋金入りの仕事大好き人間。とにかく働くことが好きなんやね。誤解を恐れず言えば、職種はなんでもええのです。今の会社は、ファッションとは毛色の異なる不動産関係ですし。

頭だけやなくて、体を動かしてする仕事が好きなんです。会社で働くだけやなくて、家のなかの仕事、つまり家事も大好き。掃除、洗濯、料理、なんでもね。で、その頃は、洋服全般、ファッション業界そのものが大好きやったし、デザイナーとして成功をおさめることにも、興味はないことはなかったんやけど、でもそれよりも何よりも、働くのが好きっ、て感じやったの。

なので、誠さんに出会うまでは、恋よりも愛よりも三度のごはんよりも、仕事に夢中やったんです。言いかえると、恋愛には奥手な女でもあったの。嘘みたい？　でもこれ、ほんまの話。

誠さんと知り合ったんは、いわゆる異業種交流会みたいな感じのパーティ会場で。大阪駅の近くにあるホテルの宴会場を借り切った、派手で華やかなイベントやった。赤ワインが樽でどかーんと用意されてて、料理はスパニッシュとイタリアンの混合やったな。パエリアとかピザとかパスタとか、それと、なんでか知らんけど、レバー料理が多かった。そういえば、血のソーセージいうのもあった。その時、初めて食べたから、覚えてるんです。

異業種いうても、同業者もぎょうさん参加してましたし、要するに、誰でもオッケーな寄り集まりです。大学生のコンパと、それほど大きな違いはありません。私は会社の友だちからぜひにと誘われて、のこのこ出かけていったんです。友だちは彼氏、あわよくば、お婿さん探しがメインの目的やったけど、私はあくまでも、仕事に役立つような人脈というか、仕事上のコネづくりというか、そういう真面目な目的を持って、参加したんです。

蓋をあけてみると、案の定、恋人探しに来ている人がうじゃうじゃ。熱気と色気がむんむん。ＢＧＭにラテン音楽の流れる会場には、物欲しげな視線、値踏みや物色の目つき、「あわよくば」的な会話があふれかえってました。

そんな風には見えへんと思いますけど、うちはこう見えても、非常にシャイなところがあるのね。あがり症やし、人見知りはするし、大勢の人が集まる場では気後れしてしまって、初対面の人と話す時には必要以上に緊張するし、あと、思わせぶりな態度とか、気のある素ぶりとか、感じのいい笑顔をつくるとか、そんなんも苦手やし、そんなこんなで、いつのまにか壁の花と化していた私に、誠さんはどこからともなくすーっと吹いてくる風のように近づいてきて、声をかけてくれたの。さり気なく、心地好く、そう、湿り気のまったくない、梅雨明けの初夏の風のようにね。

「こんにちは、じゃなくて、こんばんは、ですね。あ、その前に、はじめましてかな」

涼しげな目もと、はにかみがちな笑顔。ほどよい甘さのマスク。少女漫画に出てくる、ヒロインのあこがれの男の子がそのまま、ページから抜け出てきましたって感じ。

「おおっ、これは」

って、思いました。これは、白馬に乗った王子様やないか、と。それが第一印象で、その印象はそのあともずっと、変わらへんかった。

「楽しんでますか？　僕はこういうの、苦手で。友人に無理矢理、引っ張り出されてきたんだけど」

東京言葉というか、完璧に東京風なアクセント。関西の人ならピンと来るはずやと思うけど、大阪のどまんなかで耳にする東京弁というのは、どこか芝居がかって聞こえるんやね。なんて言えばええのかな、まるで自分がテレビドラマのなかにいるみたいな感じ、と言えば、わかります？

「はぁ……いえ、まあ、それはあの」

喉に声を詰まらせている私に、

「エンジョイしてますか？」

喉越しも爽やかな問いかけ。え、エンジョイと来るか、東京モンは。

「ええ、はぁ、まぁ、なんとか」

ハンサムボーイに全身を見つめられ、どぎまぎしている私。

「素敵なファッションですね。実はさっきから気になってました」

その夜の私の装いは、体にぴたっとフィットした黒いミニドレスの上から、うす紫のオーガンジーのショールをくるくると巻きつけて、わりと大人っぽい演出。

「それはどうも、おおきに、ありがとうございます」

「名づけて、エレガントな小悪魔さん、かな？」

くすくす笑いながら、誠さんはそう言ったのです。まさに、とどめの一発。さすがは東京男。言うことが違うというか、キザというか、エレガントな小悪魔さん、ですからね。もう、ぐぐっと来るやないですか。

「あ、申し遅れました。僕、前原（まえはら）と申します。あなたは？」

あなた？　それっていったい誰のこと、もしかして、うちのこと？　と、目を白黒させている私に、誠さんは悠然と、ワイングラスをまず左手に持ち替え、それから空いた方の右手をまっすぐに伸ばして、私の胸の前に差し出してきたの。な、なんやねん、この手は？　一瞬だけ戸惑いましたが、三秒後に気づきました。それはうちに握手を求めている手ぇやったのです。まるでガイジンさんみたい、やけど、この人がするとちっとも嫌みやないし、洗練されてるぅなどと感心しながら、反射的にその見目麗しい手を握り返していました。握ってからやっと「都築です」と小さくつぶやいた私に、誠さんは優しく、優しく、優しく、降り注ぐ光のような笑顔で、問うたのです。

「ファーストネームは？」

「杏子です。杏の子と書きます」

「杏子さん？　僕は誠。誠実の誠です」

この場面を、私は死ぬまで忘れへんと思います。なぜなら「誠実の誠です」と自己紹介した誠さんは、ほんまにまことに誠実で、誠実を絵に描いたような、無垢で清らかな魂を持った、天使みたいな人やったから。

そんな人をうちは……

すみません……

すみません、あ、でも、もう、大丈夫ですので、どうかお気づかいなく。

誠さんは、私よりも四つ年上。東京に本社のある有名な紳士服メーカーの大阪支社の営業マンで、将来は幹部社員、間違いなしというエリートでした。会社の上層部の、さらに上の方に彼のお父さんがいはって、彼のお母さんの実家は、銀座にある有名な料理旅館。そうなんです。誠さんはいわゆるエエとこのボンボン。生まれ育ちは銀座で、出身校は幼稚園から大学までの一貫教育で知られる有名私立。イギリスとアメリカとオーストラリアへの留学の経験もあり、英語は堪能、スポーツも万能。馬で言うならサラブレッドです。今は修業という名目で大阪に送り込まれて営業マンをやっているが、数年後には海外事業部の管理職として、ニューヨークに赴任する予定で、それまでに誰かと結婚できたらいいな、というようなことを、見事なまでにさり気なく、まるで「きょうはいいお天気ですね」みたいなノリで話すのでした。

その帰り道、

「とうとうつかまえた。玉の輿や」

ぎゃあぎゃあ騒いでいたのは、私やなくて、友だちの方でした。

「杏子ちゃん。あんた、しっかり手綱を握っときや。放したらあかんで。将来は重役夫人やないか。アメリカンドリームやないか」

興奮して、捲し立てている友だちのそばで、私はただ、にこにこ笑っているだけやった。気持ちはいたって冷静で、落ち着いてました。あれっ、おかしいな、うち、なんでこんなに冷静なんやろ？　その晩、空の彼方に浮かんでいた、細くて先の尖った三日月を眺めながら、ぼんやりと、そんなことを思ってました。

パーティがお開きになる前に、私はすでに誠さんからデートのお誘いを受けていました。今度ぜひ、別の場所でゆっくりと、食事でもしながら、お話ししませんか？　と。むろん、悪い気はしなかった。嬉しくないことは、なかった。だから「はい、ぜひ」と言って、会社の名刺の裏に自宅の電話番号を書いて渡しました。電話は翌日の夜に、かかってきた。けど、その時も、私は心の底から、喜んではいなかったの。

その理由は、その時には、わからへんかった。なんでやろ。なんで、うちはあんまり喜んでへんのやろ？　なんで？　なんで？　問いかけても、問いかけても、答えは見えてこなかった。いや、うっすらと見えてはいたんやけど、それを認めたくなかった、ということなのかな。今にして思えば、その理由は単純明快。火を見るよりも明らか。それは、誠さんに対する気持ちが、恋ではなかったから。

そう、私は誠さんに、恋してへんかったのです。出会った時も、そのあとも。会うたびに、思ってた。感じのいい人。好もしい人。好きやと思うし、愛おしいと思うし、一緒にいると楽しいし。でも、それだけなのね。そこには、欲望というものがなかった。野心もなかった。執着もなかった。ぐらぐらと沸き立つような情熱もなかった。明るい情熱も、うす暗い情熱も、まっ黒な情熱もなかった。そこにはおよそ闇というものがなかった。恋したことのある人なら、ようわかると思うけど、恋には闇がつきものなんです。闇のない恋は、恋とは言えない。

　そうして、これも、嘘のようなほんまの話なんですけど、私、誠さんとの結婚にも、ちっとも興味がなかったの。言ってしまえば、うちは無欲やったわけです。もしかしたら、その無欲なところが、誠さんにとっては新鮮やったのかもしれません。これも、今にして思えばということやけど。当時、誠さんのまわりには常に、彼の彼女になりたい、あわよくば、奥さんにと、目をぎらぎらさせている女の子たちが群がっていましたから。

　そういうわけで、つまり、ハンサムでお金持ちで見目麗しくて優しい、白馬に乗った東京ボーイのことを、ただ嫌いではないという理由で、なおかつ、断る理由も見つからなかったので、誘われるままにデートを重ね、ごく自然な流れで、誠さんが私の両親に挨拶をしに来て、私の両親はたちまち、育ちもいい、頭も性格もいい彼のことをいたく気に入って、両家のあいだで、とんとん拍子に結婚話が進んでいったわけです。

　恋とは、どういうものなのか。本当の恋とは。

　本当の恋をすると、人は本当はどうなるのか。どうならないのか。知らないままに私は、人もうらやむような恋愛結婚行進曲に合わせて、ステップを踏んでいたわけです。初めてダンスを覚えた女の子みたいに、ぴょんぴょんと。途中で、すってんころりんと転んで、大怪我をしてしまうとも知らないで。

本当の恋とはどういうものなのか。

本当の恋をすると、人はどうなるのか。なってしまうのか。

私がそれを知るのは、知らされるのは、忘れもしません、あれは、五月の連休の最後の日。場所は、新宿副都心にある超高層ホテルの最上階にあった中華料理店、じゃなくて、中国料理と言うべきやね。上品で淡泊な上海料理専門店。ゆったりと広く取られた窓のそばに、個室風につくられた贅沢な空間で、誠さんの家族全員と食事をともにした時のことです。

誠さんのお母さんと妹さんには、それまでに何度か、お目にかかってました。ふたりが関西に来られた時、四人で京都に遊びに行ったりして。妹さん——瑠璃子ちゃんといいます——と私は、同年代。誠さんによく似た、目のぱっちりした可愛い人。性格も誠さんと同じで、素直で優しくて天真爛漫な人。そして、誠さんのお父さん——前原清貴さんといいます——に会うのは、その夜が初めて。だから私、すごく緊張して、ドキドキしていたの。

「杏子、覚悟しておきなよ。うちのおやじは、頑固じじいでね、口は悪いし、気はきかないし、自己中だし、わがままだし、だから何を言われても、気にしないようにして。ただにこにこ笑っていれば、それでいいからね」

誠さんからは、そんな風に聞かされていたし。

お父さんは、大阪から上京してくる私と誠さんよりもほかの家族よりも、ひと足先にお店に到着していたらしくて、純白のテーブルクロスの掛かった円卓の前に座って、所在なく、うちらの到着を待ってはりました。お店にはほかにも、ひとりでテーブルについている人はいたけれど、店の入り口で、遠目から、お父さんの横顔を目にした瞬間、

「ああ、あの人やな」

って、うちにはすぐにわかってしまった。誠さんに似てたからやありません。むしろその逆で、お父さんは誠さんにはちっとも似てへんかった。でも、なんて言えばいいのかな、たぶん、どんなに大勢の人のなかに交じっていても、私には絶対に「この人や」とわかったと思う、それほどまでに、彼は特別な存在感を放っている人やったんです。

誠さんのあとにくっついて、部屋に入ってきた私の姿に目を留めると、彼はすっと立ち上がって、私が近くまで来るのを、まるでハンターが獲物を泳がせているかのような目つきで見つめてました。鋭い光線のようなその視線に手繰り寄せられるようにして、私はお父さんの前に立つと、深々とお辞儀をして、頭を上げ、ご挨拶をしました。

「はじめまして、杏子です。今夜は素敵なお店にご招待下さって、ありがとうございます」

「誠の父です。こちらこそ、お目にかかれて光栄です。そうか、きみが、杏子さんですか？

可愛い人だな、これは、参ったな、誠もなかなか……だけど、その白いスーツはどうにも野暮ったい。きみには白は似合わないよ。今度、俺が……」

そのあとの言葉は、覚えていません。俺が見立ててやる、俺が買ってやる、そんなようなことをおっしゃっていたんだと思うけど。私はその時、柔らかな綿でできた金槌で、頭をガツンと一発、殴られたような状態になっていたの。わかりますか？　この感覚。金槌なんやけれど、それはふわふわの綿でできた金槌なの。頭を殴られて、痛くてたまらんのやけれど、それは、脳味噌がとろけてしまいそうな痛みなの。

ああ、やめて、やめて、うちの心に、あなたは何をするつもり？

声にならない声で、叫んでいました。

その時、清貴さんは、五十五歳。そうなんです、私は、三十以上も年上の、しかももうじき結納を交わすことになっている婚約者のお父さんに、ノックアウトされてしまったの。文字通り、金槌で打ちのめされてしまった。うちのお父ちゃんよりも年上の人です。けど、年なんて、そんなの全然、関係ないんやね。

食事中、私は、まわりの人たちに気づかれないよう細心の注意を払いながらも、ことあるごとに、チャンスを逃さず、清貴さんの方ばかりを見ていました。見ても、見ても、見足りないという感じやった。

恋って、まず、相手を見つめるところから、始まるんですよね。

清貴さんを見つめ過ぎて、目玉が焼け焦げそうになると、私はふっと窓の外の夜景に目をやっては、その熱を冷ましてました。長方形のガラス窓の外には、金、銀、オレンジ、赤、ブルーの、光の洪水みたいな東京の夜景が広がっていました。闇の底から浮かび上がっていた、という感じかな。ほんまにゴージャスな夜景やった。実のところ、それらの光は、けばけばしいネオンサインやら、うす汚れた電飾の看板やら、満員電車やら、およそ美しいとは言えないような物々から発せられているわけやけど、遠く離れたところから、遥か上の方から見おろしている分には、この世のものとも思われないほど、清らかで、神々しかった。そうして、それらの光は、闇があるからこそ、燦然と輝いているんやとわかった。闇が深ければ深いほど、光は濃く、したたるように輝くんです。まるで本当の恋のように。

そう、それは私にとって、生まれて初めての、本当の恋やった。

何もかもが、初めての体験です。自分も、自分の人生も、宙吊りになった感じ。絞首刑になって、吊されながらも、死ぬことができずにいる、とでも言えばいいのかな。どうしたらいいのか、これからどうすればいいのか、まったくわかりません。目隠しをされたまま、暗い長いトンネルのなかに、放り込まれてしまった子猫。

それでも私は、清貴さんが好き、会いたい、そばにいたい、見つめていたい、ときどき、お顔を見られるだけでも幸せ。そんな気持ちをひっそり抱えて、誠さんとのつきあいを重ね、時間を、体を、重ねていました。あの頃の私、地獄と極楽の両方を、ひとつ胸のなかに抱え込んでいたような気がする。息を吸ったら地獄、吐いたら天国、右の肺は悪魔の所有物で、左の肺は天使のもの。

恋とは、なんて、恐ろしいものなんやろう。恋とは、心だけではなくて、体をも溶かすものなんやと知った。まだ直接、一度も触れていないのに。恋とは、般若の面をした、底なしの欲望なんやと知った。誠さんのフィアンセでいる限り、うちは清貴さんともつながっていられる。清貴さんの近くにいたいと思う一心で、そのためにも私は、誠さんと結婚するのが一番の近道やと考えるようになっていたの。

それだけではありません。清貴さんに会って以来、私は、清貴さんに抱かれている場面をつぶさに想像しながら、誠さんに抱かれるようになっていた。そんなことが、できてしまうんやね、恋する女には。なんて恐ろしい。小悪魔なんかやなくて、どこからどう見てもりっぱな、ほんまもんの悪魔です。

誠さんはすっかり勘違いして、

「この頃、ずいぶん色っぽくなったね。感じやすくなったね」

ベッドのなかでの私の反応を、まるで自分の手柄みたいにして、喜んでました。ああ、何も知らない、かわいそうな誠さん。抱かれるたびに、私があなたを裏切っているとも知らないで。

そんなある日のことでした。

七月の半ばやった。葉山の海辺にある別荘に招待されて、泊まりがけで遊びに出かけていた週末。土曜の午後、誠さんは、お母さんと妹さんの買い物につきあって、車で送迎するために出かけてしまい、別荘には、清貴さんと私だけが残されました。うちが仕組んだわけやありません。誠さんのお母さんが言わはったのです。

「悪いけど、杏子ちゃんは、パパと一緒にお留守番してくれる？　ひとりにするとかわいそうだから。ひとりでは、お茶も淹れられない人だし」

私たちは、波打ち際に設えられたテラスで向かい合って、紅茶を飲んでいました。清貴さんの好きなアールグレイティ。心をこめて、私が淹れたもの。お菓子は抹茶のシフォンケーキ。これは、誠さんのお母さんに教わったレシピで、私が焼いたもの。ケーキを食べながら、紅茶を飲みながら、笑いながら、他愛ない世間話をしていました。仕事のこと、日々の暮らしのこと、誠さんのこと、これからするはずの結婚のこと。

目の前には、夏色に染まった、蒼い雄大な海。

海から吹いてくる、ひんやりとした手のひらみたいな風。

風のなかに含まれている、真珠のような潮のつぶ。

なんて、なんて、気持ちのいい午後。

もしかしたらそれは、神様が私たちに与えてくれた、最後のつかのまの安らぎやったのかもしれません。まさに、嵐の前の静けさ。

その時、交わしていた会話のなかで、私は「誠さんと結婚できるのは嬉しいのだけれど、アメリカに行くことになったら、好きな仕事を辞めないといけないのがつらい」というようなことを言いました。義理のお父さんに対して、相談をしている嫁を装って。それに対して、清貴さんはまるで突き飛ばすように「だったら、結婚しなけりゃ、いいだろうよ」と言い放った、そんな記憶があります。

ふとふたりの言葉が途切れ、私は、濃密で贅沢な沈黙に身を任せていました。知らず知らずのうちにまぶたを閉じて、寄せては返す波の音に包まれていました。ああ、なんて、気持ちのいい風、気持ちのいい陽射し、と思いながら。清貴さんの近くにいられる幸せをひとり、味わっていたのです。

「杏子ちゃん、こっちにおいで」

そんな声が聞こえた気がした。けど、それは気のせいやと思ってました。私の願望が、私に聞かせている幻聴に過ぎない、と。

「来ないんだな。いいよ、俺がそっちに行くまでだ」

そうして、気がついたら私は、清貴さんに背中から、アイアンレースの椅子の背ごと、抱きすくめられていたの。

「おとうさん……」

思わずそう言った私の声に、

「俺はおまえのお父さんじゃない」

そんな男の声が重なった。

驚きは、不思議なくらい、なかった。来るべきものが来た、という感じかな。それまで頭のなかで、何度も何度もシミュレーションしてきたせいか、キスされた瞬間、なんだか気が抜けてしまったほどやった。ただ、彼の舌が私の舌を捕らえた時には、まぶたの裏でそれまできらきら輝いていた光が、どろりとした血の色に染まったような気がした。

抱きすくめられ、動けなくされ、口づけをされ、耳もとで、囁かれました。

「前から、わかっていたよ」

私の胸のなかで、涙の塊が弾けたのがわかった。心が、体ではなくて心が、ぶるぶる震えてました。とうとうこんな日が来てしまった。とうとう来てしまった。来てしまった。

もう、あともどりはできないと、わかっていました。心細くて、嬉しくて、不安で、嬉しくて。体を硬くして黙っている私の頬に、柔らかなあたたかな手のひらが伸びてきたかと思うと、信じられないような言葉がつづきました。

「俺も同じ気持ちだ。これ以上は無理だ。我慢できない。杏子が欲しい」

そのあとは、ふたりで手に手を取り合って、急な崖をまっさかさまに転落です。山を登る時は、ゆっくりと一歩ずつ、地面を踏みしめながら、呼吸をととのえながら。なのに、人間、山を下る時にはどうしてあんなにも速く、まっすぐに、落ちてゆくのでしょう。

恋も快楽も、山登りと同じ。落ちる時は、あっというまなんやね。

欲望と情熱が全速力で走り始め、何もかもが破滅を目指して、一直線に進みました。

私は誠さんに「ほかに好きな人ができてしまった」と打ち明け、婚約を解消してもらい、それまで住んでいたアパートを引き払い、清貴さんが東京から出てきた時に会いやすいように、そして私が上京するためにも便利なように、新大阪駅の近くに部屋を借りて、逢瀬を重ねました。あんなに好きやった、大切にしていた仕事も、ろくに手につかなくなって、ミスを重ねつづけた私は、会社をクビになりました。それをいいことに、私は上京し、まるで彼の影のように、清貴さんにくっついてしまったわけです。

常軌を逸した、情事の日々やった。朝からまる一日、翌朝まで飲まず食わずで、ただベッドのなかで相手の体だけを貪っていたこともあったし、家族が不在の自宅に連れ込まれて、普段は奥さんと彼が寝ているベッドで、強引に体をこじ開けられたこともあった。清貴さんは清貴さんで、自分の体のなかに棲みついてしまった、凶暴な男をうまく飼い慣らすことができず、「よその男に色目を使うな」と、嫉妬にかられて私を蹴ったり殴ったり、挙げ句の果ては「ほかの男に盗られないため」という名目で、ホテルの部屋に私を閉じ込めてしまったり。

そんな、悪魔のような情事が、長くつづくはずはありません。

「俺が一生守る」

と、清貴さんは口癖のように言っていたけど、その「一生」のなんと短かったこと。

ある朝、天から垂直に降りてきた鉄の壁でまっぷたつに遮断されるかのように、邪悪な恋は、終わった。私たちの関係が奥さんに知れ、彼女は自殺を図り、母の自殺未遂の理由を知り激怒した誠さんの妹、瑠璃子ちゃんが、東京で借りていた私の部屋に乗り込んできて、揉み合っているうちに、誤って、私の脇腹を刺してしまうという出来事によって。

「フェニックスやな」

ミッキーと、深く愛し合うようになってから、この話を語って聞かせた時、ミッキーは私の脇腹についている五針の傷跡を指で撫でながら、つぶやきました。

「まるで不死鳥みたいによみがえったんやな、あんずは」

そのあとに「不死鳥いうのはな、五百年ごとに火に焼かれて、焼死してしまうんやけど、その灰のなかからよみがえって、大空に羽ばたく鳥なんや」と、教えてくれました。

その時ミッキーが言いたかったことは、刺されても死なずにちゃんと生き残ったということやったのか、それとも、そんなことがあったのに懲りずにまた、奥さんのいる人を好きになってる、という意味やったのか。たぶん、その両方でしょう。

「うん、うちは死なへんかったの、こうしてミッキーに巡り合うために」

私はそう答えました。ミッキーの胸に頬を押し当てて。その答えは、半分は本当でした。でも、残り半分は違うのです。

うちはほんまは不死鳥なんかではないし、そんな鳥には、なりたくもないんです。うちは、もう二度と、よみがえりたくないの。本当の恋なんて、金輪際したくないの。

不死鳥の願いは、ただひとつ。恋の炎に焼き尽くされて、安らかに死にたい。そう、うちはこうしてミッキーのそばで、ミッキーのあたたかい吐息と体温に包まれて、そのまま眠るように逝ってしまいたい。ミッキーの二本の腕のなかが、私の終の住処。私のお墓。私の棺桶。この、誰もいない島の浜辺で、うちは白骨となって、波に洗われ、白い砂つぶとなって、さらさらと流れ、流れながら、いつまでもどこまでも漂っていたい。

そんなささやかな、小さな灯みたいな願いに気づきもせんと、ミッキーは今夜も、私の体に火を点けて、ぼうぼうと、赤々と、燃え上がらせます。燃え上がらせて、断末魔の喜びの声を上げさせたあと、羽をばたばたさせている私を置いてきぼりにして、どこかに姿をくらましてしまうのです。

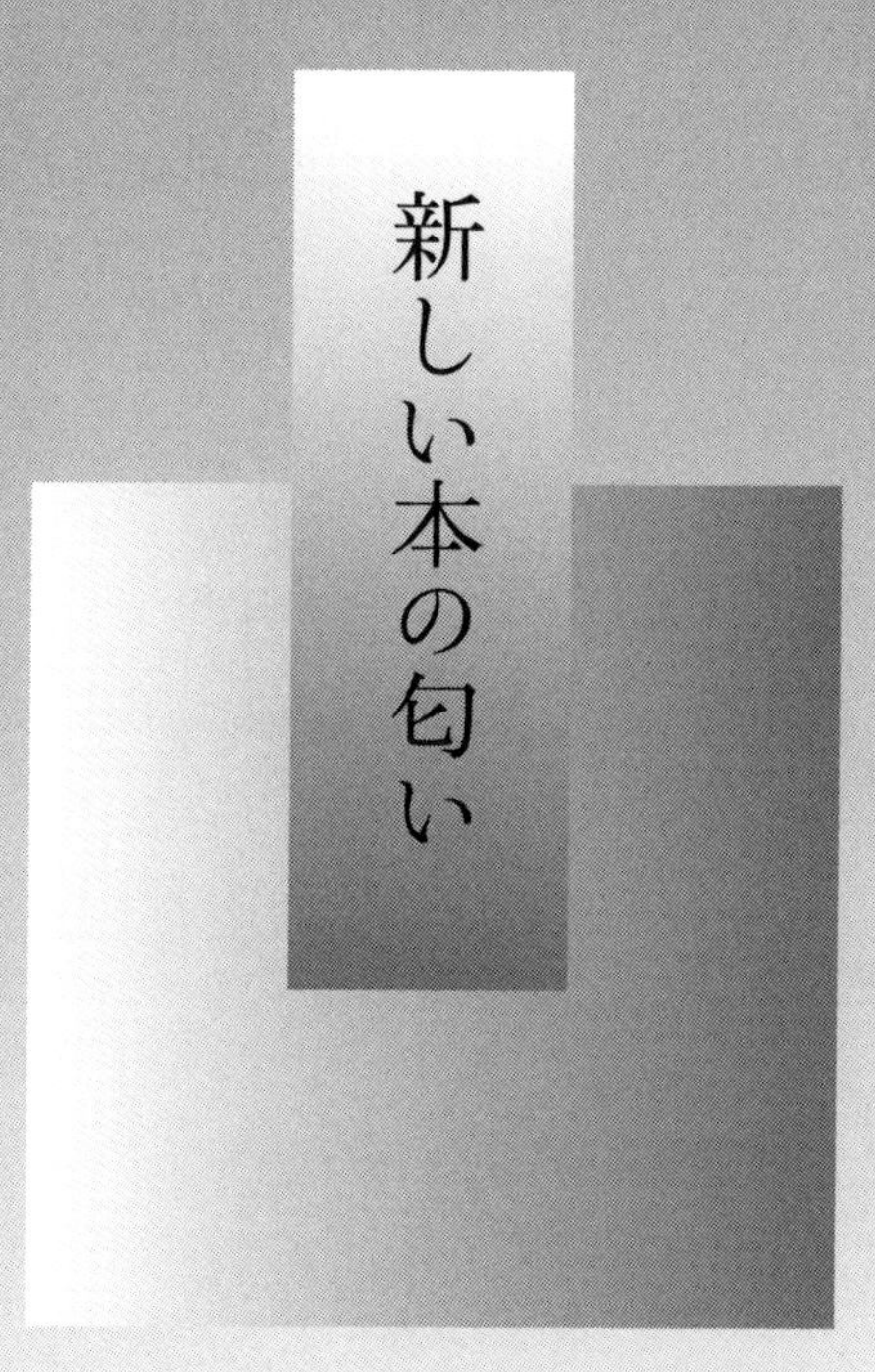

Mizuki & Akinori

夏が好き。

終わりかけている夏は、特に。

一日も休むことなく毎朝、笑顔で咲きつづけてきた朝顔のつぼみはあとひとつになり、真夏の太陽に愛され過ぎたのか、向日葵(ひまわり)はくたびれ果ててうなだれている。目も覚めるような大輪の花を咲かせては、潔く落としてきた木槿(むくげ)は「もう、花火はおしまいよ」と、吐息を漏らしている。散らないで、咲いたまま枯れていった紫陽花も、いつのまにかみんな、姿を消してしまった。

すでに夏を見限って、早々と死ぬ支度を済ませた花壇の花たち。

葉も茎もすっかり茶色くなって、いつ倒れても不思議ではない姿になっているというのに、それでもまだ、葉と葉のあいだから新しい芽を覗かせ、虫たちを誘惑しながら、開かないかもしれないつぼみを育もうとしている野の花たち。

そんな花々の有り様(ありよう)に、わたしは、強さとたくましさを見る。優しさと健気さを。それぞれの恋と、恋の祭りと、その終焉を見せつけられる。咲き方は似ていても、枯れ方や散り際はこんなにも違うものなのかと、感心しながら、見とれてしまう。

夏と夏の終わりの花たちを、わたしは愛する。最期の姿とその輝きを。

同時に、命あるものの儚(はかな)さと残酷さを思う。思い知らされる。断ち切るのか、断ち切られるのか、どちらかを選ばなくてはならないのだ、と。覚悟を決めている。命あるもののひとりとして、わたしにもいつか必ず、そんな日がやってくる。

——いいのかな、ほんとに。

——はい。

——冷たい飲み物だけじゃ、終わらなくなるかもしれないよ。

——かまいません。

——後悔しない？

——しません。

——覚悟はできてる？

——できてます。だって、わたしから誘ってるんだもの。

——言っとくけど、俺、執念深いよ。巳年(みどし)だしね。一夜限りとか、そういうのも苦手だし。始めてしまったら、簡単には終わらせられないよ。また会いたくなって、何度も会いたくなって、「会ってくれ」と迫ってしまうかもしれない。そんなことになってもいいのかな？

いい、と思った。

始めようと思った。だから誘った。すんなりと言葉が口から滑り出た。風にそよぐ夏の草花のように、素直に「うちに来て」と。正確には、うちに来て抱いて、と。彼にとっては、突然の誘いのように思えていたのかもしれないけれど、わたしの心のなかではすでに、それは静かに始まっていた。彼と過ごす夜も、離れたくないと思う朝も、幸福と不幸が均等に編み込まれた日々の暮らしも、わたしの心のなかではすでに幾度も、くり返し語られてきた物語だった。

八月半ば過ぎの日曜の夕暮れ時。そうでなくても数の少ない駅周辺の飲食店は、長いお盆休みを取っていて、ほとんど休業中だったけれど、わたしたちは、一軒だけあいていたお蕎麦屋さんを見つけて暖簾をくぐり、ビールを飲み、彼は天ぷら蕎麦を、わたしはおろし蕎麦を食べて、店から外に出た直後だった。

「つたく、クソ暑いよなぁ。どっかで何か冷たい飲み物でも飲んでから帰るか？　散歩するには暑過ぎるよな」

その頃はまだ、ふたりの帰る場所は別々だった。彼は、駅を隔てて北側にそびえている新築のマンションに、わたしは、南側にのびている坂道を越えたところにある住宅街のかたすみで、生け垣の紫陽花に埋もれるようにして佇（たたず）んでいる借家に。

「襟野（えりの）さん、どっか行きたいところ、ある？」

まだ陽の落ちていない西の空を見上げて、つぶやくように問うた彼の横顔に向かって、わたしは答えた。

「よかったら、うちに来て」

そう言ったあと、なんとはなしにうつむいてしまったわたしには、明典さんの表情は見えなかったものの、

「うちって、襟野さんの家のこと？」

その声には、驚きが含まれているように聞こえた。喜びかどうかまでは、わからない。でも確かに、驚き。その驚きに背中を押され、弾け飛ぶ種のように、わたしは言った。

「庭で摘んだミントの葉っぱでつくった、冷たいお茶があるの。一緒に飲めたらいいかなと思って。ご迷惑じゃなければ」

彼はミントティには興味がなかったのか、「ふぅん」と気のなさそうな相槌を打ったあと、のびやかに問い返してきた。

「いいのかな、ほんとに」

　それから、わたしの返事を待たずに、わたしの手を握った。握って引き寄せた。ぐいっと。「俺は容赦はしないぞ」と言われたような気がして、嬉しかった。手を握られたまま、わたしは「はい」と短く答え、身を硬くしていた。明らかに、喜びのせいだった。喜びの太い針金が背中に一本、通ってしまったようだった。そんなわたしに、彼は矢継ぎ早に問いかけてきた。後悔しないか、覚悟はできているか、と。わたしの答えはすべて、彼にはわかっていたはずなのに。

　今からちょうど三年前の夏だった。

　蟬時雨（せみしぐれ）が降り注ぐなか、汗ばんだ手をつなぎ合い、ときどき何かを確認するかのように握りしめ合って、片側が切り通しになっている細い小道から、紫陽花に囲まれた家へとつづく道を歩いていきながら、簡単には終わらせたくない、終わって欲しくないと、祈るように、思っていた。この夏も、この恋も、この夜も。その祈りのなかで、わたしたちの新しい季節が始まり、わたしもまた、生まれ直したのだと思う。強い女に。少々のことでは倒れない、たくましい雑草のような。

　だから、夏が好き。春よりも、秋よりも、冬よりも。自分の死ぬ季節を選べるのなら、わたしはやはり夏がいい。夏に逝きたい。葬られたい。路傍の草花とともに、草いきれのなかで。

八月の終わりの町立図書館は、小中学生でにぎわう。普段はあまり見かけない子どもたちの姿も目立つ。残り少なくなった夏休みの、宿題や課題やレポートに追い詰められて、なんとかしなくては、と、ここに駆け込んできたのだろうか。

閲覧テーブルの上に広げた原稿用紙に顔をくっつけるようにして、消しゴムのかすをあたりに飛び散らせながら、読書感想文と思しき作文を書いている小学生もいれば、かたわらに積み上げた本を片っ端から開いては閉じ、開いては閉じしながら、まっ白なノートのページを睨みつけている中学生もいる。楽しそうなひそひそ声で内緒話をしたり、「ねえ、見て見て」と囁きながら、それぞれが読んでいる本のページを見せ合ったりして、いかにも仲良く一緒にお勉強しているように見えるのは、高校生の女の子のふたり連れ。彼女たちは常連の利用者で、少し前までは三人グループだったが、いつのまにかふたりだけで来るようになった。大学生は、少ない。最近はとみに少なくなった。おそらく、図書館でできることはほとんどすべて、インターネットでもできると考えているからだろう。それは大きな間違いだと、わたしは思っているけれど。

午前中、カウンターとその奥にあるオフィスを行き来しながら、カウンター業務――利用者の問い合わせに答えたり、貸し出しや返却に応対したり——やパソコンの入力作業などに勤(いそ)しんだあと、ランチタイムを境にアルバイトの学生と役割を交換し、午後からは閲覧室と書架に出て働く。返却された図書が無秩序に、ぎっしりと詰め込まれている本棚式のワゴンを押しながら、書棚から書棚へと回り、所定の場所に本をもどしていく。

　図書館での業務は一から十まで、何もかも気に入っている。特にこの作業は、ほかの作業よりも、わたしの性(しょう)に合っているような気がする。何かをもとにもどす、という行為が好きなのだろうか。庭仕事にたとえるならば、地面にあいている穴に、植物を植え込んでゆく過程。あるいは、しかるべき位置に、本来あるべきものを届けるという、どこか配達にも似た行為。もどす、植える、届ける。これらは、根本のところでは同じひとつの行為なのかもしれない、などと思いながら、わたしは本たちを書架にもどしてゆく。丁寧に、本を扱う。一冊一冊が、わたしの分身であるかのように、細胞の一部であるかのように、

「お帰り。よくもどってきたね」

「どこまで行ってきたの？」

「誰に読んでもらっていたの？」

「読んでもらえて、よかったね」

　一冊一冊に、声をかけながら。

神奈川県下にある女子短大を卒業したあと、郷里の長野へはもどらず、短大時代の恩師の紹介でこの町立図書館に就職して、今年で早、十二年になる。五年ほど前だったか、近隣のいくつかの町や村が市に吸収合併され、小さな図書館が姿を消したのだけれど、この町と町立図書館はそのまま残った。ごく短い年月、結婚して都内に住んでいた頃も、この仕事だけは手放したくない、手放してはならないと思い、片道一時間四十分あまりをかけて通っていた。離婚することになった時、仕事を辞めずにつづけてきてよかったと、幾度、思ったことだろう。

昔も今も思っている。ここはわたしの居場所であり、もどるべき場所であり、守るべき領域であり、きっと神様がわたしに与えてくれた大切なテリトリーに違いない、と。

まぶたを閉じていても、迷わずに歩けるくらい、だからわたしはこの町立図書館に馴染んでいる。まるで、わたし自身がこの図書館の壁であり、ドアであり、窓のようだ。この本はあそこ、この本はここ、この本はこの書棚の向こう側、と、本の背と裏についている分類番号を見なくても、わたしにはそれぞれの本の住処（すみか）がわかっている。

——みずきって、根っから本が好きなんだね。

——そうなの。本に囲まれているだけで、幸せなの。

——どうして、どこが、そんなに好きなんだ？

——たぶん、本のなかにだけ在るものが、好きなんだと思う。

——本のなかにだけ在るものって、いったいどんなものなんだ？

——それは……

わたしはあの時、いったいなんと答えたのだろう。

わたしの答えも、ふたりの会話のつづきも思い出せないし、わたしの答えは今も、わからない。本当はわかっているのかもしれないけれど、それを言葉でうまく人に説明することはできない、ということなのだろう。

はっきり覚えているのは、あの時、わたしたちはふたりとも裸で、互いの体を優しく貪り合ったあと、明典さんはつかのまの深い眠りに落ちていて、そのあいだに、わたしは裸のままうつぶせになって読みかけの本を手に取り、ページを開いて、読んでいたということ。目覚めた明典さんが、そんなわたしの姿を見て、言ったのだった。頰に苦笑いを滲ませて。まるで、本からわたしを奪い返そうとするかのように肩を抱き寄せながら「みずきって、根っから本が好きなんだね」と。

物心ついた頃から、本が好きだった。

母の話によれば、まだ文字を読むことができない幼児の頃から、わたしは、人形よりも、おもちゃよりも、本を愛していたらしい。家の本棚から、絵本や童話のみならず、父や母の読む本まで取り出して、表紙にさわったり、匂いを嗅いだり、ページを開いたり閉じたり、本を積み上げたり崩したりして、ひとりでいつまでも遊んでいたという。

大人になってからも、はっと気がついたら、似たようなことをよくしている。たとえば、書店で買ったばかりの本をぱっと開いて、そこに鼻先をくっつけて、紙とインクの匂いを吸い込むという癖は、子どもの頃から変わらない。だから、本の匂いは一冊一冊、違うということも知っている。佇まいも形も色も重さも、同じ本でも微妙に異なっている。

図書館も、書店も、同じくらい好きだったし、今も好きだ。同じくらいに。

本のある場所でなら、何時間でも、ひとりで過ごすことができたし、今もそう。書棚から書棚へ、時間をかけて歩きまわって探す楽しみ。読みたい本に巡り合った瞬間の喜び。そして、それを買う、という行為から得られる高揚感。十代の頃、おこづかいはすべて、本代に消えた。今もそう。わたしは仕事の帰りに必ず、駅前の書店に立ち寄って、自分のために本を買い求める。好きな作家の新刊なら、発売日当日に。

すべての本を「家」にもどし終えると、わたしは、閲覧室の一番奥にある丸いテーブルのそばまで行って、少しだけ乱れていた椅子をきちんと直し、テーブルの上に置かれたままになっていた図鑑を取り上げ、表紙をさっと撫でてから、所定の位置に収めた。

その時ふいに、ふたりの会話のつづきがよみがえった。

本のなかにだけ在るものって、いったいどんなものなんだ？　と問われ、答えに詰まっていたわたしの頭をラグビーボールのように抱え込み、髪の毛をくしゃくしゃにしながら、明典さんは言ったのだった。

——そんなに本が好きなんだったら、今の仕事は天職なんだな、みずきの。

——たぶん。

——だったらさ、たとえば俺がさ、日本を捨てて、ふたりでどっか遠いところへ一緒に行こうよって言ったら、仕事を辞めて、ついてくる？　図書館と俺と、どっちを取る？

——へんな質問。

——まるで女みたいか？　仕事かあたしか、どっちを取るのよって。でも、どっちだ？

——わからない。答えられない。

本当は「明典さんを取る」と、言いたかったけれど、言わなかった。

言えなかった。悲しくて、笑いたくなるくらい、哀しくて、でも、嬉しくて。「ふたりでどっか遠いところへ一緒に行こう」という仮定が、絶対に実現しないとわかっているのに、なのに、その言葉の響きが嬉しくて。この人の体のなかに、この皮膚の内側に存在しているフィクションが好きだと思っていた。思いながら、明典さんの胸に、開かれた広いページに、鼻先をぴたりとくっつけて、その匂いを嗅いでいた。

この町立図書館で、初めて明典さんの姿を目にしたのは、桜の季節が終わったばかりの頃だった。

日曜の朝、散歩の途中でふらっと立ち寄ってみました、あるいは、駅へ行く道を一本、間違えて、偶然こんなところに来てしまいました、というような雰囲気をまとって、明典さんはここに姿を現した。ロビーで新着図書や雑誌に目を通したあと、閲覧室をぐるっとひとまわりして、去っていった。花散らしの雨が音もなくやってきて、音もなく通り過ぎていった、そんな風だった。

その姿がわたしの印象に強く残ったのは、おそらく、明典さんが背中にくっつけていた、のどかで退屈なこの田舎町には不似合いな、どこか尖った都会の匂いのせいだったと思う。ああ、いい匂いだなと思った。深呼吸して、胸いっぱいに吸い込みたくなるような、真新しい本のような、清々しい匂い。「また来るかな。来てくれるといいな」と、カウンターの内側で、彼の背中を見送りながら、ひそかに思っていた。

翌週の日曜日、今度は重そうな鞄をたずさえて、明典さんはやってきた。いかにも乗り込んでくるというような雰囲気で。「居座ってやるぞ」と言いたげな姿が、なんだか頼もしく思えた。「いつまでもいて。ここで本を読んでいって」と、心のなかで声をかけた。

その日は、閲覧室の奥の窓辺のテーブルのまんなかに、ぶあつい書物とノートを広げて、閉館直前まで、調べ物か何かをしていたようだった。

それからは、ほとんど毎週、通ってくるようになった。

土曜の午後に姿を見せることもあったし、日曜の昼過ぎにやってきて、夕方までずっと、熱心に本を読んでいる日もあった。腕組みをして目を閉じ、何か考え事をしているように見える姿は、遠目から見ても素敵だと思った。だいたいいつも、白っぽいポロシャツかコットンシャツ、もしくは黒っぽいTシャツに、ジーンズ、というようなラフな恰好をしていた。

いかにもスポーツ好きな人、という感じ。もしかしたらスポーツ選手？　それとも、体育の先生？　一見しただけではビジネスマンのようには見えないけれど、この人が、かちっとしたビジネススーツを着て、ネクタイを締めると、ものすごくかっこいいだろうな、などと勝手な妄想を膨らませてみたり。

いつの頃からか、館内で仕事をしているわたしの姿に目を留めると、明典さんは笑顔で会釈をしてくれるようになっていた。

カウンター越しに、

「こんにちは」

わたしが声をかけると、明典さんも「こんにちは」と、三倍くらい大きな声を返してくれた。

それから、

「どうも。これ、お願いします」

「かしこまりました。いつもご利用、ありがとうございます」

「じゃあ、また」

そんな挨拶の言葉も交わしてはいたものの、それ以上の会話に発展することはなかった。

明典さんが頻繁に借り出していく本によって、会社を辞めて、あるいは会社勤めのかたわら、法律の勉強をしている人なのではないかなと、察するようになっていた。裁判官か、検察官か、弁護士か。国家試験を受けて、そんな職業につくことを目指している人なのかもしれないな、と。腕利きの弁護士、というイメージは、いかにも彼にふさわしいような気がしていた。

はっきりと物語のページが一枚、捲れたのは、夏の初めだった。

日曜のお昼、アルバイトの女子大生がランチタイムで席をはずしている時、代わりにカウンターの前に座っていたわたしに、明典さんは声をかけてきた。

「あの、ちょっといいかな？　襟野さんに、おたずねしたいことというか、お願いがあるんだけど」

襟野さん、と明典さんがわたしの名前を口にしてくれたのは、その時が最初だった。それまでに、互いの名を名乗り合っていたわけではない。けれど、明典さんは、わたしがブラウスかジャケットの胸にいつもつけている「襟野みずき」と記された名札を見て、ちゃんと名前を呼んでくれたのだった。

「はい、どんなことでしょう」

ただ、名前を呼ばれただけなのに弾んでしまう心が、哀れなようでもあり、滑稽なようでもあり、でも、それらの感情を遥かに超えて、誇らしかったことをよく覚えている。

彼の名前は、貸し出しカードを作成した時にしっかりと記憶していた。咄嗟にその名を声に出しては呼べなかったけれど。

斉田明典——年は、わたしよりもひとまわりほど上で、住所は、図書館から歩いて十五分ほどのところにある新築のマンションの一室。かつて、付近の住民たちが懸命に建設反対運動を展開したにもかかわらず、それをものともしないで、みるみるうちに建てられた高層マンションだった。

「何冊か、リクエストしたい本があるんです。ここに収蔵されてないものばかり」

「新刊ですか？　それとも、これから出る本？」

「それもありますが、古いものもあります」

「もしもお急ぎでしたら、新刊は書店で買われた方が」

早いと思いますが、と、言いかけているわたしの声に、明典さんの声がぴたっと、まるで封をするかのように重なった。

「残念ながら、買いたくない本ばかりなんだ。読む必要に迫られてるんだけど、買って、手もとに置いておきたくない本、とでも言えばいいのかな。だから、図書館というか、俺たちが払ってる税金で買ってもらって、読めないかと思ってる」

「はい」

思わず、背筋を伸ばしてそう答えてしまったのは、凛然とした明典さんの視線がわたしの瞳を捕らえて、離そうとしなかったから。ひとたび囚われたら、二度と逃れることはできない、そんな獰猛さと、たとえ手に入れたとしても、気に入らなければ即座に切り捨ててしまう、そんな冷酷さを併せ持った、男の視線。簡潔で優雅だと思った。ほとんど「美しい」と、言い切ってしまいたくなるほど。

射抜かれて、わたしはどぎまぎしてしまい、身も心も竦んで、縮こまってしまっていた。

こんなおどおどした、情けない獲物みたいな胸の内を気取られてはならないと、必死で平静を装って、言った。

「ではこの用紙に、必要事項を記して下さいますか」

明典さんがそれらの本を買いたくない理由、手もとに置きたくない理由は、わたしなりに理解することができた。差し出したリクエストカードに、明典さんが手帳を見ながら書き写した本のタイトルによって。わたしの目には、明典さんの書いた文字が、砕けて飛び散っているガラスの破片のように見えていた。

正確なタイトルは、覚えていない。

けれど、罫線の上に並んでいた言葉の破片は、今も、わたしの胸の奥に深く、突き刺さったままだ。癌、癌病棟、闘いの記録、奇跡の生還、癌とともに生きる——

この人が、癌なの？

まさか、この人が？

あなたは、癌と？　闘っているの？

フラッシュがたかれるように、そんな疑問がぱっぱっぱっと光って、消えた。

喉に詰まった「癌」を意識しながらも、わたしは職業上の常套句を、それに救われるような気持ちで口にした。

「本が到着しましたら、お電話させていただいて、よろしいでしょうか？」

「ぜひお願いします。自宅でも会社でもかまいません」

「あの、その場合、もしも、ご家族の方が電話に出られたら、いかが致しましょう？」

癌に関する本は、彼のためのものなのか、家族のためのものなのか、わからなかったけれど、これはどうしても、事前に訊いておくべきだと思っていた。過去にも何度か似たようなことが起こっていた。たとえば、親に内緒で子どもがリクエストしていた本のタイトルを、職員がうっかり口にしてしまったために、子どもが親に隠しておきたかった秘密が露呈してしまったこととか。むしろ、露呈した方がよかったのではないかと思えるようなケースも、あるにはあったけれど。

「ああ、そういうことなら、心配はいりません。俺は今、単身赴任の身の上だから」

そう言って、明典さんは微笑(ほほえ)んだ。柔らかな木漏れ日のような笑顔になっていた。

「襟野さん、お優しいお気づかい、どうもありがとう。確かに、うちのカミサンが電話に出て、うっかり本のタイトルを耳にしたら、そりゃあ大変な騒ぎになるよね。彼女は自分の病気を知らないわけだから。本当にありがとう。それにしても、ずいぶんいい子なんだね、きみは。こんな田舎の図書館に埋もれさせておくのがもったいないくらい。あ、ごめん。つい口が滑って、失礼な言い方をしてしまったな」

いい子と言われて、わたしの頬は、耳まで紅く染まっていた。単純に、嬉しかったんだと思う。無邪気に、無防備に、喜んでいた。すぐに、馬鹿みたい、と思った。思ったあと、そうか「カミサン」のいる人なんだなと気づいて、眉間のあたりがツンと痛くなった。もう一度、馬鹿みたいと思った。何を期待していたの？　どうして失望するの？　そのあとにやっと「彼女は病気」という通告が、ぶあつい幕のように、わたしの目の前に降りてきた。

「俺、口が悪いでしょ」

「いえ、そんなこと……ないです」

そう言ったきり、何も言えなくなって、明典さんを見上げたわたしの心は、細かくぴりぴり震えていた。実際に、まぶたがぴくぴくしていたかもしれない。奥さんがいる。奥さんが癌。奥さんがいる。奥さんが癌。だからどうなの？　それはわたしと関係のあること？

そんなわたしの不謹慎な思いとは裏腹に、明典さんは堂々として、優雅なまでに落ち着き払っていた。信じられないくらい、彼は優しいまなざしをわたしに向けていた。限りなく優しく、飢えた女を溶かす、限りなく傍若無人な、男の欲望のまなざし。

「じゃあ襟野さん、電話、待ってるよ。本は特に楽しみにしてるわけじゃないけど、電話は楽しみに」

その声は、今までわたしが耳にしたどんな男の人の声よりも、甘く響いた。甘い香りと毒を孕んだ声。今までに一度も読んだことのない、危険な本の匂い。

どうして、こんなに甘い？　どうして、こんなに苦い？

これは、歓びのせい？　期待のせい？　予感のせい？　それとも、不安のせい？

それらのすべてが入り混じって、身の内に、なんだか戦慄にも近いような旋律を感じていた。わたしの体から立ちのぼってくる匂いに噎せていた。その時、好きな作家がある作品のなかに書いていた文章がよみがえってくるのが、わき上がってくるのがわかった。彼女は書いていた。主人公が婚約者の父親を好きになってしまった瞬間、「柔らかな綿でできた金槌で、頭をガツンと一発、殴られたような状態になっていた」と。

自分も、自分の人生も、宙吊りになった感じ。


——俺も、おんなじこと、思ってたよ。

——ほんとなの？

——ほんとだ。あの時ね、俺はこれからみずきとふたりきりで、どこかへ旅をするんだろうなと思っていた。

——どこかって、どこ？

——誰もいない島。

ハイビスカス

Anzu & Mickey

旅の思い出は、ひとつだけ、あります。

ほんまは、数えられへんほどぎょうさんあるはずなんやけど、私にとっては、今も昔もそれはたったひとつ、なんです。なんとなれば、最愛の人ミッキー、こと、笹本幹広さんと一緒に旅行をしたのは、一度きりやから。そしてその旅は、旅ではなくて愛、そのものやったから。そしてこの愛は、私の人生において、唯一無二のものやと確信しているから。

祇園のはずれにあるスナック「桃」で知り合って、「油絵のモデルになって欲しい」なんて言われてまんまとナンパされ、つきあうようになって、半年くらいが過ぎていたかなぁ。知り合ったんは三月の初めやったから、四、五、六、七、八——そう、六ヶ月目のことやね。

その年の夏、八月の初めから十日ほど、ミッキーが仕事でハワイに行くことになったんです。彼のお勤めしている私立中学校の「夏期特別プログラム」やったかな、確かそんな名前で、プログラムはほかにもいくつかあったようやけど、そのなかのひとつに「異文化体験コース」いうのがあってね。日本人の生徒はハワイのアメリカ人のおうちにホームステイさせてもらって、英語やアメリカの文化や歴史などについて勉強し、その代わりに、生徒たちの日本の家にはアメリカ人中学生を滞在させる、いわゆる交換留学みたいなものかな。そのコースに参加することになった六人の生徒の引率者および責任者として、ミッキーも渡米することになったの。生徒たちをホノルルまで連れていって、それぞれの家庭に引き渡したあとは、ミッキー自身も「教員研修」と称して十日間、ハワイに滞在することになっていました。そのうち二日は、純粋なお休み。もちろん、生徒たちに何か問題やトラブルが起こった時には、すぐに馳せ参じるという重要なお役目もありましたけど。

何回目かのデートで、四条河原町で夕飯を一緒に食べてお酒を飲んだあと、散歩がてら酔いを醒ますために鴨川沿いの河川敷を歩いている時、ミッキーはハワイ行きの話を切り出しました。仕事内容と日程について教えてくれたあと、ちょっとだけ声をひそめて、こう言ったのです。

「それであの、よかったら杏子ちゃんも、一緒に行かへんかな思うて……」

その頃はまだ、私は「おいこら、あんず」やなくて、丁寧に「杏子ちゃん」と呼ばれてました。

「えっ、一緒に行くって、うちも一緒に、ハワイへ行くいう意味？」

「ほかに、どんな意味があるというのや？」

ミッキーの問いかけは無視して、私は唐突に散歩の足を止め、でっかい可愛い熊さんみたいなミッキーの背中に、うしろから飛びつくようにして抱きついて、叫んでしまいました。

「行く、行く、行く、絶対、行くぅ。誰がなんと言っても、天と地が逆さになっても行くで」

そんなわけで、私はこの研修旅行に、お忍びで同行させてもらったんです。

会社の夏期休暇に有休を加えて合計八日間のお休みを取り、一日だけ遅くハワイ入りし、帰りは一日だけ早く日本にもどったけれど、ハワイでは、ホノルルでもマウイ島でもずっとミッキーと一緒。

朝も晩も、真夜中も早朝も、ずっと。

実は昼間も一緒だったの。ミッキーが仕事で顔を出すべき場所や、必要に迫られて出かけなくてはならなくなった場所なんかにも、私は一緒についていかせてもらった。各種ミーティング、その他もろもろの用事で、彼が誰かに会っている時には、近くのカフェやショッピングモールやスーパーマーケットでおとなしゅう待ってました。そうして、仕事が終わると、ミッキーはブーメランみたいにすっ飛んで、私を迎えに来てくれるの。それから一緒に車――ホノルルで借りてたレンタカーは、まっ赤なスポーツカーで、何もかもが無駄に大づくりなアメ車やった――に乗って、おんなじホテル――途中からは、おとぎの国のお菓子の家みたいな、見ようによってはラブホみたいなコンドミニアム――のお部屋にもどって、そのあとはもう、ずっとずっと、暑苦しいほど息苦しいほど一緒なの。ふたりが別々になるのは、お手洗いに行く時くらいで、あとはもう、矢鱈滅多（やたらめった）、あ、滅多矢鱈が正しいのかな、とにかくもう、べたべた、くちゃくちゃ、くっつきまくり。まさに「人間チューインガム」です。

楽しかった。

幸せやった。

ううん、楽しいとか、幸せやとか、感じる心の余裕さえないほど、楽しかったし、幸せやったの。一緒にいるだけで、もうそれだけで精一杯で、それ以外に何があるのって感じ。たぶん、ものすごく好きな人と一緒に旅をしたことのある人には、身に覚えのある感覚やないかと思いますけど。その旅が終わった時、ふたりのもどっていく場所が別々なら、なおのこと。あれはもう、旅なんかやなくて、ああ、なんて言えばいいのかな、うまいたとえが見つからへんけれど、たとえば「光と雨に包まれた時間の連続」とでも言えばいいのかな。一秒一秒が、きらきらきらきら光ってる星の砂のひとつぶ、ひとつぶ、みたいな感じで過ぎていって、私の頭のなかには一日中、星の形をした光の砂つぶがシャワーのように降り注いでるって感じ。

信じられますか？

夜、ひとつのベッドで、仲良く手をつないで一緒に眠って、朝起きた時にもまだ、大好きな人が私のすぐそばにいて、私はその人の手をぎゅっと握りしめているの。

にわかには、信じられへんかった。

毎朝が、夢のようやった。昼間も夢のつづきを見ているようやった。夜はぐっすり眠れるせいか、ほとんど夢は見ないんですね。せやからまるで、現実が夢で、夢が現実のようやった。つまり、悲しい現実はどこにも「ない」んですね。先に、私がこの旅は丸ごとそのまま「愛」やったと言うたんは、こういうわけです。

そんな塩梅やったから、情けない話、初めてのアメリカ、初めてのハワイのことは、ほとんどなんにも覚えてへんのです。ハワイにはかなり詳しいミッキーに、色んなところへ連れていってもらったし、色んなものを一緒に見たはずなんやけど、どこへ行っても、何を見ても聞いても、何を食べても、とにかくどこで何をしていても、私の目には、アメリカもハワイも常夏の美しい島も空も海も雲も波も、なんにも映ってへんかったし、言ってしまえば、ミッキー以外のことは、何もかもがどうでもええんですね。さっきも言った通り、ミッキーと四六時中一緒にいるだけで精一杯で、爪先から頭のてっぺんまで満ち足りていて、ほかには何も要らないし、何も欲しくないんです。これは、相当幸せな状態やと思います。

そんな能天気な私の記憶のなかに、まぶたの裏に今もあざやかに映りつづけている「色」があります。一生消えることのない花火のような、誰かに語って聞かせるに値するのかもしれん、美しいハワイの思い出話が、ひとつだけ、あるの。

聞いていただけますか？

お話ししてもいいですか？

泣かんとちゃんと最後まで、お話しできるという自信は皆目ないんですけど。


あれは私が日本へもどる前の日のことやった。

その二日前から、私たちはオアフ島から飛行機に乗って、マウイ島へ飛んできてました。ハワイ滞在中の小旅行。ミッキーもその二日間は名目上、仕事はオフ、ということになっていました。でもあくまでも名目上ということで、携帯電話の電源は常にオンで、生徒からの連絡に対しては二十四時間臨戦態勢にしてましたけどね。

マウイ島のカフルイ空港でレンタカーを借りて、

「なぁ、笹本さん。うちら、まるで新婚カップルみたいやね。熱々で、べたべたで」

「そやな、ハワイ中のどのカップルよりも、俺らは甘いやろな」

「アイスクリームよりも、ケーキよりもタルトよりも、パンケーキよりも、パンケーキにかかってるシロップよりも、お砂糖よりも」

「杏子ちゃんの……は、甘いなぁ。俺、これ以上、一緒にいたら、とろけてしまいそうや」

「うちかて、これ以上、舐められたら溶けて、なめくじになってしまいそうやわ」

そんなアホな会話を交わしながら、私たちは一路、島の東の端にあるハナという名の村を目指しました。その晩に泊まるホテルはカフルイにあったんやけれど、ミッキーがどうしても「杏子ちゃんをハナまで連れていきたい」と言ったのです。

スポーツ万能なミッキーは、学生時代に何度もハワイを訪れたことがあり、ホノルルマラソンにも参加したことがあるし、ノースショアでサーフィンに興じたこともあるし、マウイ島では、ハレアカラという火山から自転車で走りおりたこともある強者(つわもの)です。

せやけど、もっと手ごわい強者がいた。

「ハナへは一回だけ、行ったことがある。いや、行こうとしたことがあるんやけど、途中で挫折してしもたんや。せやし今度こそ、どうしても行きたい。杏子ちゃんと一緒に」

「ハナには、何があるの？」

「それがな、面白いほど、なんにもあらへんらしい。ただ、道があるだけなんや。ハナへとつづく道。その道を、俺はどうしても杏子ちゃんと一緒に走りたいんや」

いつになく、ミッキーが真剣に言うので、私も「これはなんとしてでもハナまで行かんならん」という気になってました。が、レンタカー会社の人が「できればハナへは行かないで欲しい」と言った理由は、ドライブが始まって五分もしないうちに、理解できました。

カフルイからハナまでの道のりは、およそ八十三キロ。ガイドブックによればこの道は「世界で最もカーブとでこぼこの多い道」とのこと。ハナは、強者のなかの強者やったのです。カーブの数はなんと六百十七ヶ所。渓谷や谷川や滝が多いせいやろうか、橋は五十六個も架かっているらしい。おまけに道幅も狭いので、せいぜい時速十キロか十五キロくらいしか出せません。かたつむりのような、のろのろ運転。道が悪いので揺れが激しく、たちまちお尻や背中が痛くなってきます。きつい振動のせいで、ああ、しんどぅ、ってなものです。

「なぁ、笹本さん」

「なんや」

私はつい、同じような質問をくり返してしまいます。

「いったい何があるの？　このガタガタ道の先には」

「なんにもあらへん」

「なんにもないの……」

それでも行くの？　こんなきつい道を何時間もかけて走って。はぁ、しんど。

深いため息をついている私を横目で睨んで、ミッキーは言います。

「実はな、ハナには天国があるのや」

「天国？」

「せや。天国や。極楽や。天国への道は遠く険しい。せやけど俺は、杏子ちゃんと一緒に天国へ行きたい。せやからこうやって一所懸命……」

ミッキーの言葉に、「ぎゃあ、危ないやんか！」という私の叫び声が重なります。見通しの悪いカーブを曲がり終えた途端、フロントガラスの真正面に対向車がぬうぅっと現れたからです。対向車のドライバーはきっと地元の人やったのでしょう、正面衝突の二、三秒手前で、見事に回避してくれました。まるで魔術師のような、奇跡的なハンドルさばき。

「確かにこれは『天国へつづく道』やわ。くわばらくわばら」

「ここで事故ったら、俺らはハナ心中やな」

「ハナ迷惑な話やわ」

「それを言うならハタ迷惑やろ」

「ハナハダ迷惑や」

そんなこんなでかれこれ一時間半くらい、危険なドライブをつづけていたでしょうか。

「なぁ、笹本さん」

とうとう我慢できなくなって、私はか細い声を出しました。

「お願いがあるのやけど」

「もぉ、なんやねん。うるさい子やなぁ。さっきから何べん、おんなじこと言わせるんや。

ハナには何もない。けど、そこには天国がある。もうちょっとだけ我慢し。あと三十分ほどで着くから。な、今、引き返したら、元も子もないやんか」

「違うの、そうやなくて、あの……お願い。ちょっとだけ車、停めて」

すがるような目つきで、ミッキーの横顔を見つめている私に、

「なんやねん！」

怒りは含まれていないとわかるけど、いかにも鬱陶しそうなミッキーの怒鳴り声。

私は膝の上に視線を落としたまま、意を決して、言いました。

「うち、限界なの。これ以上はもう我慢できへん。そのへんで、ちょっと降ろしてくれる？」

「もうじき着く言うてるやんか。あと三十分で、ハナや」

「今すぐじゃないと、駄目なの！」

「……」

つかのまの沈黙のあと、車内の空気がぱかっとふたつに割れるような笑い声。

「ハハハ。なぁんや、トイレやったんか。小便か。タンクが破裂しそう？　それならそうと、遠慮なんかせんと、はっきりそう言うたらええやないか。アホやな、もぉ」

しかめっ面になっている私とは裏腹に、ミッキーはくしゃくしゃの笑顔になって、

「よしよし、もうちょっとの辛抱や。待っとれよ。今、エエ厠（かわや）見つけたるしな。まだ漏らし

たらあかんで」

などと言いながら、ほんの少しだけ道幅が広くなっていて、ほかよりも幾分、見通しのよい場所まで車を進めたあと、路肩ぎりぎりまで寄せていって、停めてくれました。車体は半分、鬱蒼と茂った熱帯植物に埋もれています。

「はぁ、おおきに。助かったわ」

私が車を降りると同時に、運転席のドアがあいて、ミッキーも降りてきます。

「俺がナビゲートしてやるから、うしろからついておいで」

そんなん要らん、うちひとりで行ける、という私の声はミッキーの耳には届かへんかったみたいで、彼は両手で、細長い葉っぱや蔓性（つるせい）の植物や羊歯（しだ）などをばしばし掻き分けて、奥へ奥へと進んでいきます。そんなに奥まったところまで行かなくても大丈夫なのに、ここらへんで適当にパンツをおろしても、誰の目にも触れないはずなのに、と思いながらも、私は懸命についてゆきます。あっというまに、うちらは、深いジャングルのなかに入り込んでました。そこら中、緑です。緑と緑のあいだに見え隠れしているミッキーの白いTシャツ。背中に可愛い猫の顔のイラスト付き。見失ったらあかん、今ここで、ミッキーを見失ってしまったら、うちは完全に迷子になってしまう。

「待って、笹本さん、どこまで行くの？」

おしっこは我慢の限界をとうに超えているし、ミッキーの姿は見失いそうになっているし、私は必死の形相です。ミッキー、待ってよ。待ってってたら。ミッキーは待ってくれない。とうとう見失ってしまった。白いTシャツが緑のなかに吸い込まれて、忽然と消えた。ああ、もうあかん。野生のマンゴー、いや、パパイヤやったかもしれん、熟れに熟れた実が鈴なりになっている木の根もとにしゃがみ込んで、私は用を足しました。目と鼻の先では、野生の蘭の花が満開やった。色はピンクと白と黄色の三種類。こんなゴージャスなお手洗いがあっていいのでしょうか。

ようやく人心地がついた私はほっとして立ち上がり、視界を遮っている海星みたいな葉っぱを左右に押しのけて、ミッキーを探しに行こうとした、その時やった。

「ああっ！」

思わず歓声を上げてしまった。同時に、まぶたをぎゅっと閉じていた。あまりにも、まぶしかったから。閉じてもまだ、まぶしかった。まぶたの裏がまっ赤に染まっていた。

おそるおそるまぶたを開くと、うちの目の前には、まっ青な空とエメラルドグリーンの海と、小麦粉みたいに白くて、柔らかそうな砂浜があった。どこまでもつづくビーチではありません。つつましやかな、ささやかな、洗いたての一枚のシーツの端と端を両手で持って、太陽のもとにぱぁっと広げたくらいの大きさの砂浜。

波打ち際で、小鳥たちが遊んでいるのが見えました。

ポーポポポポ、ポーポポポポポ……

ピューピュピュピュピュピュ、ピューピュピュピュピュピュ……

まるで鳩みたいな鳴き声。その声に交じって、

「杏子ちゃーん、ここやーここやーここにおるでー」

愛しのミッキーが私を呼んでいる声。

サンダルを脱ぎ捨てて、裸足で走ってゆきました。まっすぐに、ミッキーのぶあつい胸に向かって。うちらの天国に向かって。

そう、そこは、天国やった。そこには、この世のものとは思えへん光景が広がっていた。私は、ミッキーの両腕に包まれて、生まれて初めてこの目で見たのです。

天国の色は、赤かった。うちらのまわりには、そこにもここにもあそこにも、まっ赤なハイビスカスがいくつもいくつも、落ちていました。華やかな絨毯の模様のように、私たちの足もとを埋め尽くすようにして、惜しげもなく、散り乱れていた。見上げると、そこには無数のハイビスカスの木が枝を四方八方に広げ、枝という枝に赤い花をつけているではありませんか。咲いている花と落ちている花をかわるがわる見ていると、まるで万華鏡に映っている赤い花模様を見ているようなのです。この世のものとは思えないほど、幻想的な。

抱き合ったまま、ふたりとも、言葉を失っていました。

どちらからともなく、その場にしゃがみ込み、肩を並べて黙って海の彼方を見つめていました。そんな私たちの肩の上に、目の前に、はらり、ひらり、はらり、ひらり、とハイビスカスの花が落ちてくる。ひとつを拾い上げて、ミッキーは、お団子に結わえていた私の髪の毛に差し込みながら、言いました。

「絵に描くのが好きな花と、どんなに好きでも描けへん花とがあるなぁ」

「ハイビスカスは、どっち？」

野暮な質問だったでしょうか。ミッキーの答えは、こうでした。

「描けへん。けど、心のキャンバスに、しっかり描いとこ」

顔に似合わんロマンチックは、ミッキーの得意技。

「うちもそうしとこ。心のキャンバスに」

「俺が描いたる、唇で杏子ちゃんの全身に」

「要らんわ」

笑いながら頬を寄せ合って、キスをしました。ハイビスカスの赤にも負けへんような、熱い熱いキス。痛くなるくらい互いの唇を吸い合い、蛇みたいにちろちろと舌をからめ合って。ディープなキスはふたりとも大得意なんです。そうこうしているうちに、うちの下半身はとろけそうになり、たぶんミッキーの方は硬くなって、いきり立っていたのと違うやろか。あ、すみません、下世話な話で。

気がついたら、ふたりとも裸になってました。以心伝心。善は急げ。あわてる乞食はもらいがぎょうさん。ハイビスカスを敷き詰めたベッドの上で、うちらは二匹の魚になりました。ミッキーが上になった時、私はミッキーと空の両方を抱きしめ、私が上になった時には、ミッキーと大地を抱きしめて――このあとのことは、ご想像にお任せします。

まっ赤な天国をあとにする前に、私たちは裸で寝転んだまま、指切りをしました。ミッキーが私の小指を摑んで言ったのです。

「なあ、杏子ちゃん。約束して。ひとつ、お願いがある」

「どんなお願い？」

「俺とケッコンして欲しい」

冗談はひとかけらも交じっていない、いたって真剣な口調のミッキーを目にして、私は思わず「ぶはっ」と噴き出してしまった。ケッコンは「結婚」ではなくて、まるで英単語かハワイ語のように聞こえていました。

だって、考えてもみて下さい。

その時、ミッキーも私も、既婚者やったんですよ。ふたりとも誰かと結婚しているわけです。ミッキーには奥さんと、子どもがふたりもいて、うちにも、法律的には内縁やったとはいえ、親族一同を集めて結婚式まで挙げた、れっきとした旦那がいた。それやのに「俺と結婚して欲しい」は、ないでしょう?

「笑わんでもええやんか。冗談で言うてるのとちゃうよ。誰がなんと言うても俺は本気やし、真面目なんやから」

「わかってる。でもなんぼ真面目に言われても……」

既婚者同士の「結婚の約束」なんて、砂上の楼閣? それとも、砂漠に浮かぶ蜃気楼?

「俺はな、息子と娘がどっちも中学生になったら、ちゃんと事情を話して聞かせて、きれいさっぱり別れるつもりでおるねん。事実上、家庭内離婚はすでに成立してるわけやしな。子どもたちさえきちんと納得してくれたら、そのあとで晴れて杏子ちゃんと一緒になりたい。それではあかんか? 虫が良過ぎるか? 遅過ぎるか?」

「そんなこと……」

あらへんけど、けど私だって、今は結婚している身の上やし。

「杏子ちゃんも離婚して、俺と一緒になってくれるか?」

「うん、そうする。最初から、そうするつもりやった!」

できるだけ明るく、あっけらかんと、私は答えました。こういう時には、能天気に明るく答えるに限ります。うじゃうじゃ悩んだって、仕方がないではありませんか？

「ほんまか？　ほんまに別れて、俺と？」

「ほんまよ！」

「ほんまにほんまなんやな？」

「しつこいねぇ。女に二言はない」

私たちは裸のまま、ハワイのお天道様のもと、かたく指切りをしました。指を離し、体を離し、散らばっていた衣服を身に着けたあとも、ミッキーはしつこくくり返します。

「約束やで」

「うん」

そのあとに、こんな爆弾発言。

「ケッコンしたらな、俺たち、老後はハワイに住まへん？」

「ハワイで何するの？」

「それなんやけどな、俺にはひとつ、計画があんねん」

「どんな？」

「あのな、笑わんと聞いてや。ハワイの小さな町か、ひなびた村でな、ふたりでお好み焼き屋を開きたい思うてんねん」

「お好み焼きぃ？」

素っ頓狂な声を出してしまいましたが、ミッキーはあくまでもどこまでも真剣やった。気まぐれにしては、えらい真剣やった。

車にもどってからは、ハワイでいかにしてレストラン・ビジネスを起こすか、そのノウハウについて、金銭的な話、法律的な話、なぜお好み焼き屋なのか、その理由について、ビジネス戦略について、その勝算について、かなり詳しく話してくれました。それらはあまりにも具体的で、実現可能な計画のようにも思えて、私は驚かされるやら、嬉しいやらで、自分の感情をうまくひとつにまとめることができなくて、まるで熱に浮かされたようにぼーっと、ミッキーの話に聞き入っていました。幸せが大き過ぎると、それは幸せですらなくなってしまうのでしょうか。

ハワイからもどってきたあとも、私は終始、ぼーっと「ハワイでお好み焼き屋」のことを考えつづけてきたように思います。この二年間ずっと、片時も忘れたことはありません。

たとえば人の記憶というものを、幾重にも重なった、うすい透明な層の積み重なりやとすれば、「ハワイでお好み焼き屋」は、その層と層のあいだに貼りついた、一枚の花びらのようなものかもしれません。花びらはたった一枚きりで、その色は、はっとするほど、赤いのです。

「さ、焼けた焼けた、できたで、あんず。さ、食べよ」

あのハワイから、ハナへとつづく道から、あの天国から、あの記憶から、遠く遠く離れて、ここは京都の西のはずれにある私の部屋のなか。

午後五時半。不動産会社の仕事を定時に終えてもどってくると、アパートの玄関前の廊下にまで、お好み焼き屋の匂いがぷーんと漂っています。隔週火曜日、ミッキーはほかの日よりも一時間だけ早く、学校を退けることができるので、たいてい私よりも先に部屋にもどってきて、うちのために得意のお好み焼きを仕込んで、うちの帰りを待ってくれているのです。ビールの栓を抜いて乾杯したあと、ホットプレートの上で、じゅうじゅうとソースの音を立てて焼け焦げているお好み焼きを、へらで切り取って、はふはふ言いながら食べます。

「ねぇ、ミッキー」

「なんや？」

「覚えてるか？」

ハワイでお好み焼き屋、のこと。あの日のキス、あの日のプロポーズ。

「何を？」

やっぱり、覚えてへんのやな。あの約束、あの指切り。

「ううん、なんでもない、さ、食べよ。いただきまぁす」

あの時は、あの時だけは、真剣やった。でもそれはあの日、あの時、限りの真剣やったんやと思います。

「なんや、おかしな奴。ひとり笑いなんかして。何考えてんのや、言うてみ」

私は言いません。何も話しません。ただ、思っているだけ。思い出しているだけ。それで、ええのです。

たぶん、恋人たちの思い出には二種類があって、それはふたりで共有できるものと、できないもの、いいえ、そうではなくて、ふたりの心のキャンバスに自然に刻まれているものと、どんなに深く刻んでおきたくても、叶わないものとがある、ということでしょう。ミッキーは、ハイビスカスを描けへんのです。どんなキャンバスにも。

あの思い出は、あのハイビスカスは、私ひとりのものでええのやと思っています。私だけの記憶に貼りついている、私だけの赤い花びら。

ミッキーがすっかり忘れてしまっていても、だから私は覚えていようと思います。性懲りもなく、記憶しつづけていたいんです。たとえ私が死んでも、私の肉体が滅びても、赤い花は、色褪せへんのです。ハイビスカスは、枯れない。その花びらは、散らない。散る時には花ごと、地面に落ちる。潔く、ぽっくりと、たったひとつの真実を生涯、信じ抜いた人のように。たとえ散っても、花の形を保っている。ハワイでお好み焼き屋という、完璧な幸せの形を。

私は忘れない。私は記憶する。しつづける。そんな日は永遠に来ないとわかっていても、そんな形はどこにもないとわかっていても、私は夢想する。起きている時も、眠っている時も、私は華麗に花開く大輪のハイビスカスとともにあるんです。首を切り落とされ、地面に落ちたあとも、咲いていたいと思います。咲きつづけていたい、ひっそりと、人知れず。誰の目にも留まらない、無人島の浜辺で。

どこから届いた回覧板

Mizuki & Akinori

思い出が好き。

少女時代の思い出は、特に。

両脇に引き出しのついた勉強机。小さな引き出しと大きな引き出し。小さな引き出しのなかには、小学生の頃、熱心に集めていた外国のポストカード、珍しいスタンプの押された切手、それから、大人っぽいデザインのノートブック、カレンダー、手帳、メモ帳、日記帳、栞、封筒と便箋、そんな物たちがぎっしりと詰まっていた。

「みぃちゃんは、あしたからでも文房具屋さんが開けそうね」

と、母からよくからかわれていた。

「便箋をそんなにたくさん溜め込んで、いったい誰に手紙を書くつもり？」

左側の大きな引き出しのなかには、海外出張の多かった父が出張先の国々で買ってきてくれた絵本や童話の本を、大切に仕舞(しま)っていた。まだ英文を読むことはできなかったわけだけれど、おそらくそれゆえに、本棚に並べているほかの本とは違って、それらはわたしにとって特別な宝物だった。父が買ってきてくれたというよりも、外国の誰かからわたしのもとに、届けられた本という気がした。

　右側の大きな引き出しのなかには、何を入れていたのだろう。思い出そうとして、まぶたを閉じても、何も浮かんでこない。が、ある時、その引き出しの取っ手が壊れてしまい、あけられなくなって、泣きそうになってしまったことだけは、覚えている。だから今、右側の大きな引き出しのなかに入っているのは、泣きそうになった気持ち。

　中学時代には、その机の上に金魚鉢を置いて、金魚を三匹、飼っていた。赤い金魚が二匹、黒い出目金が一匹。近所の神社の縁日の屋台で、弟と一緒にすくってきた魚たち。弟のすくった出目金はすぐに死んでしまったけれど、赤い二匹は長生きをして、金魚とは思えないほど大きくなった。ゆらゆら泳ぐ金魚の「ゆらゆら」が好きで、いつまで見ていても飽きなかった。

　風のなかを、金魚のようにゆらゆらと、泳いでいるような気分になれる自転車が好きで、雨上がりの道にできた水たまりが好きで、水たまりに映っている青空と白い雲――それらもゆらゆら揺れていた――が好きで、お風呂が大好きで、お風呂から出たあと、裸でいるのが好きで、窓をあけっ放しにして寝るのが好きで、そのせいか、しょっちゅう風邪を引いていた。風邪を引いては熱を出し、学校を休んで家で寝ている時、窓のそばで風に揺れているカーテンを、ぼーっと眺めているのが好きだった。カーテンの揺れ方によって、外にはどんな風が吹いているのかがわかる。風の形を見つめているのが、好きだった。

大人になった今も、好き。

ひとりじゃなくて、風邪じゃなくて、真昼なのにカーテンを引いて、真昼なのに隣には明典さんがいて、わたしの裸の肩に唇を押しつけるようにして、短いけれど深いうたた寝を貪っていて、わたしだけが起きていて、窓辺でふわふわ揺れているカーテンを見ている、そんなひととき。ふわふわの時もあれば、もわもわの時もある。そよそよ、ひらひら、すーっ。油断していたら、ばさっと顔に覆いかぶさってくる、まるで波のような風。

でもそれは決して、今、じゃなくて、思い出のなかのカーテンが好き、ということ。記憶のなかで揺れているカーテン。

だから今、わたしたちのすぐ目の前で揺れていても、それが完全な思い出になるまでは、好きにならないでおこうと思う。

思い出が好きな理由は、そこに、安心と不変があるから。何が起こるかわからない未来なんて、好きじゃない。期待も希望も夢も約束も、好きじゃない。前向きに生きるなんて、わたしにはできないし、しない。好きなのは、過去だけ。ふたりで創った過去の時間だけ。

思い出のなかの明典さんは、いつまでも、わたしのもとから去っていかない。思い出も彼も、わたしだけのもの。真昼のうたた寝。肩に押しつけられた唇。窓辺で、膨らんだりしぼんだりしているカーテン。風だけが知っている、ふたりの短い旅。それらはみんな、誰にもあけることのできない引き出しのなかに、泣きそうな気持ちと一緒に閉じ込められている。

今年は一月五日から、図書館をあけた。

五日は月曜日だったけれど、通常の開館時間よりも一時間遅く十一時にあけ、閉館も一時間だけ早めて、午後四時に。閉めたあと、山梨県の実家に帰省していたスタッフがお土産に買ってきてくれた白ワインで乾杯し、館内でささやかな新年会を催した。

きょうは、七日。授業の再開を目前に控えて、冬休みの宿題や課題やレポートを仕上げるためだろうか、小中学生や大学生の姿が増えている。なぜか、高校生は少ない。いつもは女子高校生が多くて、大学生の方が少ないのに。もしかしたら近所の女子高の今年の新学期が、いつもより早く始まったのかもしれない。

エントランスホールの飾り棚、返却&貸し出しカウンター、五つほどある閲覧テーブル、洗面所の鏡の前などに置いている、ガラスや陶製の花器のなかには、松の小枝と、紅い実を鈴なりにつけた南天に、白と紫と黄色の小菊を取り混ぜて生けた。これらの植物はすべて、近くの花屋さんからの頂き物。売れ残ったものや、仕入れ過ぎて余ったものなどを、いつも有り難く頂戴している。

館内、特に閲覧テーブルの上には常に、生花を欠かさないこと。

これは、かつてわたしの上司でもあった、今は亡き副館長の教えだった。不思議なことに、テーブルの上に花を飾っておくだけで、利用者のマナーはずいぶんよくなるのよ、と、彼女は言っていた。「おしゃべりはやめましょう」「本はもとあった場所にもどして下さい」「本への書き込みはしないで下さい」などと記した注意書きをべたべた貼りつけておくよりも、たった一輪の花、あるいは、ひと束の草花を目にしただけで、人の気持ちは和み、清らかになるのね、と。

ひとつだけ「落書き専用テーブル」を設けてあるのも、副館長のアイディア。テーブルの中央には「ご自由に落書きを」というメッセージカードを立ててある。朝一番に雑巾でテーブルを拭きながら、新しい落書きを目にするのは、わたしの楽しい日課のひとつになっている。「M君大嫌い」がいつのまにか「M、大好き」に変化していることもある。

午前中、オフィスのなかでさまざまな雑務を片づけたあと、職員ふたりと一緒に駅前のイタリアンカフェで簡単なミーティングを兼ねたランチタイムを過ごし、二時過ぎから書架に出て働いた。返却された本を所定の場所にもどしたり、新しく入った本を棚に差したり、乱れたネームプレートを直したり、その合間に、すべての花器の水を新しいものに換え、枯れた花や葉を摘み取った。

最後の花器を、窓際の一番奥にある閲覧テーブルの中央にもどそうとした時、

「あっ」

小学生と思しき男の子の声がして、わたしの足もとに、ころころと鉛筆が転がってきた。赤の色鉛筆。お尻に可愛いキャップがついている。

「はい、どうぞ」

拾い上げて、手渡すと、

「ありがとうございました！」

元気な返事がもどってくる。なんだかそれだけで、嬉しくなってしまう。

同時にもうひとつ、嬉しい発見をする。そういえば、いつだったか、出会ったばかりの頃だったのか、それとももう少しあとだったか、正確な年も月も思い出せないけれど、ちょうどこんな風に、ここで、同じ場所で、今みたいに、わたしは明典さんが落としたボールペンを拾い上げ、あわてて椅子から立ち上がって取りに来た彼の手に、渡してあげたことがあった。あの時もわたしは「はい、どうぞ」と、今みたいな笑顔で言ったような気がする。気になっていた人に、声をかけるチャンスが巡ってきたと思って、内心ではすごく嬉しかったはずなのに、喜びは抑え気味にして。そんなわたしに明典さんは、なんと返したのだろう。や

っぱり小学生の男の子みたいに元気な声で「ありがとう！」と言ったのではなかったか。

そのあとに、ふたりの会話は、なかったと思う。けれども確かに、ふたりの交流があった。彼が落として、わたしのもとに転がってきて、彼が立ち上がり、わたしが拾い、わたしが手渡して、彼が受け取った。たぶん、ボールペンよりも何倍も重いものを。

記憶は、不思議な生き物だと思う。神出鬼没と言ってもいいだろう。長いあいだ、池の底で眠っていた一匹の金魚が、男の子の落とした鉛筆の音によって目を覚まし、こうしてひょっこりと水面に浮かび上がってくる。

見つけた。つかまえた。古い記憶のなかの、新しい思い出。

ぽっと胸の奥に灯った明かりは、けれどもすぐに吹き消されてしまった。

カウンター周辺で、館内の静寂を破るような男の人の罵声が上がり、何をしゃべっているのかまではわからなかったが、職員のひとり、あるいはふたりが、懸命に応対しているような気配もあり、どうしたのかな、何か不手際でもあったのかな、などと案じていると、

「襟野さん、襟野さん、ちょっといいですか」

アルバイトの女子大生が小走りに近寄ってきた。

「どうしたの？」

囁くような声で問いかける。彼女は今にも泣き出しそうな表情になっている。

「あの、利用者の方がさっきから……今、牧野さんが色々と事情を説明してるんですけど……」

糸のようにか細い彼女の声に、カウンターの方から「ふざけたことを言いやがって」という怒鳴り声が重なる。閲覧室にいる人たちがいっせいに首や視線を伸ばして、カウンターの方を見やる。「馬鹿にするなよ」。それに対して牧野さんが「申し訳ございません」と答えている。「すみません」。平謝りに謝っている。牧野さんは、再就職で入ってきたパートの職員で、かつてはもっと大きな図書館で働いていたことのある、四十代半ばのベテランだ。彼女に解決できないような問題が発生しているのだとすれば、それはかなり深刻な問題に違いないと、わたしはひとまず覚悟を決めた。

「わかりました。すぐ行きます。心配しなくていいからね」

カウンターの前には、年の頃、五十代か六十代に見える大柄な男の人が立っていた。見かけない顔だ。引っ越してきたばかりなのだろうか。彼はわたしの姿を目に留めると、かたわらにいた牧野さんに対して「ちぇっ」と舌打ちをしてから、投げ出すように言った。

「なんだ。あんたが、責任者か？　道理でこの図書館は、ったく使い物にならないわけだ」

そのあとに、男の人はぶつぶつと苦情めいたことを並べていた。よく聞き取れなかったので、わたしはひとまず頭を下げ、挨拶をした。

「はい、責任者の襟野と申します」

男はわたしを睨みつけた。

「どうしてこの図書館には、新刊がこんなに少ないんだ。ほら、見てみろよ」

彼はわたしに一枚のメモを見せた。タイトルを指さしながら、言った。

「あのおばちゃんの話によると、これもないし、これもないし、これもないというじゃないか。入る予定もありませんだって。それじゃあ、あんた、お話にならないよ。図書館というのは、われわれ市民のための本を揃えて置いてある場所じゃないのか。ここはいったい誰のための図書館なんだ。誰の税金でおまえらは飯が食えてると思ってるんだ」

「お探しの本がなかったこと、申し訳ございません。お怒りはごもっともです。図書に関しては、予算上の制約や弊館の方針などがございまして」

そこで、わたしの言葉は断ち切られてしまう。

「その話なら、さっき聞かされたよ。耳に胼胝(たこ)だ」

「まことに申し訳ございません」

丁寧に詫びたあと、わたしは説明した。落ち着いた口調で、淡々と、しかし誠意をこめて。

「三日間だけ待っていただけましたら、隣町にある県立図書館から取り寄せることが可能です。今から電話をかけて、蔵書の状況を確かめます」

「だから言ってるだろう。それじゃあ、遅いんだよ。なんべんおんなじことを言わせるんだ。三日も待てないんだよ。きょう、今から、必要なんだよ」

「少々お待ち下さい」

牧野さんがそう言って、わたしをオフィスのなかに誘導し、その人の怒りに火が点いてしまった経緯を早口で説明した。彼女は、その人が今すぐ読みたいと言っている本のうちの一冊——ベストセラーになっているビジネス書だった——は、駅前の書店にうずたかく積まれているので、そんなにお急ぎなら買われてはどうでしょうか？　と、つい口走ってしまったらしい。牧野さんは、わたしの耳もとに唇を寄せると、「今からちょっと走って、買ってきましょうか」と言った。わたしも一瞬、それが得策かなと思ったものの、すぐに思い直した。そんなことをすれば、この人の怒りはますます増幅してしまうだろう。

ああ、どうすればいい。

どうやって、なだめればいい？　どうやって、鎮めればいい？

——怒ってる奴がいたら、鎮めるための努力はしないことだな。そんな努力は無駄だよ。鎮めようとすればするほど、怒りにパワーを与えるだけだ。火に油を注ぐという言葉があるだろ、あれだよ、あれ。

——じゃあ、どうすればいいの？

——怒りは放っておく。まずは怒りたいだけ、怒らせておく。相手が怒りのパワーを使い果たすまで、暖簾に腕押しの「暖簾」になって待つんだよ。

——ただ、待ってるだけで、大丈夫なの？

——いや、大丈夫じゃない。しばらく待ったあと、具体策を示してやる。抽象的じゃなくて、具体的な解決策を、言葉と行動の両方でね。覚えておくといいよ。怒っている方が、怒りを向けられている方よりも何倍も深く、傷ついているんだ。相手は、怒りながら、自分の怒りによっていっそう深く、傷ついている。だからこっちは、深く同情しなきゃ駄目なんだね。同情しながら、相手の怒りじゃなくて、目の前に横たわっている問題に目を向けるんだ。


どうしたらいいのか、途方に暮れているさなかに、明典さんと交わした会話がよみがえってきた。明典さんが管理職として働いている工場で起こった、人間関係上の揉め事について、話している時だった。彼の言葉を思い出しながら、わたしはふたたび男の人の前にもどると、静かな口調で言った。

「本当に申し訳ございません。さきほどの職員の失言につきましても、お詫び致します」

　暖簾になって謝っているうちに、ふっと具体策が浮かんできた。

「ただ、なんとしてでもこの一冊だけでも、本日中にご用意したいと思います。蔵書の有無を確認したのち、今からアルバイトの者に、県立図書館まで出向かせようかと思います。ですので、そうですね、三十分か四十分ほど、お時間を頂戴できますでしょうか」

　言い終える少し前には、男の人の表情が幾分かやわらいでいるような気がした。具体策が功を奏したのだろうか。

「まあ、いいですよ。そこまでしていただかなくても。じゃあ、三日だけ待ちます。三日でいいんだな」

「はい」

　明典さんが助けてくれた、と思った。

　新刊のリクエストの手つづきを終えた男の人が去っていったあと、牧野さんとアルバイトの女子大生から口々に感謝された。

「襟野さんって、ほんとに頼りになるぅ」

「堂々としてるよね。芯が一本、ピンと通ってる」

「普段は無口だけど、言う時は言うって感じで、だから言葉に重みがあるのかな」

　わたしは臆病な亀みたいに、首を引っ込めたくなる。

「そんなことないです。実は声も指も震えてたの、わからなかった？」

その日の仕事を終え、自転車に乗って、家までもどっていく帰り道。

急に、寂しさが胸にこみ上げてくる。寂しい、会いたい、どうしているのかな、と、ペダルを踏むごとに思う。きょうは仕事場で二度も「会えた」のに、これからもどっていく家に、明典さんはいない。きのうもいなかったし、おとといもいなかったし、きょうもあしたもいないだろう。目の前にある現実に、打ちのめされそうになる。

頬をかすめてゆく一月の風は、ぴりりと冷たい。澄み切った空気を吸い込むと、肺が痛くなる。西の空の彼方がワインレッドの薔薇色に染まっている。ひとりで見るのがもったいないような夕焼け。どこからともなく漂ってくる落ち葉焚きの煙の香りに、もわっとしたおでんの匂いが混じっている。その匂いに、寂しさをかき立てられる。

少しだけ遠まわりをして、近くの公園に立ち寄ってみた。年末からきょうまでの十日あまり、さくらともみじの姿を目にしていない。なぜか、明典さんが関西の町へ行ってしまってから、二匹の猫たちもうちに帰ってこなくなっている。

公園のそばに自転車を停め、猫たちがよくそこで遊んでいる、植え込みのなかを探してみた。いない。公園のなかでは、五、六人の少年たちがキャッチボールをして遊んでいる。わたしの方まで飛んできたボールを拾いに、そのうちのひとりが駆け寄ってきた。

「あれっ、おばちゃん、ひとり？　アキちゃんは？」

息を切らして、少年は問いかける。あたりをきょろきょろ見まわしながら。明典さんがここにいれば、必ず野球ごっこにつきあっているだろう。

「仕事」

短く、まるで寂しさを切って捨てるように、わたしは答える。

「なぁんだ、つまんないの」

本当につまらなそうに言い捨てて、男の子はわたしにくるりと背を向ける。その背中に、思わず声をかけたくなる。

あのね、わたしだって、つまんないのよ。きみよりもずっと、ずっと、つまんないんだから。

公園から家までのゆるやかな坂道を、自転車を押しながら、登っていく。すでに陽はとっぷりと暮れ、夕闇もわたしの背後から、坂道を這い上がってくるようだ。風は冷たさを増して、よそよそしく、わたしを追い抜いてゆく。

やがて、坂の中腹に立っている、うちの紫陽花の生け垣が見えてきて、今は枯れ木となっている紫陽花の枝と枝の向こうに、オレンジ色の明かりがぽっと、灯っているのが見えた。

わたしに「お帰り」と呼びかけているような光。目にした瞬間、寒風になぶられて紅くなっていた頰が、かぁっと燃え上がる炎のように熱くなる。

明典さんだ！

明典さんが、もどってきている！

三度目の正直で、会えた。会えた、会えた、会えた、やっと会えた。今、この時だけは、自分は正真正銘の強い女だと思えてしまう。今、この時だけは。

きょうの午後、職場で利用者の苦情に直面していた時、本当は、わたしは今にも泣き出しそうだった。心細くて、悲しくて、情けなくて、たまらなくて。苦情を言われたことに対して、ではなくて、こんなことがあった日にも、わたしは、ひとりぼっちの家にもどらなくてはならないのだということがつらくて、たまらなかった。なんて弱い女なんだろうと思っていた。

自転車を持ち上げて三段の石段を上がり、軒下に停めたあと、踏み石を踏んで玄関に向かう。弾んでいる心を抑えつけるようにして、わざとゆっくり歩く。喜び過ぎちゃ駄目、喜び過ぎないこと、と、自分に言い聞かせている。喜び過ぎるから、落胆も大きくなる。幸せを感じ過ぎると、また会えなくなった時の寂しさに苦しむことになる。

玄関のドアのすみっこに、回覧板が立てかけられている。今年初めての回覧板。取り上げて小脇に抱え、ドアをあける。

「ただいまぁ」

今年初めての「ただいま」を、好きな人に向かって言う。喜びのあまり、喉に小石が詰まってしまっている。息が苦しい。靴を脱ぐのももどかしい。

「おう、帰ってきたか。寒かったろ？　お帰り。お疲れさま」

明典さんの声と、気配と言葉と足音と匂いと存在感、それらのすべてに包まれる。上がり框の上で抱き寄せられ、あたたかい体に包まれたわたしの冷たい体が、ぎゅっと縮まるのがわかる。ショルダーバッグも回覧板もドサッと床の上に落としてしまう。ついでに寂しさも、強い女も。

「もどってきてたの。どうして」

そのあとは、唇と唇で会話をする。舌をからめ合って伝える。

どうして電話してくれなかったの？

電話よりも、実物の方がいいだろ？

いいけど……

驚かせるのが好きなんだ。知ってるだろ？

知ってるけど……

なんだい？　喜んでないのか？　もっと喜べよ。

喜んでる、こんなに。こんなに、こんなに、こんなに。わかるでしょ？

唇を離したあと、わたしは問いかける。金魚から、人間にもどったような気持ちで。

「晩ごはんは？」

明典さんが来るとわかっていたら、買い物にも行ったのに。公園になんか、寄らなかったのに。

「うん。ばっちり準備できてるぞ。あとは焼くだけだ」

「焼くだけって？　えっ、もしかして、覚えてくれてたの？」

あの約束。キッチンに向かって歩いていきながら、そこから流れてくる匂い――刻まれたキャベツ、紅生姜、葱などの入り混じった香り――にうっとりしてしまう。

「そりゃあ、覚えてるさ。約束したんだから。男に二言はないよ」

年末、離れ離れになる前に、わたしたちは指切りをしたのだった。年が明けて最初に会った日には「お好み焼き大会をしよう。俺が全部こしらえて、焼いてやるよ」と。いつ、ここにもどってこられるかわからないし、約束もできないけど、と言ったあとに。

――泣くなよ。そんなに泣かれたら、俺まで泣きたくなるじゃないか。

――ごめんなさい。涙が勝手に出てくるだけだから。

――今生の別れじゃないんだから。またすぐ会えるんだから。

――わかってる。

――さくらともみじのこと、頼んだぞ。

――もう、わたしよりも猫たちのこと、心配してるでしょ？

――ばれたか？

テーブルのまんなかに携帯コンロと鉄板を置いて、こんがり焼き上がったお好み焼きをふたりで食べているさいちゅう、カリカリカリカリと勝手口のドアを引っ搔く音がして、まずもみじが姿を見せた。五分後に、さくらもやってきた。好物の鰹節の匂いに釣られたのだろうか。それとも、明典さんがもどってきている気配を察して、やってきたのだろうか。たぶん後者だろう。

「おお、よしよし、よく来たな。そうか、おまえたちも嬉しいのか。みずきちゃんに会えて、嬉しいのか。おまえたちも、会いたかったんだな。腹が減ってるのか」

二匹の猫たちはかわるがわる、明典さんの膝や肩にのったり、足首に顔をこすりつけたりして、全身で、喜びを表現している。そんな光景を眺めながら、わたしも「猫になりたいな」と思っている。明典さんが「おまえたちも」と言うたびに、幸せの毛糸の玉がそこら中で、ころころころころ転がる。

明典さんも嬉しいのだということが、わたしは嬉しい。

いつまでいられるの？

ねえ、今度はいつまで？

訊けないまま、わたしはひとりで毛糸の玉を転がしている。あっというまに終わってしまう短い未来を追いかけて、遊ぶ。未来が思い出に変わるまでの、つかのまの、今。

ビールを飲みながら、お好み焼き合計四枚、うち二枚はお餅入りをふたりで食べたあと、洗い物をしているわたしに、明典さんが声をかけてくる。

「なぁ、みずき。ここに、ちょっと面白いことが書かれてるよ」

「どんな？」

明典さんは、玄関口に放り出されたままになっていた回覧板の、クリップからはずしたらしい、一枚の白い紙を手にしている。

「いいか、読むよ。『みなさま、新年あけましておめでとうございます。旧年中は我が家の虎吉と白玉が大変お世話になりました。心より感謝いたしますとともに、本年も変わらずどうかよろしくお願い申し上げます。なお、ご迷惑をおかけしているようでしたら、早く自分の家にもどるよう、二匹に伝えてやって下さいませ』だって。この虎吉と白玉って、もしかしたら」

「もみじと、さくらのこと？」

「どうも、そうらしいなぁ」

ふり返って、明典さんと二匹の猫たちのいる方を見た。さくらは、明典さんの太ももに顔を押しつけてごろごろ喉を鳴らしているし、もみじは、明典さんの組んだ胡座（あぐら）の脚のなかにすっぽりと体を埋めている。

「困った奴らだな、俺たちには今夜、ほかにやることが色々あって、忙しいのにな」

今、この瞬間だけは、わたしには自分が完璧なまでに幸せな女だと思えてしまう。今、この瞬間だけは、ここは、あたたかい。あたたかい南の島だ。楽園だ。たとえばハワイのような、ハワイの田舎の、誰も訪ねてくる人のいない海辺のような。たとえばエーゲ海に浮かぶ小さな島のような、名もない無人島のような。そこは、青い空とまっ白な雲と銀色の波とまっ赤なハイビスカスと、ゆらゆら揺れる風の住処だ。樹木から樹木へ、砂浜から大海原へ、太陽から月のもとまで、自由に飛んでいける風の溜まり場。そこには、ふたりだけの秘密を知っているベッドとシーツとカーテンがあって、そのカーテンはいつも、風に揺れている。ゆらゆら、ゆらゆら、ゆらゆら。わたしも揺れる。金魚のように、ゆらゆら泳ぐ。明典さんと一緒に。泳がされる。明典さんの起こす波に揉まれて。

どうか、お願いだから――

回覧板に手紙を挟んだ人に向かって、猫の飼い主に向かって、わたしは返事をする。「わかりました。彼らに伝えます。でも、もう少しだけ、ここにいてもらってもいいですか。彼らがここにいたいと思っている限りは」――

本当はどこへも、誰のもとへも、帰したくはないのだけれど。

そのつづきは、見知らぬ人に向かって、言う。名前も顔も知らない人。それなのに、わたしはその人と、深くつながっている。もしかしたら、明典さんとわたし以上に強く、透明な鎖でつながれているのかもしれない。その人に向かって、明典さんが結婚している女の人に向かって、静かに話しかける。

「必ず帰しますから、許して下さい。約束します。必ず、帰します。あなたが必要としている時には必ず。だから、どうか、お願いだから、あともう少しだけ、この人をわたしのそばに、置いておかせて」

蠍

Anzu & Mickey

きょうのテーマは結婚について、でしたね？

お聞きになりたいのは私の、前の結婚について？　それともミッキーの今の？　それともうちらの未来の？　それとも一般論として？

全部ですか。あなた、欲張りなんやね、私と一緒で。

わかりました。それなら「物事には順序がある」にのっとって、私のから。

この前お話ししたように、誠実で優しくてまったく非の打ち所もなかったフィアンセの、あろうことか、お父さんを好きになってしまうという「結婚未遂事件」を起こし、婚約者やった誠さんの妹さんに刺されて傷を負い、這う這うの体で関西にもどってきた私は、しばらくのあいだ実家に身を寄せて、静かにおとなしく暮らしていました。まだ、社会に出て仕事をする気力はわいてこなかったので、家事手伝いをしながら近所のお寺に通って写経をさせてもらったり、母と母の友だちと一緒に香港や台湾に買い物旅行に出かけたり、料理やパッチワークを習いに行ったりしてね。

事件から一年ほどが経っていたかな。時間が薬になったというか、リハビリが終わったというか、やっとのことでなんとか、心身ともに回復したかな、と思えるようになってきたので、私は京都市内で仕事を見つけて、パート社員として働き始めました。今、働いている不動産会社の系列オフィスで、いわゆる不動産屋さんです。京都駅の八条口の裏通りに立っている小ぶりなビルの一階で、アパートやマンションや借家の貸し借りの斡旋業務を担当していました。ファッションとは無縁な仕事やったけど、長岡京市の実家からは電車一本で通えることと、職場の雰囲気が和気藹々(あいあい)としているところが気に入っていました。

それからは、家と職場の二ヶ所を、伝書鳩のように行き来する日々。真面目を絵に描いたような生活です。当時はまだ二十六歳の終わり頃やったわけやけど、結婚未遂のごたごたで、一気に二十歳くらい、年を取ってしまった気分やった。新しい恋？　とんでもない。

恋は人を暴走させる。

恋は人生を破壊する。

恋は私を邪悪にし、私の顔を恐ろしい般若の面にする。

そんな恋愛の、いったいどこが素晴らしいの？

って思っていました。恋愛アレルギーというか、恋愛嫌悪症候群というか、とにかくもう二度と、金輪際、誰かを好きになったりしない、恋愛なんて誰がするもんか、と、固く固く心に誓っていたのです。

咲かないつぼみと化した私のまわりでは、恋の花が咲き乱れていました。百花繚乱です。彼氏のいる友だち、恋人ができたばかりの従姉妹、もうじき結婚することになっているラブラブな会社の先輩、不倫の恋にうつつを抜かしている同僚。誰のことも、誰の話を聞いても、うらやましいとは、ちっとも思えへんかった。どうせ、あんたらもそのうち、泣きを見ることになるよ。恋する女は椿と一緒、まっ赤に咲いたあとは、首からポロリと落ちるだけなんよ。ああ、かわいそうになぁ。「命短し、恋するな、乙女、やで」などと心のなかで揶揄しながら、職場の男性社員、仕事を通して知り合った人や出入りの業者の人なんかから、

「茶でも飲みに行かへんか」

「昼飯でも食いに行こうや」

「土日は何してんの？」

「な、いっぺんでええから飲みに行こ」

「琵琶湖までドライブに連れてってあげる」

口々に誘われても、木で鼻をくくったように断っていたのです。

そんなある日のこと、父の妹にあたるおばちゃんから、お見合い話が持ちかけられてきました。実際に持ちかけてきたのはおばちゃんやったけど、見合いの相手は父もよく知っている人でした。父と同じ大学の医学部で勉強していたこともあるという後輩の医師で、両親と

もに、特に母の方は強く、なんとかしてこの縁談をまとめたいと望んでいたようでした。私みたいな傷モンの女を、嫁にもらってくれるというだけで有り難いことやと思ったのでしょう。

「な、杏子ちゃん、思い切って、飛び込んでいき。済んでしまったことは済んでしまったことや。いつまでも過去にこだわってたら、幸せにはなれへん。結婚はな、恋愛よりも何倍も、いや何百倍も、ええもんなんよ」

母はそう言って、私の背中を押してくれましたし、父は父で、

「あいつなら、杏子を丸ごと受け止めて、引き受けてくれるやろ。懐の深い男やし、人並み以上の苦労もしてはるし、人柄はお父ちゃんが保証する」

太鼓判を押すのです。

その人の名前は、真柴元喜（ましばもとよし）先生。そう、先生です。最初から最後まで、私は「先生」としか呼べへんかった。

両親の言ったことは、正しかった。真柴先生は誰からも慕われ、尊敬されている、それはそれはりっぱなお医者さんやった。名だたる私立の大学病院にお勤めしてはって、専門は脳外科。お見合いをした時、先生は働き盛りの四十五歳で、うちは二十八歳。年の差なんて、ちっとも気にならへんかったし、第一、先生は若々しくて、凛々しくて、年などまったく感じさせないような人でした。

「あの、先生のご趣味は、なんなんですか？」

見合いの席で、いかにも見合いっぽい質問をした私に、

「なんだと思う？　それはね、ジム通い」

先生はにっこり笑ってそう答え、両腕を垂直に折り曲げて上げ、ポパイみたいに腕の筋肉を膨らませて見せました。季節は夏。半袖のTシャツの袖を盛り上げている力こぶを目にし、なるほど、そういうことか、と私は納得。ジムのほかにも、重量挙げ、ボクシング、マラソン。体を鍛えるのが先生の趣味やったのです。

先生の家族は、数年前に死別した奥さんとのあいだに、娘さんがひとりと、息子さんがふたり。娘さんは大学生で、上の息子さんは高校生。下の男の子はまだ小学生やったけど、生まれつき体が不自由で、知的発達も遅れていて、車椅子で養護学校に通っていました。ちょっと話が飛びますが、この子がもう、天使みたいに可愛い子でね。うちのことを慕ってくれて、なついてくれて、先生と別れることになった時、何が悲しかったかというと、この子と別れるのが一番つらかったです……。

話をもとにもどして、先生のご家族のことね。三人の子どもたちのほかに、同じ敷地内にある離れには、老齢のご両親も同居していて、おじいちゃんの方は、入浴時には介護が必要

な体になっていました。

もちろん、先生の素晴らしいお人柄に魅了された、という理由もあったけど、恋愛をすっ飛ばして、私が「この人と、結婚しよう」いや「結婚さしてもらいたい」と心を決めた理由は――

そうなんです。あなたにはもう、おわかりになったんと違いますか。

償い、というのかな、懺悔、とでも言えばええのかな。この結婚に対する私の心意気は、そういうものに近かったんです。なんらかのご縁があって巡り合った真柴先生と結婚し、一生懸命、妻としてのつとめを果たし、全身全霊でこのご家族に献身したい。そのことによって、私の過去の不始末も、ほんの少しは浄化され、かつて私が傷つけた人たちへの贖罪にもなるのではないか。こんな考えがいかに浅はかで、いかに甘かったかということは、あとでいやというほど、思い知らされることになるわけですが。

何はともあれ、私はみなから望まれ、みずからも望んで、先生のおうちにお嫁入りをしました。とはいえ、さまざまな事情があって入籍はせず、内縁の妻でしたけど。

内輪だけで簡素な結婚式はしましたが、披露宴はしなかったし、新婚旅行もしなかったし、あこがれの純白のウェディングドレス――ほんまは、自分でデザインしたのを着たかったんやけど――も着なかったし、結婚指輪の交換もしなかった。いえ、交換はしなかったけど、指輪はもらったんですよ。先生のお母さんから。「じいちゃんに内緒で貯めとったへそくりをはたいて」、買うて下さったんです。五月生まれの私の誕生石、エメラルドの指輪。

「華やかな顔立ちの杏子ちゃんにはこの色と、これくらい大きな宝石がお似合いやと思うてな」

はめるのが惜しいような、見ているだけでため息が漏れそうな、美しいエメラルドグリーンの指輪です。離婚することになった時、お義母さんに返そうとしたら、こう言われました。

「持っていき。お守りとしてずっと、持っといて」

それが、この指輪です。

きれいでしょう？　この光。夜、暗いところで見るとね、猫の目みたいにキラッと輝いて見えるんですよ。

さて、そんなこんなで、私にとっての結婚記念日とはすなわち、先生の家への引っ越しの日で、引っ越したその日から、私と先生を含めて家族七人のためのおさんどんと、掃除と洗濯と介護の日々、すなわち新婚生活が始まったんです。

親しい友だちのなかには、「杏子ちゃん、まんまとはずれくじを引かされたなぁ」とか、「医者の妻とは名ばかりで、蓋をあけたら、家政婦やないか」とか、好き勝手な解釈をし、「へえ、なんやて、門限まであるんか」と、不要な同情をしてくれる人もぎょうさんいたけれど、結婚というのはほんま、外から見ただけではわからへんもので、私は毎日、ほのぼのと幸せやったし、心底、満ち足りていました。母が言ってた通り「結婚とはええもんやなぁ」と。

私の場合、結婚イコール家族、と言った方が正しいのかもしれへんね。うん、「家族とはええもんやなぁ」です。しかも、大家族。大家族イコール大幸福。なんとなれば、先生のご家族はみんながみんな、心根のきれいな、純白な人たちやったから。きれいな心というのは、伝染するんやね。乗り移って、相手の心を白くできるの。漂白剤みたいなモンです。

外での仕事も辞めんと、つづけてましたよ。前にも話したけど、私は働くことが大好きでしょ。体を動かしてすることは、なんでも好き。家のなかのことだけやなくて、会社の仕事もね。ラッキーなことに、結婚生活に慣れてきた頃、それまでパートで働いていた不動産斡旋事務所の本社にあたる会社で、正社員として雇ってもらえることになり、本社は婚家からバスで二十分ほどのところにあったので、前の職場よりも通勤時間が短くなり、下の息子のお迎えにも便利になり、私は家事にも仕事にもますます力を入れてがんばって、家でも会社でもくるくると立ち働いていました。門限はね、私が勝手に決めてただけなの。門限のある人妻って、ロマンチックやと思わへん？

ミッキーと知り合うまでのおよそ五年間、結婚生活はまさに順風満帆やったと言えます。

せやけど、物事には、色々な側面があります。どこに光を強く当てるかによって、色も形も輝きも、違って見えます。ついさっき「結婚とは、外から見ただけではわからへん」と言いましたが、それとおんなじで、五年間の順風満帆も「私の側から見れば」と言わんならんのです。

真柴先生には、愛人がいました。

しかも、長年の。私との結婚前からの。いいえ、もしかしたら、前の奥さんが生きておられる頃から、ふたりは愛し合っていたのかもしれません。それくらい長い、深いおつきあいのようやった。

それなら、なんで？

なんで、奥さんが亡くならはったあと、その人と一緒にならへんかったの？

と、あなたは今、疑問に思われたでしょう。もちろん私も思いましたよ。先生にも、たずねました。なんでわざわざ見合いなんかして、うちと一緒になったん？　と。

このふたりが一緒になれない理由は、先生から聞かされて、あとでわかりましたけど、最初の頃は、わからへんかったのね。相手の人も既婚者なんかなぁと、漠然と思っていました。それとも、先生のことは好きやけど、手のかかる子どもや老人のお世話をするのは「イヤ」な人なんかなぁと。

話が少し逸れますが、先生には、なんて言えばいいのかな、ちょっとだけ人とは違ったところがあったんです。突然、変わった振る舞いをすることがある、というのかな。たとえば散歩中、並んで道を歩いている時なんかにね、急に「蟹歩きぃ」と叫びながら、両手の人さし指と中指で鋏(はさみ)をつくって、腕をVの字に広げて上げ、左右に動かしながら、蟹みたいに横歩きを始めたりするの。お酒に酔ってるわけでもないのに。奇行と言ってしまえば、それまでのことでしょうか。先生自身はこの奇行のことを「発作」と呼んでました。この発作は、難しい大手術のあとなんかにはよく起こりました。真夜中に、家中に先生の遠吠えが響き渡ることもありました。

脳外科の医師であるということと、関係があったのかもしれませんし、なかったのかもしれませんが、私の乏しい想像力を精一杯、働かして解釈しますと――

毎日のように、人間の生き死ににかかわる現場にいて、まさに血だらけの闘いを余儀なくされているせいか、時には我を忘れ、時には自分を解放し、完全に阿呆になる必要が、先生にはあった、ということではないでしょうか。

先生の長年の愛人は、男の人でした。

あ、せやけど、誤解しないで下さいね。男同士の愛の行為を奇行だとは、私は微塵(みじん)も思っていません。うちの言いたかったことは、先生は、その人との激しい性の営みのなかで、自己を完全に解放する必要があったのではないか、ということです。

一方、先生と私の性の関係は、いたって淡白なものでした。私から求めない限り、先生が私に求めることはなかったし、信じていただけるかどうかわかりませんが、一緒に寝る時にはいつも幼稚園児みたいに手をつないで寝てたんですけど、それだけで、しみじみと幸せな気持ちやったんです。私が先生に、結婚に対して求めていたのは、安定した生活であり、家族みんなの幸せであり、心の平安であり、体の静謐でもあったから。恋なんか、もうこりごりやと思っていた私には、家のなかでは頼りになる優しい夫で、恋は家の外でしてくれている先生が、理想のパートナーやったんです。ミッキーに巡り合う前までは、ということやけど。

先生と彼は、乱暴なまでに互いを求め合い、傷つけ合い、貪り食らうような間柄やった。先に「激しい性の営み」と言いましたけど、まさにその言葉通りの関係やね。実のところ、先生は彼に会った夜には傷だらけになって、家にもどってきました。はい、ほんまに、体に傷がついていた、ということです。そういえば、鋏かナイフで切り刻まれた下着を身に着けて帰ってきたこともあったなぁ。ズボンを脱いだら、その下から、海月みたいにされたパンツがひらひらと。それ見て、ふたりで大笑いしたこともあったよ。大笑いしながら、一緒にフラダンスを踊ったこともあった。

先生は彼から、彼は先生から、傷つけられ、傷つけることによって、深い快感を得ていたんやと思います。傷は愛の証、刻印やったということでしょうか。

「S同士？　まるで蠍と蠍、みたいやな」

ある晩、先生の体に刻まれている無数の傷を撫でながら、私がそう言うと、

「うまいこと言うなぁ。ずばりその通りじゃないか」

先生は嬉しそうに笑って、それから教えてくれました。

「杏子ちゃん、知ってるか？　蠍のダンス」

蠍という生き物は、口の近くに鋭い鋏を備えた触肢を持っていて、その鋏で獲物を掴むと、尾っぽをくるんと反らして、尾の先についている毒針で獲物を刺し殺し、鋏で切り刻んでむしゃむしゃ食べるんですね。先生と彼はまさに、二匹の蠍。ベッドの上で死闘をくり広げる、いいえ、その反対で、蠍たちは闘っていたのではなくて、愛し合っていたんやね。蠍の交接行為は「結婚のダンス」とも呼ばれていて、二匹が互いの触肢や鋏の形をした角を掴み合い、前後左右に振りまわしながら、種類によっては数時間以上も「愛し合う」のだそうです。

「壮絶な愛やねぇ」

ため息まじりに答えながら、私は先生の背中についている引っ掻き傷に、オロナイン軟膏を塗ってあげたものです。そうやって、傷ついて家にもどってきた蠍を慰撫し、癒してあげるのが、私という妻の正しい在り方やと思うようになっていました。

私の好きな作家がある著書のなかに、こんなことを書いていました。正確な言葉ではないけれど、だいたいこんな内容のことです。

「愛とは、決して難しいものではない。手に入れにくいものでもない。愛とはただ、片方が死ぬまで、もう片方がそばにいること。最期まで一緒にいること。ただそれだけのことだ」

愛を結婚に置き換えてみて下さい。それが私の結婚観になります。この言葉が、この考え方が、私はいたく気に入っていたのです。先生にとって、私はそういう女でありたいと願っていたし、結婚とは私にとって、そういうものであると信じていた。

私の結婚生活は、他人の目から見れば不幸に、あるいは異常なものに、見えていたかもしれへんけれど、くり返しになりますが、私はほんまにまことに幸せやった。意味が通じてるかどうかわかりませんが、「不幸もまた、幸福の一部であった」とでも言えばいいのでしょうか。

出家した人の心境に近かったのかもしれません。そう、先生と結婚しているあいだ、私は尼さんやったんやと思います。恋を忘れた人生は、なんて穏やかで、清らかで、安らかなのでしょう。このままハッピーな尼僧として一生を終えられるのかな、と思っていた矢先に、私はミッキーに出会ってしまうわけです。

ミッキーに言い寄られ、抱きしめられ、図らずも、よみがえってしまった。ミッキーの鋭い鋏に摑まれ、毒針に刺されて、目を覚ましてしまった。「恋」という名の毒を注入され、脇腹の傷跡が「もう一度、女になりたい」と蠢いた——この話は、最初にお目にかかった時、いやというほどお聞かせしましたね。

　ミッキーに巡り合ったことを打ち明けた時、先生は言いました。

「そうか、とうとう来たか。いつ来るかいつ来るかと思っていたけど、とうとう」

　恋が私の人生のなかに、もどって「来た」という意味です。先生の覚悟はすでに、決まっていたようでした。

「来てしまったものは、仕方がない。杏子ちゃんの好きなようにしたらいいよ。今の生活をそのままつづけたかったら、つづけよう。やめたかったら、やめよう。僕はどっちになってもかまわない」

　迷いに迷った末、やめる方を、私は選びました。まったく後悔していない、と言うと、それは嘘になります。家族との別れは本当につらいものやったし、責任を途中で放棄することになるのは、なんとも情けないことやったし、私は結局、先生にも家族にも添い遂げられへんかった薄情な女。後悔に、ちりちりと苛(さいな)まれました。実は今でも、苛まれています。

「会いたくなったら、いつでも会いにおいで。夫婦でなくなっても、家族や僕らの絆が切れたわけではないんだから」

　だから家の鍵は「持っておきなさい」と、先生は言ってくれたけど、私は返しました。会いに行けるはず、ありません。行けば、未練がいっそう募ります。あの家に、あのにぎやかな「家と庭」に、しっぽを巻いてもどりたくなってしまうかもしれません。

先生に愛人がいるように、私も結婚生活を維持しながら、外で恋人のミッキーに会う、ということも、できなくはなかった。できなくはなかったけど、そうしなかった。

なんでやろ？

自分でもよう、わからんのです。性格でしょうか？　性分でしょうか？

ただ、うちはこういう風にしか、生きられへん、それが私であり、私が私である所以や、ということでしょう。

ハワイでプロポーズをされたあと、表面的にはあっさりと、でも内面的には泣く泣く、私は離婚をしましたが、ミッキーの方はまだ、なんです。

ミッキーには、ふたりの子どもがいます。息子と娘。どちらも今はまだ小学生です。

「子どもらが中学生になったら、事情を話して理解を得た上で、離婚する」

ミッキーはそう言っています。約束もしてくれました。一度ならず、何度も。ミッキーの話を真に受けるとするなら「家庭内離婚は、すでにりっぱに成立してるけど、親として、子どもに対する責任だけは果たさんならんやろ」というわけです。結婚とは責任であり、義務である。それさえ遂行し終えたら、きれいにジ・エンドにして、そのあとは「晴れて、あんずと一緒になる」と宣言しています。

「アホと違うか。そんな話、まともに信じてるなんて、杏子ちゃんは阿呆や、しかも『ド』のつくアホや」

親しい友だちは目を三角にして、頭から湯気を出します。

「今は『中学生になったら』言うてるけど、それはいずれ、『高校生になるまで』になるねんで。そのあとは『就職するまで』になり『娘が結婚するまで』になるんや。そんなこともわからんのか。目を覚ませ、目を」

私をどやしつける友だちもいます。

「ああ、情けない。そんな都合のエエ女になって、どないするねん」

けど、私は信じてるんです。私だけは、信じてあげないといけないとも思うてます。

馬鹿でしょうか？　やっぱり。

しかも「大」のつく馬鹿？

あなたもそう思われますか？　思ってくれて、かまいませんよ。

人がなんと言っても、誰からなんと思われようと、私はどこまで行っても私、でしかないのです。私は私を信じ、私らしく、私の人生をまっとうしていくしか、ないではありませんか。

愛とは、決して難しいものではないんです。手に入れにくいものでもないんです。愛とはただ、片方が死ぬまで、もう片方がそばにいること。ずっと一緒にいること。最期まで。ただそれだけのことなんです。その昔、結婚が私にとって、そういうものであったのと同じように、皮肉なことに今は、ミッキーを待つ生活に対して、私はそのように思っているわけです。今の私の生活は、他人の目から見れば不幸に、あるいは異常なものに、映っているかもしれない。けれど、そう、そうなの、「不幸もまた、幸福の一部である」ということなの。

きょうは、ミッキーには会えない日です。私は不幸。

あしたは、会える日です。私は幸せ。

私の一週間には、曜日はありません。会えない日と会える日があるだけです。

「会えない曜日」には、仕事が終わったあと、錦市場まで買い物に出かけて、野菜やら、魚やら、美味しい漬け物やらお味噌やら、色々な食材を買い求めて、ひとり暮らしのアパートにもどります。もどったら、エプロンを掛けて、せっせと夕飯づくりをします。

あしたの夕飯のために、一日前から仕込みをするんです。

前の日からこしらえておいた方が美味しくなる料理って、あるでしょう。そう、煮込み料理とか、シチューとか、カレーとか、おでんとか。

今夜はね、コロッケをつくるの。ミッキーの好きなサーモンコロッケ。コロッケもね、前の日につくって、冷蔵庫でひと晩寝かせてから、翌日に揚げると、美味しいの。なんでかなぁ。お芋に色んな味が染みて、美味しくなるのかな。

つくり方？　お教えします。お安いご用です。

まずは、じゃがいもをお鍋で茹でて、熱いうちにフォークの背でつぶして、塩胡椒とオリーブオイルを加えて、蓋をしたまま二、三時間、放置しておく。こうすると、お芋から出る蒸気によって、お芋がさらにとろとろに柔らかくなるのね。

お芋を仕込んでいるあいだに、生鮭の切り身をオーブンで焼きながら、みじん切りにした玉葱、人参、マッシュルーム、グリーンピースをフライパンでソテーする。あとは、大きなボウルのなかで、つぶして冷ましたお芋に、ほぐした鮭と細かく刻んだ鮭の皮とソテーした野菜をしっかりと混ぜ合わせる。それから、手のひらにオリーブオイルをうすく伸ばして、コロッケの形に丸めていく。ミッキーの顔に合わせて、小判じゃなくて、まん丸に。ここまで準備したものを冷蔵庫に仕舞っておく。ラップを掛ける時、小さな穴をぷつぷつとあけておくのを忘れんと。

あした、ミッキーの顔を見てから、小麦粉をまぶして、卵汁につけて、パン粉の上で転がして、つぎつぎにコロッケを揚げていきます。私はひたすら揚げることに専念し、ミッキーにはひたすら食べることに専念してもらうの。だって、揚げたてのアツアツを食べさせてあげたいから。

付け合わせは、自家製の白菜の浅漬け――白菜、昆布、柚の皮、赤唐辛子入り――と、りんごとセロリと胡桃のサラダ。サラダの下には、糸みたいに細く切ったキャベツの千切りを敷き詰めて。コロッケに添える特製ソースは、とんかつソースに、マヨネーズとケチャップと辛子を混ぜ合わせたもの。割合は4対1くらい。ご飯は、ミッキーの健康を考えて、我が家は玄米にしています。

「ああ、うまいうまい、この家のメシは、なんでこんなにうまいねん」

「決まってるやんか、愛がこもってるからや」

「コロッケより、愛をこめて、か？」

「それを言うなら、愛よりコロッケやろ」

「いや、俺の場合はコロッケよりコロッケよりあんずや」

ミッキーとする、そんな夫婦漫才を思い浮かべながら、私は深夜の台所でひとり、背中を丸めて、コロッケを丸めつづけます。一個、二個、三個、四個、五個。ミッキーの分は六個か七個で、私は三個かな。だから合計十個。だけど、いつでもなぜだか、多めにつくってしまうの。結婚していた頃、大家族のために、なんでもぎょうさんこしらえていた癖が抜けていないのかな。

私たちの未来の結婚については、今は何も語ることができません。

この世には、確かなことなど何ひとつないし、空の色も雲の形も毎日、変わるし、時間はたった一秒でも止まるということを知らない。けれど、たったひとつだけ、確かに言えることがあって、それは何かというと、結婚できたとしても、できへんかったとしても、私は死ぬまで、ミッキーのそばにいたいと思うし、ミッキーのそばで、私らしく、蠍のめすらしく、この、激しい愛をまっとうしたいと思っています、ということ。

蠍と言えば、最後にもうひとつ、あなたに教えてあげたいことがあります。

これもその昔、先生から教わったことなんやけど。

蠍というのは、いかにも恐ろしい生き物やという固定概念が強いけど、実は、蠍にも多くの天敵が存在しているのね。たとえば、いたちでしょ。たとえば、鳥類。そのほか、肉食性の昆虫——蜘蛛とか百足(むかで)とか——にも食べられてしまうことがあるらしいの。それというのも、蠍の皮膚は見た目よりも柔らかくて、大きさだって、三センチから、せいぜい二十センチほどしかない。蠍の鋏と毒針は、だから、天敵と闘うための、自己防衛の武器でもあるんやね。天敵から身を守るため、蠍が行動するのは夜だけ。昼間は、岩陰や土のなかや植物のすきまなんかにじっと隠れているの。ね、ちょっと愛人っぽくない？

す光。

「そんな蠍にね、ブラックライトを当てると、光るんだよ。一匹の例外もなく」

真柴先生は、学生時代に、生物学か何かの研究の一環として、実際にそういう実験をし、蠍が放つ光を見たのだそうです。ブラックライトというのは、蛍光灯の一種で、紫外線を出

「色はきれいなグリーンなんだ。これも、一匹の例外もなく」

なぜ、光るのか、なぜ、緑色の光なのか。蠍の蛍光現象の謎はまだ、解明されていないそうです。せやけど、私には、わかるの。なんで、蠍が体から緑色の光を出すのか。

あなたにも、わかりますか？

そうなの、それは、緑色の信号なのね。進め、進め、横断歩道を渡って、早く来て。こっち側に来て。渡ってきて。待ってるからね、コロッケつくって、待ってるからね。そんなメッセージ。私が毎晩、健気に出している光。今夜もあしたも出す光。

もしも、あなたが夜道を歩いている時、あるいは夜遅く、家路を急いでいる時、ふと見上げたアパートメントのいくつかの部屋の明かりのなかに、たったひとつだけ、ほかとは違った緑色の明かりが灯っているのが見えたなら――

覚えておいて。その部屋には、私と同じような、ひとりぼっちの蠍が暮らしているの。孤独を抱えて。幸福の一部である不幸を抱いて。

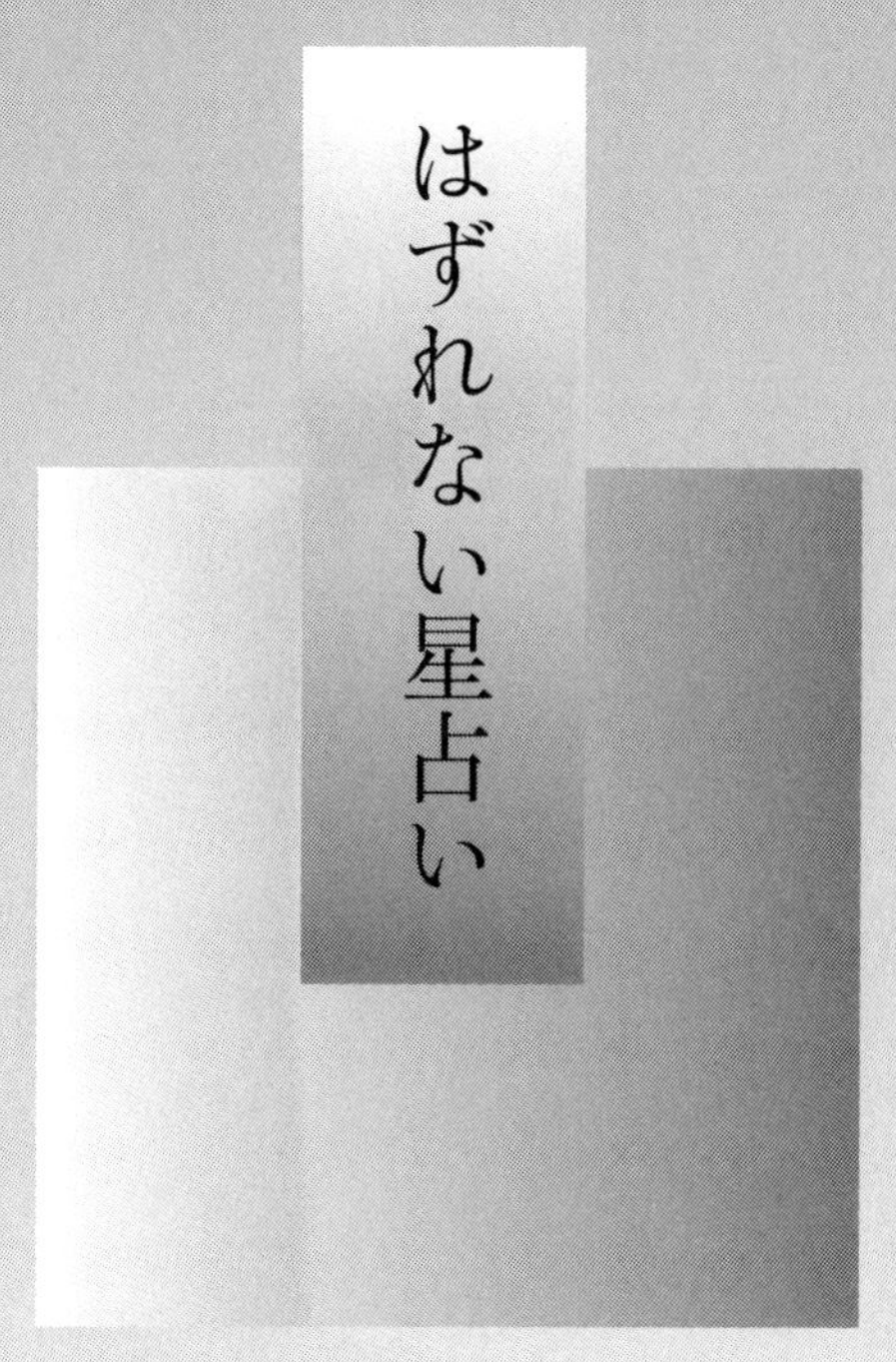

はずれない星占い

Mizuki & Akinori

孤独が好き。

本のページのなかに在る孤独は、特に。

いつだったか、まだ知り合ってまもない頃、明典さんに訊かれたことがあった。どうしてそんなに本が好きなのかと。読むだけではなくて、見たり、触れたり、匂いを嗅いだり、あけたり閉じたり、囲まれていたり、そんな行為がひとつ残らず好き、とわたしが言ったあとに。「どうして?」と改めて問われると、答えはあるようでなく、ないようであるようで、どう答えたらいいのか困ってしまい、でも何か言わなきゃと思って、苦し紛れにわたしは答えた。「たぶん、本のなかにだけ在るものが、好きなんだと思う」。すると明典さんは、大袈裟に感心するようなふりをして、よし、こいつをちょっと茶化してやるかと言いたげな、いたずらっぽい瞳をきらきらさせて問い返してきた。

本のなかにだけ在るものとは、いったいなんなのか、と。

わたしはどんな答えを返したのか、どんな言葉でそれを表現したのか、それとも返答に窮してしまい、ふたりの会話はそこで途切れてしまったのか、長いあいだ、思い出すことができないままでいた。が、あれは十日ほど前のこと。真夜中の三時半頃、ふと目が覚めてしまい、そのまま目が冴えて眠れなくなってしまったので、スタンドの明かりを点け、枕もとに置いてあった読みかけの本を取り上げて開いた時、その答えが栞のように、ページのあいだに挟まれていることに気づいたのだった。

そうだった、本のなかにだけ在るものとは孤独で、わたしは、本のなかにだけ在る、美しく透き通った白骨のような、音もなく降り積もるまっ白な粉雪のような、この孤独が好きなのだと。

朝からすっきりと晴れて、空気も風も爽やかな休日の昼間、ビールとスナック菓子——ポテトチップスとか、柿の種とか、ポッキーとか——を用意し、お気に入りの作家のぶあつい新刊を抱えて絨毯の上に寝っ転がり、あたりが暗くなってきて文字が見えなくなるまで夢中で読みふける、贅沢でお行儀の悪い孤独。

交替時間の関係で、遅めに出かけたランチタイムの締めくくりに、お店の人がサービスしてくれたひな菊のお茶を飲みながら、読みかけだった文庫本の最後の数ページをゆっくりと読み終え、それでもまだ少しだけ時間が残っていれば、心に残っていた場面をもう一度、読み返してみる、静かな豊かな感動に満ちた孤独。

くたくたに疲れて仕事からもどってきて、晩ごはんとお風呂をあわただしく済ませたあと、パリッと乾いたパジャマに着替えてベッドのなかに潜り込み、思い切り悲しい恋の物語を読んで涙ぐみ、途中で起き上がって冷蔵庫をあけ、きりっと冷えた白ワインとビターな板チョコを取り出して、ベッドサイドに置き、また悲しい世界にもどって、今度は思い切り泣く。ワインに酔っているのか、泣いている自分に酔っているのか、物語に、作者に、まんまと酔わされ振りまわされ、あられもなく泣いている、だらしないしどけない孤独。

本とともに過ごす孤独は、どんな孤独でも好き。

わたしが物語に入っていくのではなくて、物語がわたしに入ってくる、本のなかに在る孤独がわたしを独占している、わたしは孤独に占領されている、そんな時間が好き。そうなった時にはもう、ほかの誰も、何も、そこには割り込んでくることができない。たとえ、明典さんであっても。

——みずきって、本さえあれば、ほかには何も要りませんって感じだよね。

——わかる？

——こんな風に俺とべたべたくっついているよりも、休みの日は、朝から晩まで心ゆくまで本を読んでいたいんじゃないの？

——ばれちゃった？

――こいつぅ、俺のこと、邪魔者扱いしたな。許さないからね、今夜は。

隣から明典さんの手が伸びてきて、抱え込んでいた本――大好きな孤独――がわたしの胸もとから奪われ、それからふたりで黙って「ひとつの物語」に没頭する、息苦しいほど甘く、したたるような時間。肌を寄せ合い、寸分のすきまもないほどくっつき合い、抱き合っているのに、いつのまにか、ふたりのあいだにすぅっとその身を滑り込ませてくる、したたかな孤独が好き。もうじき会えるとわかっている明典さんを待っているひとりの時間の、わかりやすい孤独が好き。待ちながら、洗濯物を畳んだり、掃除をしたりしている、健気な女の孤独も好き。

それらの孤独は、飛行機や混んだ電車やバスにひとりで――時にはふたりで――乗っている時の孤独にも似て、必ず終わりがやってくるから、好きなんだと思う。乗れば必ず降りる駅が見えてくる、読み始めれば必ず最後のページがやってくる、そこに到達するまでの、約束された、心躍る孤独。

もしかしたら、わたしが明典さんをこんなにも好きなのは、この恋には、必ず最後の一ページがやってくると、わかっているからなのだろうか。

四月の終わりから五月の連休の最後の日まで、明典さんはずっと、うちにいた。関西の自宅で、明典さんの帰りを待っている人——どんな風に、どれくらい、帰りを待っているのか、わたしには知る術はないのだけれど——は、長い連休をどんな風に過ごしていたのか。明典さんは何も言わなかったし、わたしも何も訊かなかった。これは、つきあい始めた頃から、話し合って決めたわけでもないのにでき上がっていた約束事。

まるでハネムーンのような日々だった。家から一歩も出ないで、二十四時間、裸でくっついたまま過ごしたり、思い立って鎌倉まで一泊二日の旅行に出かけて、前と同じ旅館に泊まり、前に見かけた猫と同じ猫が部屋を訪ねてきたので、前と同じようにその猫にお刺身をあげたりして。旅行からもどってくる場所が同じというだけで、目も眩むほど幸せな気持ちになったりして。

夢のような休暇が終わったあと、けれども明典さんは三週間近くも、うちにはもどってこなかった。あらかじめその三週間に予定されていた何か——奥さんの病気と関係しているような気がした——があったからこそ、わたしには、あの、あまりにも贅沢な時間がもたらされたのかもしれない。「何か」のあった三週間のあいだ、明典さんからはなんの連絡も届かなかった。もちろんわたしからも連絡しなかった。約束事は今は、習慣になっている。

やがて、家のまわりを取り囲んでいる紫陽花の木の葉っぱと葉っぱのあいだに、今年のつぼみが見え隠れし始めた。

きょうは月曜日で、わたしの仕事はお休みで、そうしてゆうべ、電話がかかってきた。

「あしたもどるよ」。その瞬間、途方もなく長く感じられた孤独が終わり、大好きな孤独が始まった。

――泣かずにひとりで遊んでたか？

――なんとかね、元気だったよ。

――嘘つけ。泣いてたんだろ、毎晩めそめそ。

――泣いてないよ。あ、本を読んで、泣いた夜はあったけど。

――俺に会いたくてたまらなくなって、泣いたんだろ？　おまえ、泣き虫だもんな。

――違うよ、そんなことでは泣かないもん。

――意地っ張りな女だな。いいよ、あとで、俺が涙を乾かしてあげるから。

――晩ごはんは、うちで食べるの？

二十日ぶりの電話で聞いた声と会話を思い出しながら、じゃがいもの皮を剥いて、ふたつに割って、六つに切って、鍋に入れ、水に晒す。

「あした、仕事休みだろ？　思い切りうまいもん、食わせてくれよ」と言われ、あれこれ考えた末に、思いついたおかずは、コロッケ。明典さんの大好物のひとつでもあったし、数日前に北海道出身の近所の人から、実家からどっさり送られてきたという新じゃがのお裾分けをもらったばかりだったし、おととい、読み返していた小説のなかにたまたま、主人公が恋人のために前の晩からコロッケを仕込んでいる場面とレシピが出てきて、それがとても美味しそうだったから。

主人公は生鮭を使ってサーモンコロッケをつくっていた。わたしは明典さんの好きな海老を使うことにした。お芋を茹でているあいだに、小海老と玉葱と人参と、マッシュルームの代わりに椎茸を、グリーンピースの代わりに絹さやを、細かく切って、フライパンでソテーする。「フンフンフンフンフン、ルルルルル」と、思わず知らず、ラジオから流れてくる音楽に合わせて、ハミングしている。いいのかな、こんなに幸せで、なんて思っている。いいのかな、こんなに浮かれてて。

「怖くなるんですよね。幸せな時は、その幸せと同じだけの不幸が、あとからどーんとやってくるような気がして」

ずっと昔、ごく短いあいだ、一緒に働いていた女子大生のアルバイトの子から、不倫の恋の悩みを「聞いてくれますか？」と打ち明けられた時、彼女が漏らしていたため息を思い出す。

「何がつらいかって、お正月でしょ、五月の連休でしょ、お盆休みでしょ、世の中の人たちが家族みんなで楽しく過ごすお休みの日が、私にとっては最悪で最低のまっ黒けの日々となるんですよ」

「そうなの？」

「襟野さんにはこんな気持ち、わかんないでしょうね。だって」

当時、わたしは結婚していた。ごく短いあいだしかつづかなかった結婚だったけれど、とにもかくにもその時には、わたしには夫がいた。毎日、家にもどってくることが約束されている――夫にとっては義務づけられていた？――人と暮らしていた。だけど、だからこそ、わたしには彼女の気持ちがとてもよくわかった。なぜなら、夫には恋人がいたから。

「下手な慰めかもしれないけど、五月の連休とかに、最悪で最低のまっ黒けの時間を過ごしているのは、もしかしたら彼の奥さんの方かもしれないよ」

だからわたしはそう言ってみた。わたしの方の事情は隠したままで。

「ええっ、ほんと？　ほんとに？　そう思います？　そうかなぁ。そうなのかなぁ」

曖昧(あいまい)な笑みを浮かべて、そうかなぁ、そうかなぁ、と、独り言をくり返している彼女に、わたしは畳みかけるように、強い調子で言った。

「絶対にそうよ。絶対にそう。だって奥さんにしてみたら、旦那さんがそばにいても、心ここに在らずなんだから。いても、いないのと同じ。ね、だから、そんなに落ち込まないで。連休が終わったら、確実に会えるんでしょ。だったら、会えるまでのひとりの時間を存分に楽しんで」

あの時には「奥さん」だったわたしが、今は「彼女」になっている。確実に会えるとわかっている人を待ちながら、それまでのひとりの時間を存分に――

楽しんでいるような気もするし、楽しんでなどいないような気もする。最悪で最低でまっ黒けではないにしても、底抜けに明るい空模様ではないことだけは、確か。だけど、明るいだけが、まぶしいだけが、幸福ではないということも、今のわたしは知ってしまっている。

鍋のなかのじゃがいもにフォークを刺して柔らかさを確かめ、ざるにあけたあと、食卓の上に置いてあった一冊の本を取り上げる。『無人島』というタイトルの本。もう幾度、読み返したか、知れない。ところどころ、ページの隅を小さく折ってある。忘れたくない言葉、覚えておきたい一行、明典さんに対する思い、涙で目が曇って読めなくなった段落などが、折られたページのどこかにひっそりと在る。

わたしとは正反対の、朗らかで饒舌で根っから明るい主人公が、美味しいコロッケのつくり方を語っているページをあけて、復習する。茹だったお芋は「熱いうちにフォークの背でつぶして、塩胡椒とオリーブオイルを加えて、蓋をしたまま二、三時間、放置しておく」と書かれている。「こうすると、お芋から出る蒸気によって、お芋がさらにとろとろに柔らかくなるのね」。今はお昼の一時過ぎ。ということは、四時くらいまで置いておけばいいか。

でも、と、わたしは思う。

でも、主人公は、丸めたコロッケをそのあとひと晩、冷蔵庫で寝かせている。そうすれば、お芋に色んな味が染み込んで、さらに美味しくなるという。わたしには、寝かせる時間はない。明典さんはきょうの夕方、ここにもどってくるのだから。ならば、少しでも冷蔵庫で寝かせる時間を長く取るために、お芋を蒸らすのは、二時間くらいにしておこう。三時まで蒸らして、四時か五時まで寝かせて、六時くらいにもどってきた明典さんの顔を見てから、揚げる。

そんな段取りを思い浮かべながら、鍋のなかでつぶしたお芋に、ソテーした具を先に交ぜ込んでしまってから、そのまま鍋に蓋をして、蒸らすことにした。

蒸らしているあいだに、お米を磨いで炊飯器にセットし、鰹節で出汁をとってお味噌汁――絹豆腐と若布と三つ葉の――をつくり、大根おろしとなめことちりめんじゃこを交ぜたものを小鉢に盛り、コロッケにかけるソースもつくり、あとはキャベツの千切りをするだけ、のところまでととのえてから、少しだけ休憩しようと思い、ソファーに寝そべって、そのへんに転がっていた女性雑誌を取り上げた。半年ほど前に刊行されたファッション雑誌。もともとは図書館の雑誌コーナーに置いてあったもの。雑誌類は、新しいものと入れ替える時にまとめてリサイクル物として処分しているのだけれど、職員が欲しいと思えば、引き取っていいことになっている。このファッション雑誌は、巻末の書評ページに載っていた「忘れられない物語特集」が印象的だったので、持ち帰らせてもらった。

ぱらぱらと捲って、漫然と眺めているうちに、星占いのページに行き当たった。半年も前の占いだから、読んでも仕方がないと思いながらも、わたしの目は「蠍座」の欄に吸い寄せられていく。そういえば、誰かがどこかに書いていたっけ。女は、恋をすると、たったひとりの例外もなく、星占いのページを熱心に読むようになる、と。

わたしも例外ではなかった。

〈今月の蠍座〉

あなたの願いは、すべて叶います。仕事も恋も友情も、ディープな世界を好むあなたの思いに寄り添うようにして、さらに深まり、大いなる実りに恵まれるでしょう。その実りをさらに充実したものにするための努力を怠らないで。一生懸命がんばれば、あなたの誠意は必ず報われます。小さな怪我やミスに注意。ラッキーアイテムは、まっ白な包帯とまっ赤なマフラー。

半年前に何があったか、思い出そうとしてみた。去年の暮れに何か「大いなる実り」があったかしら？　わたしの願いは、すべて叶った？　わたしは赤いマフラーは持っていないし、小さな怪我もしなかったし、ここ数年、包帯なんか巻いたこともないしなぁ。

真剣に、そんなことを思っているわたしの耳に、明典さんの笑い声が届く。

——みずきもやっぱり女の子だよなぁ、しかも頭に馬鹿のつく。だいたいねぇ、星占いなんて、そんなもの、インチキに決まってるじゃないか。

——そんなことないよ。ちゃんと根拠があるのよ。星占いというのは、ギリシャ神話とユングの心理学が合体して……

——だから馬鹿だっていうの。あのね、だったらね、試しに、みずきの星座じゃない星座の「今月の運勢」のところ、読んでごらん。

——どうして、そんなこと。

——いいから、読んでみろよ。よし、じゃあ、俺が読んでやろう。よしよし、いいか、読むよ。今月の蟹座……

読み終えたあと、得意げに言った。「ほらな、蟹座の今月の運勢はそのまま、みずきの運勢じゃないか」。その通りだった。魚座の明典さんの運勢は水瓶座の運勢とまったくおんなじだったし、言ってしまえば、十二の星座の運勢はどれも、わたしたちの今月の、先月の、来月の運勢と重なる内容だった。

雑誌を奪い合い、色々な星座の運勢をかわるがわる読み上げては、「当たってる。すごい、これ、当たってる」と言いながら、ふたりで笑った。おなかが痛くなるくらい可笑しかった。重なり合うふたりの笑い声のなかに、けれどもわたしは明典さんの、「馬鹿な男の子」のつぶやきを聞き取って、なつかしむ。

あんなに星占いを馬鹿にしておきながら、それからしばらく経ったある日、ある時、明典さんは言ったのだった。たまたま星占いのページをあけて熱心に見ていたわたしの頬に、ぴたりと自分の頬を寄せ、真顔で覗き込んで、

「俺の運勢、どう出てる？」

と。

「お願いです。ごはん、僕にも下さい」と、飼い犬が飼い主を見つめているような目つきで。

それから、わたしが読み上げる「魚座の運勢」に熱心に聞き入り、うんうん、そうか、そうだったのか、ふぅん、なるほどなぁ、いいこと言うなぁ、と、いちいちうなずいたあとに

「実は会社でちょっといやなことがあってさ」と打ち明け話がつづいた。

「聞いてくれるか？」

聞きながら、可愛いな、と、わたしは思っていた。こんなに頑丈で、こんなに強そうで、こんなにもぶあつい胸のなかに、こんなにも繊細で、頼りなげで、可愛い少年が棲んでいるんだな、と感動していた。そういえば、あれは今から半年前の出来事だったかもしれない。

わたしは、半年前の「魚座」の運勢に目をやる。でもこれは女性向けのファッション雑誌。だから、これは魚座の女性にしか、当てはまらない内容だとわかっている。それでも読んでみる。


〈今月の魚座〉

あなたは今、揺れ動いています。仕事も恋も友情も、根底から大きく揺さぶられ、さざ波も立ち、前途には非常に困難な航海が待ち構えています。常に冷静さを失わず、正しい判断が下せるよう、心して物事に取り組みましょう。そうすれば、あなたにとって何が大切か、誰が一番大切な人なのか、本当に大切な人の存在に気づかされるでしょう。遅刻とダブルブッキングに注意。ラッキーアイテムは、紺に近いブルーの傘と黒いストッキング。

明典さんの傘は確かに紺に近いブルーだけど、ストッキングっていうのが笑える、などと思いながら、頬に笑みを浮かべて、読み終えるのとほとんど同時に、携帯電話が鳴り始めた。

明典さんだ。鳴り方でわかる。明典さんからかかってくる時には、携帯電話の鳴り方も震え方も違う。そしてその違いは、わたしにしか、わからない。蠍座と魚座は「ディープなところでつながっているので、以心伝心が非常に多いのです」と、別の雑誌の相性占いに書かれていた通り。

弾んだ声で、

「もしもし、明典さん」

出ると同時に、断定的で威圧的な言葉が重なる。早口だ。

「みずき、悪い、行けなくなった、申し訳ない。緊急事態発生。今、病院から。悪いな、ごめんな、またあとで電話するよ」

「あの、病院って……」

「ああ、俺じゃないから、気にするな。俺は元気だ。じゃ、あとでな。すぐあとだから。行けそうになったら、電話」

電話はそこで「ぶつっ」と切れる。「ぶつっ」という音は、わたしの耳が勝手に創り出した音。病院での緊急事態は、おそらく奥さんの方に発生したのだとわかって、安心しているのか、不安を感じているのか、気持ちが宙吊りになっているのがわかる。明典さんがどんなに焦っているのかは「行けなくなった」によって、わかる。普通の状態なら「帰る」「もどる」、それを「行く」と言い間違えることは、よほどのことがない限り、ない。

よほどのことが起こっているのだなと思った。これは、三週間の留守と、関係していることなのだろうか。

「子どもが熱を出したから会えなくなったって言われるのが、一番つらい」

不倫の恋をしていたアルバイトの女の子は、そう言っていた。あの彼女に、問いかけてみたくなる。子どもの熱と、奥さんの病気、どっちがつらい？

問いかけてから、馬鹿ね、と、自分を叱る。じゃ、あとでな。すぐあとだから。行けそうになったら電話するって、言った言葉を、それだけを、あなたは信じなさい。信じて待ちなさい。それ以外のことは、考えないように。不毛な問いかけは、しないこと。不毛な問いかけをした瞬間、あなたは不幸になる。間違いなく、そうなる。

一生懸命、言い聞かせた。駄目駄目駄目。

突然、楽しい孤独を取り上げられ、その代わりに、最悪で最低のまっ黒けの孤独が押しつけられたような気がした。恐ろしい孤独が、ヒットラーの軍隊みたいに腿を水平の高さまで上げながら、わたしに向かって行進してくる。駄目駄目駄目、来ないで。こっちへは来ないで。

冷蔵庫の上に置いてあるタイマーが鳴っている。

ということは、三時ちょうど。お芋と具の蒸らし時間の終了を意味している。

わたしは、クッションに押しつけていた顔を離して立ち上がり、キッチンへと向かった。タイマーを止め、コロッケを丸める作業に取りかかる。こういう時には、できるだけ手足を動かしているのがいい。次から次へと目まぐるしく、用事を片づけているのがいい。経験上、そのことをよく知っている。悪いことは考えちゃ駄目。不安を感じたり、悲観的になったりすると、ますます不安が膨らんでくる。いいことだけを考える。意識的に、明るい言葉だけを使う。コロッケをひとつ丸めるごとに、祈るように思う。きっと会える。あとで電話がかかってくる。遅くなったけど、今からもどるよって。すべてを丸め終えた時には、こう思う。もしも今夜会えなくなったとしても、このコロッケは、冷蔵庫でひと晩、寝かせることになるから、結果的にはもっと美味しくなる。ちょっと強引なポジティブシンキング。

午後四時。なかなか鳴らない電話を待ちながら、待っていることを忘れてしまいたくて、わたしは気を取り直し、キャベツの千切りを始めることにした。

冷蔵庫の野菜室から取り出したキャベツは、ちょっと小ぶりで、まん丸で、手のひらにのせると、ちょうどいい収まり具合だった。だから、だろうか。それとも、さっきから明典さんのことばかり考えていたせいだろうか。たぶん、その両方だろう。

普段は絶対にしないことだけど、わたしは左手にキャベツを持ったまま、右手に握った包丁を刺し込んで、キャベツの芯をくりぬこうとした。三角形の切れ目を深く入れれば、簡単にくりぬけるだろう。深い考えも浅い考えも、なかった。気がついたら、そんな風にしてしまっていた。すぐ目の前にはまな板があって、キャベツは当然、まな板の上に置いて切るべき、というようなことは、わかっていたはずだったのに、とにかく、そんな理解なり考えなりが頭に浮かぶよりも先に、わたしの握った包丁はキャベツに、キャベツの下にある左手に、刺さってしまっていた。

「あれっ」

最初に口をついて出た言葉は、そんな風だった。どうしたのかな？　おかしいな、と、なんだか間の抜けたようなことを思っていた。

よく切れる包丁だったせいだろうか、刺さった瞬間、痛みは微塵も感じなかった。ただ、すーっと、包丁の先が「何か」にすーっと食い込んだ。いたってスムーズに、柔らかく、そうなるのが当たり前というような感じで。だから「どうしたのかな？　おかしいな」と思ったのだろう。

しまった、手を切ってしまった、包丁で。

はっきりとそう認識したあと、包丁とキャベツを投げ出すように手から放すと、左手の中指の根もとがぱっくりと割れ、そこから血液が噴き出しているのが見えた。それは文字通り「噴き出している」というありさまで、血液の量も、その勢いも、尋常ではないと感じた。

馬鹿なこと、しちゃった。

追いかけるようにして、痛みがやってきた。突き上げてくるような痛みだった。ズキン、ズキン、と、心臓の鼓動に合わせて、痛みが呼吸している。とりあえず、キッチンペーパーで傷口を押さえて、小走りで寝室に向かった。寝室のクローゼットの棚の、上から二番目に置いてある救急箱のなかから、バンドエイドを取り出した。が、すぐに覚(さと)った。この傷は、バンドエイドでふさげるような傷じゃない。

どうしよう?

血液が、あとからあとからあとからあふれ出してくる。あっというまに、キッチンペーパーはまっ赤に染まり、半分ちぎれてぐちゃぐちゃになっている。あわてて新しいものを巻き、その上から、タオルを巻きつけた。だが、たちまちのうちに、タオルにも血が滲んでくる。病院。お医者さん。保険証。電話。病院の電話番号。一番近い病院。頭にはつぎつぎにそんな単語が浮かんでくるのに、なぜか、体が動かない。動いてくれない。痛みのせいか、血液のせいか。「それは、ショックのせいですよ」と、あとで看護師さんは教えてくれた。

気がついたら、わたしはその場にしゃがみ込んで、なぜか、傷ついた方の左手を高く上に上げていた。「それは、心臓から送り出される血液が、中指まで届かないように、本能的にそうしたんですね」と、これもあとで病院で教わったこと。

家の近くには何軒かの病院があった。図書館の裏手には小児科と内科。駅前には整形外科のクリニックと歯科医と産婦人科。どこに行こうか、どこに電話をかけようか、と、震える指先で電話帳を捲っている時、ひらめいた。いつも明典さんと散歩している道に「高橋脳外科」という病院があった。専門は脳外科だったが、入り口の看板には「外科」という項目もあった、そんな記憶がおぼろげながらある。

高橋脳外科へ行ってみようと思いついたのは、地図の上ではうちからかなり離れているように見えるものの、実際には、そこがもっとも近い病院だと気づいたからだ。高台に立っているうちのすぐ前の道から入れる、抜け道というか、裏道というか、昔、開発工事のために築かれたのかもしれない、今は雑草に覆われていて誰にも使われていない、崩れかけの石段があるのを思い出した。それを見つけたのは、明典さんだった。だから思い出したのだ、わたしはその石段を。

身支度をととのえると、左手にタオルを巻きつけたまま、急な石段を伝って、下まで降りた。降りたところには、病院の駐車場があり、駐車場の向こうには裏口と救急患者の受け入れ口と思しき扉がある。取り替えたばかりの左手のタオルはすでにまっ赤だったので、わたしは迷わず、救急患者のためのドアのブザーを押した。

何度か押してみたが、誰も出てこない。反応がない。

仕方がないので、表玄関まで回ってみた。玄関の脇の看板には「外科」という項目は挙がっていたが、下の方に「月曜の午後　手術のため休診」という文字が見て取れた。きょうは月曜日。

ああ、どうしよう。

足がふらついている。もうこれ以上、歩けない。絶望的な気持ちになっているわたしの目に、表玄関のガラスの自動ドアの向こう側で、腰をかがめて、ドアの鍵を掛けるか、確かめるか、しているように見える年配の女の人の姿が映った。私服姿だったけれど、直感で「看護師さんだ」とわかった。

よろける足取りで歩み寄り、ガラスのドアを外から叩き始めるとすぐに、彼女がなかから飛び出してきて、わたしの肩に手を回しながら、体を支えてくれた。

「どうされましたか？」

優しい呼びかけを耳にした瞬間、ああ、助かったと思い、思った時、それまで張り詰めていた神経が切れてしまったのか、ふっと気が遠くなった。

「包丁で怪我を……」

それだけ言うのがやっとだった。

「まあ、それは大変」

わたしの母と同じくらいの年代に見える看護師さんは、わたしを建物のなかに招き入れると、一秒の無駄も許さない、と言いたげに、てきぱきと行動した。ついさっき落としたばかりだったと思われる廊下やロビーの電気を点け、内線電話をかけてしかるべき医師を呼び出し、待っているあいだにわたしの傷を見て「これは、縫わないとね。ほら、組織が外まではみ出てきてるでしょう。神経が切れてないといいけど」と言った。

「でも大丈夫よ。うちの先生は名医だから。ついさっきまで頭を縫ってたんだから、指なんて、そんなものあなた、お茶の子さいさいよ」

そのあとに、わたしの頭を撫でてくれた。

「よしよし、いい子いい子。あなたはほんとに運がよかった。あと五分、遅かったら、外来棟には誰もいなくなるところだったんだからね」

三十分ほどで、縫合手術は終わった。

脳外科の医師、高橋先生は、もしかしたら看護師さんのご主人なのかもしれない。あうんの呼吸でなされる手術中の作業と、ふたりの会話を聞いていて、そう思った。

「それにしても、この子は、またなんでこんなところに、こんなに上手に包丁を突き刺したんだろうね。どうやったら、こんなところに傷ができるのか、教えて欲しいもんだ」

局部麻酔が効き始めた頃だったか、先生がそんなことを言った。看護師さんに向かって言ったのか、わたしに向かって言ったのか、わからなかったけれど、看護師さんが何も答えなかったので、わたしは説明をしようとした。

「キャベツの芯をくりぬこうとして……」

そこまで言った時、

「馬鹿野郎！」

いきなり怒鳴られてしまった。

「あんた、年はいくつ？　野菜を切る時には、包丁とまな板を使う。小学校で習っただろ？　そんなことも知らないで、よく今まで生きてきたな」

「はい、すみません」

「ふん、謝られても迷惑なだけだよ。あんたのおかげでね、これから出かけるところだったデートが台無しだ。どうしてくれるんだ、え？」

「すみません」

「彼氏のことでも考えてたのか？　当たりだろ？」

わたしの目尻に、涙が滲んできた。嬉しかったのだ。先生の言い方があまりにも乱暴で、あまりにも優しくて、こんな言い方が許されるなら、そこには愛がこもっていたから。

看護師さんが、先生とわたしの両方に対して、言った。

「まあまあ、この人は、なんてお口が悪いこと。でも、腕の方はいいから、安心してね」

「うるさい。外野は口出しするな。ええっと、これは、大丈夫だな。指は無事ですな。ちゃんと動くようになる。これからは、せいぜいまな板を使うんだよ。包丁を握っている時には余計なことは考えないで、しっかりと精神を集中して」

「あなたもメスを握っている時には、集中しなくちゃね」

「うるさいなぁ、おばさんは、しっかりと口を閉じててちょうだいよ」

いつのまにか、涙が頬を伝って、耳のなかに流れ込んでいた。看護師さんがそれに気づいて、ガーゼか何かで拭ってくれたのがわかった。

すべての処置が終わったあと、痛み止めや化膿止めの薬をもらい、看護師さんの運転する車で家まで送り届けてもらった。

「あんな石段を登ったら、また傷口が開くだろ」

わたしのために後部座席のドアをあけながら、先生がそう言うと、看護師さんはすかさず、

「それと今晩は、お風呂には入らないようにね。体を拭くだけにとどめてね。私の携帯の番

号、あげとくね。何かあったら、遠慮なく電話くれていいから」

そう言って、小さな紙片をわたしの右手に握らせてくれた。

先生は、車に乗るとすぐさま助手席のシートを倒して、どっかりと身を横たえた。大きな手術で疲れていたんだな、ということがわかった。それなのに、わたしの中指の傷を縫ってくれたんだと思うと、鼻の奥がツンとした。


家にもどると、六時過ぎになっていた。「家事もしないように」と言われたばかりだったけれど、キッチンの床と流しに飛び散っている血液だけは、拭き取っておこうと思った。いつのまにか、ぱらぱらと小雨が降り始めていた。窓の外にも、部屋のなかにも、心のなかにも。淋しいと思った。会いたいと思った。寂しいと思った。

右手だけで雑巾を濡らして絞って、床を拭いたあと、部屋に置いてきたままだった携帯電話を開くと、明典さんのメッセージが録音されていた。

「今からもどります。最終の新幹線に乗ります。到着時刻は……」

左手にはまだ麻酔がかかっているはずなのに、突然、全身の感覚が研ぎ澄まされたような錯覚に陥った。

星占いは、はずれなかった。

わたしの願いは、すべて叶った。

雑誌を開いて、魚座の項目をもう一度、見てみた。どうしてもこの目で、確認してみたい一文があった。

「……そうすれば、あなたにとって何が大切か、誰が一番大切な人なのか、本当に大切な人の存在に気づかされるでしょう」

半年前の星占いが、今、当たっている。

明典さんにとって「一番大切な人」は、わたし。わたしが彼の「本当に大切な人」。奥さんよりも、誰よりも。今、この瞬間だけは、そう思わせて欲しい、傲慢な女になって、そう思っていたい。

ラッキーアイテムの白い包帯を撫でながら、わたしは、紺に近いブルーの傘を差して、前かがみになって、うちの玄関までつづく踏み石を軽やかに踏んで、真夜中に、わたしのすぐそばまでもどってくる愛しい人の姿を想った。

胡蝶蘭

Anzu & Mickey

奥さんは、どんな人なのか？
会ったことは？
ないのなら、今の時点で奥さんについて知っていることを、可能な範囲で教えて下さいって？

なんや、きょうは出会い頭にいきなり、グサッと刺してくるやないの。虫も殺さへんような、優しそうなおとなしそうな顔をして、あなた、ほんまは世にも恐ろしい毒蜘蛛なんとちゃう？　あ、今ちょっと、傷ついた？　図星やし？　ごめん堪忍、気にせんといて、ただのてんごです。

「てんご」って言葉、知らない？　京言葉で「悪ふざけ、いたずら」というような意味。大阪では「余計なこと」いう意味で使われることもあります。

はい、てんごはこのくらいで切り上げて、わかりました、ミッキーの奥さんについて。

会ったことは、あると言えばあるし、ないと言えばないし、あるようなないような、ないようなあるような、摩訶不思議な感じなの。このことについては追々、詳しくゆっくりと。

まずは、知っていることからお話ししましょう。

結婚未遂事件のあと、真柴先生と結婚、離婚に進んでいく前に、祇園のスナック「桃」でミッキーと知り合い、油絵のモデルになってくれへんかと口説かれ、まんまと飛んで火に入る夏の虫となった私は、それから毎週、土曜の午後の遅い時間か、日曜の午後の早い時間かのどちらかに、ミッキーの働いている中学校まで、のこのこと出かけていきました。

密会の場所は、体育館の裏に立っていた、半分崩れかけたような掘っ立て小屋。体育の時間に使われるマットや跳び箱、大中小さまざまなボール、バトン、旗、ネット、ポール、平均台、バット、グローブ、その他、訳のわからない運動器具が所狭しと置かれていて、要するにそこは物置小屋やったわけなんですけど、そのかたすみに、ミッキーは勝手に、自分のアトリエを設けていたの。アトリエと言えるほど、たいそうなモンとは違うけど、まあ、本人はそのつもりでいたんやね。

小屋に一歩、足を踏み入れると、生徒たちの汗と体臭と、埃（ほこり）と西陽と黴（かび）の匂いに、油絵の具と、絵の具に加える速乾剤テレピンと、ペインティングオイルと、洗浄用オイルとしてミッキーが使用していた灯油の匂いなんかが複雑に入り混じって、全体的には「性と青春の匂い」とでも名づけたくなるような、怪しげで濃密な香りが充満していました。ミッキー曰（いわ）く、そこは「秘密の花園」やったんです。

あれは、モデルになりに通い始めて、三回目のことやったか、いや、四回目やったかもしれんな。三月の終わり頃か、いや、四月の初め頃やったと思うけど、春とはいえ、まだちょっと肌寒い季節やったから、私はその日、紫系のラベンダー色のニットのワンピースに、オフホワイトのレース調のロングカーディガンを羽織っていました。シフォンのスカーフは、白に黒の水玉模様。それだけやったら、なんにも面白くないので、遊び心――というより、てんごやね――を加えて、脚には、義理の娘の簞笥のなかからくすねた苺の刺繍入りの黄色いタイツを履いて、帽子とぺたんこ靴はまっかっか、しかも、どちらもふりふりのおリボン付き、という無茶苦茶なコーディネイトで出頭しました。

下着はって？　鋭いね、あなた。ちょっと待ってて。お楽しみは、最後に取っときましょう。

一回目と二回目は、もっと地味な装いやったんです。貞淑な人妻らしく、才色兼備な母親らしく。「顔だけ描かせて」という約束やったし、それに私は、土日に別の用事で出かけたついでに立ち寄っていたからね。

さて、満を持しての三回目。ミッキーときたら、それはもう大喜びです。

「それそれ、そのノリや。まるで赤ずきんの恰好をした娼婦やないか。杏子ちゃんは顔立ちも派手やし、そういう破天荒な恰好が、ほんまによう似合う。ぞくぞくするわ。やられた、絵心をかきたてられた」

　そのへんに転がっていたがらくたを、熊手みたいなでっかい手でざざっざざっざざっと片づけると、奥の方から折り畳み式の卓球台を引っ張り出してきて素早く組み立て、雑巾で乾(から)拭(ぶ)きをするやいなや、

「さ、用意できた。遠慮せんと、ここに座って」

と言うのです。

　遠慮はしなかったけど、躊躇(ちゅうちょ)はしました。躊躇はしたけど、興奮してました。心でも体でも、楽しんでました、事の成り行きを。ぞくぞくしてたんは、ミッキーよりも私の方やったかもしれません。

　最初のうちは、卓球台の上にお尻だけのせて、足は垂らしてぶらぶらさせてたんやけど、途中からミッキーの要望に応えて「片方だけ、足も台の上にのせてみて。立て膝で」となり、「ついでにもう片方も、のせてみて」となり、気がついたら「体ごと、台の上にのっかって」ました。まな板の上の鯉。別名、まな板の上の恋とも言います。

　その時はまだ、ラフスケッチの段階やったんですけど、ミッキーはどうもあんまり集中できないみたいで、クロッキー帳から目を離すと、さらにあれこれとポーズのリクエストをつけ始めました。

「もうちょっとだけ、胸を反らしてみて。手のひらは台の上にぺたっとつけて」

「心持ち、横向いてくれる？　顎（あご）はもっと引いて」

「脚、ちょっと組んでみて。ああ、それは違うな。爪先だけ揃えて、くの字に曲げて、いや、曲げんとすっと伸ばしてみて。バレリーナみたいに。いや、揃えん方がええかなぁ。脚はもっと自分の楽なようにしてみて」

「そやそや、それでええ。杏子ちゃんの脚、きれいやなぁ。なんでこんなにきれいなんやろ。こんな脚、独り占めにしてる旦那が憎たらしい」

　と、まあ、こんな具合です。

　それからしばらくのあいだ、ミッキーは黙って、ときどき眉根を寄せて唸（うな）ったり、ときどき「にかっ」と思い出し笑いをしたりして、熱心に、無心に、スケッチをしていました。少なくとも、私の目にはそう映っていた、ということですけど。

　私は私で、ツンとおすまし顔。一丁前に、プロのモデルさんか女優さんにでもなり切ったつもりで、おとなしくじっと、息を殺してポーズを取りつづけていました。けど、うすい皮膚一枚を隔てて、その内側にある私の全身は、沸騰直前のお湯みたいに、ぐらぐら沸き立っていたの。いつ来るか、いつ来るか、来たらどないしよう、どないしよう、でも来て欲しい、いつ来てくれてもかまわない。早く来て。きょうこそ来て。ああ、いつまでスケッチばかりしていているの、いつまで紙の上の私ばかり見ているの、私はここにいるのに、生きて呼吸して蠢いている私は、あなたのすぐそばにいるのに。私が欲しくないの？　来て来て来て、ここに来て、丸ごとの私、生身の私、裸の私を見て。ううん、見るだけじゃなくて……

ほろ苦い期待と、焼けつくような焦りと、とろけそうなほど甘い不安と、窒息しそうなほど息苦しい欲望と、ぐるぐる渦巻く願望とで、今にも心臓が爆発しそうな勢いです。

「杏子ちゃん、あのな」

「はい」

「帽子とスカーフは取って、靴も脱いで、あと、カーディガンだけでええし、脱いでみてくれへんか？」

来た、来た、来た……ついに、来た。その瞬間、私の脇腹についている傷跡が、かぁっと熱を帯びたのがわかりました。けど、そんなことは間違っても気取られんよう、私は静かに、落ち着き払った口調でこう言ったのです。まっすぐに、ミッキーの顔に視線を当てて。言い渡した、と言うべきでしょうか。

「笹本さん、うちからもひとつ、リクエストがあるの」

実は、それが「来た」ら、私はこう「返す」と、決めていたのね。卓球台の上に上がった時から。ううん、上がる前から、きょうここに来る前から、もしかしたら、出会った時から無意識のうちに、決めていたのかもしれません。脱ぐ前には、体を見せる前には、傷跡をこの人の目に晒し、そこに触れられ撫でられる前に、すなわち、この人と結ばれる前には、どうしても済ませておかなくてはならない儀式がある。いわば、不埒な恋の通過儀礼のようなもの。今がそのチャンス、と、私は思っていました。この恋を一気に手中に収める、と同時に、ひと思いに終わらせてしまう、今が最大のチャンスでもある、と。

「それ聞いてくれたら、脱いでもええわ。カーディガンだけやのうて、何もかも」

ごっくん、と、ミッキーが唾を飲み込む音が聞こえた気がしました。

「な、なんやねん、それは。何もかもとは、また大胆なことを。よし、なんでも聞こうやないか」

大真面目な顔つきになっているミッキー。あんな真剣な顔、あとにも先にも見たことがない、というほどに。一方、私の笑顔は、慈愛と余裕にあふれたマリア様のそれです。

「一枚脱ぐ前に、質問がひとつ。ひとつずつ、その答えを聞いてから、一枚ずつ脱ぐ、これがうちからのリクエスト」

ミッキーの顔は一気に崩れ、眉と目と鼻と口が、ふにゃふにゃになったようなその笑顔は、涎を垂らした物欲しげな男のそれ。ああ、なんてだらしない、いやらしい、可愛らしい男なんやろ。

「なんや、ドえらい刺激的な提案やないか。質問回答ストリップ大会か。よっしゃ、乗ったで、乗りました。もう、下手な絵なんか描いてる場合とちゃう」

言いながらスケッチブックと木炭を放り出し、卓球台の間近まで椅子を移動させると、椅子を反対にして背もたれに両肘をついて、曰く「かぶりつき体勢」になりました。

「あ、ちょっと待った。鍵掛けてくる。この時間は誰も訪ねてこんと思うけど、もしもの場合もあるやろ。俺、退職処分、受けたないし」

らんらんと輝いている瞳、というのは、ああいう目を指して言うんやね。まるで漫画に出てくる人物みたいに、ミッキーの瞳のなかには星がきらめいていました。

「ほんなら、ひとつ目の質問、行くよ」

「あいよ」

右手で帽子に手をかけて、私は問いかけました。すらすらと、芝居がかった口調で。

「奥さんの年とご職業と出身地と趣味と特技は？　知り合ったのは、どこ？」

ミッキーは虚を衝かれたような表情になって、つかのま、目線を宙に泳がせていましたが、すぐに我に返って答えました。

「杏子ちゃん、ずるいで。質問ひとつに対して一枚、という決まりやったはずや」

「まあまあ、笹本センセ、出し惜しみせんと。うちも脱ぎ惜しみはせぇへんし、ここはお互いに気前よう、いきませんか？」

「しゃあないなぁ、もう。すっかりしっかりハメられてしもたわ。ほんまはこっちがハメたかったのに。先手攻撃に出られたわ。油断も隙もない」

ぶつくさ言いながらも、ミッキーは私の質問に対して、決して答えをはぐらかすことなく、正確で的確な回答——たぶん一個の間違いもなかったはず——を寄越してきました。

帽子、靴、スカーフ、カーディガン、タイツ、ワンピース、下着代わりに着ているシルクのキャミソール、一枚脱ぐごとに、私はミッキーの奥さんのことを知っていきました。なんて哀しい、なんて滑稽な、なんてゆゆしきストリップ。

奥さんはミッキーよりもひとつ下。でも学年は一緒。ふたりは同じ大阪の教育大学の「油絵同好会」で知り合った同級生。出身は、京都府の山奥にある美山という名の山里。茅葺き屋根の集落があることで有名な村。お父さんはその村の小学校の校長。お母さんはおんなじ小学校の先生。代々、教師の家庭に育った彼女も、今は高校の英語の非常勤教師となっている。大学を卒業したあと、ふたりは一年ほど別れていたが、同窓会で再会し、よりがもどった。子どもはふたり。上が男で、下が女。どちらも今は小学生。下の子が生まれたあと、奥さんは一時期、体を壊して休職していたことがある。

これだけ知っても、どれだけ知っても、ミッキーに対する思いは小さくなるどころか、ますます膨らんでゆくばかりやった。燃え盛る炎を消すためには、その火に向かってこの身を投げ出すしかないんやと、私には、わかり過ぎるほど、わかっていたの。潔く投げ出して、潔くこれっきりで終わりにするんやと、頭では。

「杏子ちゃんと違って、頭の固い、まったく融通性のない、保守的な田舎モンや。もはや愛も夢も希望もない、冷え切った結婚生活をな、世間体というか、体裁というか、形式というか、常識に縛られて、いやいやながらもつづけてるんや。忍耐力があるんやろ。執念深いというべきか。あと、これは性格なんかどうかわからんけど、相当、世間知らずなところがある。まぁ、山奥で育った田舎のお姫様やしな。趣味？　知らん。そんなもん、あったかなぁ」

そんな話のなかで、言葉の端々から私には、ミッキーが画家になる夢をあきらめて、体育の教師になったのは、彼女のお父さんに結婚を認めてもらいたい一心からだった、というようなこともわかってきたのね。なかなか離婚できないのは、奥さんの健康状態がそれほど良好ではないからだ、というようなことも。結婚は「できちゃった婚」であったということも。奥さんは美人で、女優の酒井和歌子に似ている、というようなことも。そういうことがわかったからって、どう、ということもなかったけど……けど、その日には「どうってことない」と思えたことは、あとで全部、私の体をぐさぐさ突き刺すナイフになるわけね。

もうこれ以上は、知らない方がいいのかもしれない。

杏子、ええ加減にし。このくらいで、やめておき。

てんごも度を越すと、それはてんごでは済まなくなる。ここから先は、獣道。行ったらあかん、進んだらあかん、もとにはもどれへんようになる。

自分で自分にそんな声をかけながらも、私は震える指先を背中に回して、ブラジャーのホックに触れていました。やめられるはず、ありません。ここまで来たらもう、最後の最後まで行くしか、ないでしょう? もしも私がやめようと思ったとしても、ミッキーの手がそのつづきを遂行するだけのこと。なぜならその時、ミッキーは椅子の上じゃなくて卓球台の上にいて、私たちは、互いの唇と舌の境目が曖昧になるくらい情熱的な、複雑怪奇なキスをしたあと、やったから。こんなキス、何年ぶりのことやろ。私の頭はふらふらになってて、腰から下は、蛸と烏賊がからみ合ったみたいにぐにゃぐにゃになってた。現実として、私の脚には、ミッキーの脚がからみついていたわけやけど。

「最後の質問……」

ブラジャーを取って、裸の胸をミッキーの胸――ごわごわした洗いざらしのデニムのシャツの感触やった――に押しつけたまま、かすれた声で、私は言いました。

「これが最後やし」

そのあとがつづきません。あらかじめ用意してあった最後の質問は「奥さんのこと、それでもまだ愛してるんか？」やったんですけど、言葉が出てこないのです。愚問やとわかってました。どういう答えが返ってきても、私は傷つくやろうし、傷つく自分に対して腹も立てたでしょう。腹を立てながらも、それでも抱かれてしまう、どうしようもない女。

「よしよし、杏子ちゃんはええ子や。最後の質問はなし、答えもなし。禁じられた遊びは終わりにして、ここからは愉しい大人の時間にしよ」

ミッキーはそう言って私の体をぎゅっと抱きしめ、ぱっと離したあと、まるで手品師みたいにするするとデニムのシャツを脱いで、あたりに散らばっていた私の衣服を脇へ寄せてから、自分のシャツの上に私を寝かせ、上からゆっくりと覆いかぶさってきました。私の身に着けていた下着は、最後の一枚。下の方はビキニになってるけど、ビキニから上にはレースの飾りがついている、わりと股上（またがみ）の深めのパンティ。お臍（へそ）が隠れるくらいの。そういうデザインのものやと、醜い傷跡がうまく隠れるから。色ですか？　うふふ、ご想像にお任せするわ。

「俺に脱がさして」

ミッキーの手がパンティのレースにかかった時、

「待った！　最後の質問がある！」

仰向けになったまま、私は右手を上に挙げ、無邪気な生徒みたいに元気よく、言い放ったの。私の真上には、大好きなミッキーのでっかい体と、くるくるした円らな瞳があった。その瞳には、私の瞳が映っている。今は、私の濡れた瞳だけが。この瞬間を、忘れないでおこう。記憶に焼きつけておこう。大好きな映画の一場面として、あとで、何度も何度も思い出そう。私のまぶたから、今にも涙があふれそうになっていたのは、あまりにも嬉しかったから。そう、私、嬉しかったの。感動の涙、と言ってもいいかな。だって、前にも、話したでしょ？　結婚未遂事件を起こしてからずっと、こんな風に全身全霊で恋をして、全身全霊で誰かと結ばれるなんてこと、私にはこれから先、一生ないだろうとあきらめていたから。

　ミッキーは、乱れた私の髪の毛を優しく梳きながら、私を見つめています。

「なんや、往生際の悪いやっちゃな。うんうん、わかった、最後の審判なんやな。ちゃんと答えるし、なんでも訊いて」

　かっと開いていたまぶたを閉じて、私はたずねました。たずねた、というよりも、唇を動かしたというべきか。それは、あらかじめ用意していた質問ではなくて、自然に勝手に私の口から飛び出してきたの。こんな時に、なんでこんな質問が出てくるのか、自分でもよう訳がわからへんかったけど、とにかくするっと出てきてしまったの。

「奥さんの名前、教えて」

ミッキーの答えは、無言。あるいは、無視。いえ、もっと正確に表現すると、答えは私の唇に直接、返ってきた。アホなこと言うなや、言わせるなや、ええ加減にせんと、俺は本気で怒るで。そんな、声にはならない声とともに。

そのあとのことは、ばっさり省略していいですか？　あなたもこれ以上、聞くに堪えないでしょ？　卓球台の上でもつれ合い、からみ合った、汗臭い男と女の「秘密の花園」。

でも、あとひとつだけ、聞いて。

すべてが終わったあとにね、私は知らされたの。本当は、知りたくなんて、ちっともなかった。だって、結ばれたあと、やったからね、もうミッキーとは離れられんと思い知らされたあと、やったからね。奥さんについて知りたいことなど、ない、何もない、知りたくもない、ないないないないと思っていたのに、ミッキーはみずから進んで教えてくれたの。なんでやろ。ミッキーの方にも、深い理由はなかったんと違うかな。たぶん、私とおんなじで、答えが勝手にぽろっと、ミッキーの口から「出てきた」んと違うかな。いや、もしかしたらあれは答えやなくて「あの人が出てきた」ということなんかな。

「ゆりか、言うねん。百合の香りと書いて、百合香」

ミッキー、むごいな。あんまりやないか。

知りたくなかったよ、うちは。

そんな思いを胸に封じ込めて、私はミッキーに口づけをしました。きつく封印するように。

それから時は流れて、私は真柴先生と別れてアパートを借り、ミッキーは離婚せず――すでにあなたもよくご存じのように、週に二、三回、ミッキーは仕事の帰りにうちに立ち寄って、うちらは一緒に夕飯を食べたり、夕飯のあと延々といちゃついたりして、鴨の夫婦みたいに仲睦まじく過ごすようになっていました。「会える日」と「会えない日」が交互にやってきて、希望と絶望がかわるがわる押し寄せてきて、私は、自分が女であるということの幸福と不幸を、いやというほど噛みしめながら日々を送っていました。今も、そういう生活に変わりはありませんけど。あの頃は今よりももっと、その振れ幅が激しかったわけです。

雨降りの日やったな。そう、去年のちょうど今頃のことです。梅雨はとうに終わったというのに雨の日が多くて、洗濯物が乾きにくい八月の終わりやった。ということは、卓球台の上で結ばれてから一年と五ヶ月が過ぎていたことになるのかな。

その夜、ちょっとしたことが引き金となって、ミッキーと口喧嘩をしてしまい、非常によくある話で恐縮やけど、喧嘩の仲直りをするために、ミッキーは一度ベッドから出て始めていた帰り支度を途中でやめて、まだ裸のままシーツにくるまって、めそめそ泣いている私のそばに、もどってきてくれたんです。ということは、おそらくその夜の喧嘩は「帰らんといて、泊まっていって」「それは無理や。できへん。堪忍して」「なんで、なんでやの。ひと晩くらい、かまへんやないの」――こんな会話に端を発していたに違いありません。

とにかくミッキーはベッドのなかまでもどってきて「しゃあないなぁ、あんずは欲張りでかなわんわ」などと、嬉しそうに言いながら、ばたばたと、それは文字通り、鳥が羽をばたつかせるみたいにあわただしく、「とどめの一発を食らわしたる」と、荒々しい情熱をこめられるだけこめて「もういっぺんだけ」私を抱いて、それから「やることはやったんやから、これで堪忍して」とでも言いたげに、私に背を向けると、抱いてくれた時よりももっとあわただしく二度目の帰り支度をして、脱兎のごとく、うちから去っていきました。愛しの熊さんは、奥さんのもとにもどる時には、兎になるのね。可笑しいでしょ。泣けてくるほど、可笑しいわ。

口惜しいけれど、ミッキーの作戦は見事に功を奏し、私の体はミッキーに貪られたおかげで、くたくたに疲れてしまっていて、「寂しい、悲しい、情けない」と感じる負の心は幾分か、おさまっていました。喉が渇いていたので、やけ酒にビールでも飲もうと思い、ベッドから起き上がって、床に足をつけると同時に、私は「あっ」と小さく声を上げて、足を引っ込めてしまったの。何かを踏んでしまった。足の裏に、冷たい異物と突起の感触。なんなんや、これは？

拾い上げるとそれは、鍵のかたまりやった。ずっしりと重かった。そう、ミッキーが落としていったんやね。大あわてでズボンを穿いているさいちゅうに、うっかり落としてしまったんでしょう。色褪せた神社のお守り。キーホルダーも、どこぞの神社の交通安全のお守り。鍵は全部で五つ、くっついていました。手に取って、一個一個に触れながら、その形や色を、目を凝らして見つめました。

この見慣れた鍵は、私のアパートの合い鍵。それからこれは、近所に買い物に出かける時に使わせてもらったり、ときどき私もうしろに乗せてもらうことがある自転車の鍵。三個目は、これは学校関係の鍵でしょう。例の「秘密の花園」の管理人はミッキーやと聞いていたし。四個目は、これは車の鍵。銀色のトヨタカローラ。いつかはスポーツカーが欲しいけど、今はこの車で辛抱してるんや、と言っていた。そして五個目は、これはどこからどう見ても、家の鍵。ここじゃなくて、向こうの家の鍵。奥さんが住んでいる、子どもたちも暮らしている、ミッキーの「家庭」の鍵。

こんなものを落としていって……

なんて残酷な落とし物なんやろ。

両方の手のひらのなかに鍵の束をくるんだり、手で振ってじゃらじゃら言わせたりしながら、私はあれこれと想像を巡らせたの。

今は真夜中の一時過ぎ。今夜は帰りがすっかり遅くなってしまったから、ミッキーは自転車はうちに置いて、タクシーで家にもどった。だから、鍵を落としてしまったことには、家に着くまでは、気づかない。玄関のドアの前に立った時、はたと気づく。あれ、鍵がない。両手で全身を撫でまわしながら、深夜のセルフ・セキュリティチェック。でも、どこにもない。さて、困った。どうする？　チャイムを鳴らして、奥さんを起こす？　あるいは、家の鍵はミッキーがもどってくるまでは、あいたままになっている？　車は土日までは使わないだろうし、学校関係の方は合い鍵もあることとやろうから、ミッキーは次にうちに来るまで、この鍵の束がなくても、まあ、なんとかやっていけるやろう。

そこまで思いを馳せた時、うす闇のなかで——それまで、部屋の明かりも点けないまま、夢中で鍵を見つめていたのね——私の頭蓋骨の内側に、ピカッと電球が灯ったの。まるで、ずっと切れていた電球が突然、よみがえったみたいな感じ。

この鍵を、届けに行こう。

うちがこの手で届けに行ってやる。ミッキーの家まで、直接。

ミッキーの家を、見てみたい。この目で。

それは、本当に、私の望んでいること、私の考え、私の意思、やったのでしょうか。もしかしたら、私の体に乗り移っていた悪魔の囁きやったのかもしれないね。行け、行け、行け。

家まで行ってやれ。

まったくの偶然やけど、翌日は私の仕事はお休みやった。五月の連休の最後の日に、必要に迫られて休日出勤をしていたので、その代休として。


金曜の朝十時過ぎ。私は洋服簞笥の前で、十五回くらい洋服を着替えて、気持ち的には百五十回以上やったかもしれんけど、とにかく迷いに迷った挙句の果てに、シンプルなデザインのブルーグレイのフレアスカートに、これまた地味めのベージュの七分袖のブラウスに、紺色のパンプスとお揃いのバッグ、という出で立ちで、ミッキーの家に向かいました。もしも、ミッキーの奥さんに会うようなことがあったら、ミッキーの教え子の母親を演じようと思っていたの。シナリオも用意してありました。

「実はきのう、特別で個別の保護者面談がありまして、笹本先生にお目にかかりまして、その面談が終わって去り際に、この鍵を拾ったんです。自分のものとそっくりやったのでバッグに入れてしまい、そのまま家まで持ち帰ってしまいました。今朝になってそのことに気づいて、こうしてお届けにあがったという次第です」

なんて、地下鉄に乗っている時には、台詞の練習までしてました。

せやけど、仮にこの鍵が笹本先生のもの、と気づいたとしても、家まで行くかなぁ。最初は電話をかけるのが普通なんでは？　もしくは、学校まで届けるとか？　あと、家の住所は名簿か何かで簡単に調べられるとしても、それでもわざわざ家まで行くやろか？　いや、行くんや。そや、それやったら、ミッキーの家と私の家が目と鼻の先、いうことにしたらええ。それやったら、届けに行くのが早いし、筋やろ。けど、いったん「ご近所なんです」言うてしもたら、そのあとはどうなる？「どのへんなんです？」と訊かれたりして、ややこしいことにならへんか？　たまたま用事があって、家の近くを通りかかったことにする？　どんな用事？　仕事？　保険の勧誘？　ええい、面倒くさい。いざとなったら、どうとでもなるわいな、当たって砕けろや、出たとこ勝負や、火事場の馬鹿力や。それしかない。だいたい、この時間に奥さん――非常勤とはいえ高校の先生なんやし――が家にいる可能性は、限りなく薄いやないか。家を見て、郵便受けに鍵を入れて、ミッキーに連絡して、それでお仕舞いにしたらええんや。

などと、考えを巡らせているうちに、私の乗った地下鉄は、北山駅に着いていたの。降りないという選択肢もあったんやろうけど、観光客と思しき数人の女の子のグループにうしろから押し出されるようにして、私は電車から降りてしまい、人波に流されるまま地上に上がって、深い理由もなく三番出口を選んで外へ出ると、そこは北山通りの南側で、目の前には植物園の入り口があった。ここで植物園に入って、お花を眺めながらひとりで愉しくお散歩をして帰る。そんな選択肢も思い浮かんだけど、私は黙殺しました。ここまで来たら、あとはもう進め進めしか、ありません。

北山通りを西に向かって少しだけ歩いて、レストラン東洋亭のある交差点で通りを渡ると、そのまままっすぐに北に向かって歩いていきました。初めて歩く道です。でも、家のある場所はミッキーから聞かされて、というよりも、ミッキーが時折ふと漏らす言葉の端々から察知して、ある程度のことは把握していたの。想像のなかでは、何度も歩いたことのある道でした。

レストラン東洋亭の脇の道を北上して、信号のある交差点をふたつ行き過ぎると、左手に電器屋さんがある。突き当たりは、お米屋さん。その三叉路を左に折れたら上賀茂神社につづく道がある。そこを左ではなく右に折れて、折れてすぐのところから左にのびている急な坂道を上がる。車一台がやっと通れるくらいの、細くて急な坂を上がって左手、手前から数えて——

何番目かまでは、知らなかったけれど、家はあっけなく見つかりました。私が見つけたのではなくて、家が私を見つけたという感じ。そうなの、私は、見つけられてしまったのね。正体を見破られてしまったの。山際に沿って、上品な家、お洒落な家、可愛らしい家が寄り添うようにして立っている閑静な住宅街のなかで、そこに紛れ込んだ、異分子として。

目の前に、表札がありました。

御影石に彫り文字の施されたりっぱな表札です。毛筆の達筆で「笹本幹広」。その隣に、ひとまわり小さな文字で「百合香　勇樹　春美」。奥さんの名前も子どもたちの名前もすでに知っていたし、ミッキーに家族がいることは、地球に海と空と大地があることと同じであるはずなのに、私はなぜかびっくり仰天してしまい、心臓はどきどきするし、呼吸は荒くなるし、膝はがくがくするし、冷静にその場に立っていられないような、立ちくらみのような状態になっていました。あとで思い出すと、それは決して純粋な驚きではなかったと思います。表札に圧倒されていたんだと思うの。その表札には、これまで色々と聞かされてきたミッキーの話とは大きく食い違う「何かがある」と感じていたんでしょう。

落ち着きなさい。冷静になりなさい。表札なんかに負けたらあかん。

私は今、見てはならないものを見ている。しかし、見なくてはならない。これを見ないで、どうする。見なさい。目を逸らしたら負けや。

そんな風に言い聞かせて、挑むような気持ちで、その表札をじっと睨みつけていました。

こんなもん、ただの石やないか。ただの名前の連なりやないか。何びびってるねん。しっかりせんかい、都築杏子。時間にしたら、わずか一、二分か。私には三十分以上にも感じられたけど。

気持ちが落ち着いてくると、家の周辺のこまごまとしたものが目に入ってきました。わりとオープンな感じの門構えです。門扉はあるけど、それはあけっ放しになっていて、五段ほどの石段の向こうに玄関のドアが見えています。ドアのまんなかには、花束を摸した飾り。石段の両脇には点々とテラコッタの鉢植え。鉢植えのなかでは、白とピンクと紫のペチュニアが咲き乱れています。こうなったら、石段を上がって、前に進むしかありません。進んでいって、呼び鈴を押すしかありません。もしかしたら、奥さんは家にいるのかもしれない。なんだかそんな気配も、ないことはなかった。

呼び鈴を押しました。家のなかは、静まりかえっている。もう一回、押しました。反応はありません。留守のようです。私の背中は冷や汗でびっしょり。首筋を伝う汗に風が当たって、すぅすぅしてました。そうか、留守やったんか。それなら仕方がない。お役目は完了やな。任務終了。ああ、事なきを得てよかった。

ほっと胸を撫でおろして、バッグのなかから鍵の束を取り出し、ドアの脇に設えられていた赤い郵便受けに入れ家に背を向けて、今し方、上がったばかりの石段を降りようとしたその時です。待ちなさい。と、言われたような、言われてへんような。ん？　待って？

誰かの視線を背中に感じました。強い視線です。鋭い視線です。まるで背筋を突き刺されたような感じ。肩を摑まれたような感じかな。まさに、うしろから誰かに髪の毛を引っ張られたような感じ、とでも言えばいいのか。

誰や？

石段を一段だけ降りたところで立ち止まり、うしろをふり返りました。次の瞬間、私は思わず目を細めてしまいました。なぜなら、玄関のドアの左側にある広いガラス窓に光が反射して、まぶしかったから。

手のひらを額に翳（かざ）して、目をあけて、まじまじと見ました。広いガラス窓の向こうには、応接室があるようやった。吸い寄せられるようにして、私はもう一度、石段を上がり、石段のつづきにあるコンクリート敷きの通路を数歩だけ歩いて、気がついたら、そのガラス窓の真正面、つまり、応接室の前に立っていた。部屋は洋風のリビングルームになっていて、ソファーセット、ピアノ、テレビ、オーディオセット、飾り棚などが置かれていました。そして私の目は、オーディオセットの上の壁に釘付けになってしまったの。

壁の中央に、金縁のりっぱな額に収まった、一枚の油絵。何号くらいなんやろう。とても大きな絵。私を射るような視線は、その絵のなかから発せられていた。ミッキーが描いた、奥さんの絵です。笹本百合香さんの肖像画。明らかに、ごく最近、描かれたものだとわかった。なぜなら、奥さんの両脇に描かれている子どもたちは、小学生くらいに見えたから。子どもたちはエンジェルみたいに奥さんを見上げていて、奥さんは両腕で天使たちを抱き寄せながら、正面を向いている。背景に描き込まれている花は、まっ白な胡蝶蘭。絵のなかの胡蝶蘭にそっくりなお花が、飾り棚の上にも置かれていました。そっちの色はピンクやった。

絵の構図はマリアと天使だし、奥さんは子どもたちと胡蝶蘭に包まれて、マリア様のように微笑んでいる。慈愛に満ちた、穏やかな、幸せいっぱいなその瞳が、私を捕らえて、離そうとしなかった。反射的に、私は目を逸らしました。まぶしかったからじゃなくて、痛かったからです、目が。

ああ、目がつぶれてしまいそう、って、思いました。これ以上、見ていられない。これ以上、見てはいけない。ここにいてはいけない。一刻も早く、ここから去っていかねば。

思うと同時に、私は石段を駆けおり、門から外に飛び出し、脱兎のごとく——人のことは言えへんね——坂道を駆けおりていったの。まるで皮を剝がれた因幡の白うさぎになった気分やった。

笑いますか？　笑ってくれてかまへんよ。

一生のなかで、あれほど遠いところまで行った旅は、あとにも先にもあらへんかった。二度としたくない旅行の帰り道、つくづく思いました。思い知らされました。私は今まで奥さんのことを、なんにも知らへんかったんやなぁと。絵のなかの彼女は、胡蝶蘭のように美しく、気高く、優しそうで、艶然と微笑んでいて、百合のように匂い立つ色香もあり、母として、女として、最高の幸せを享受しているんやなぁ、ということが、私には痛いほど伝わってきたの。ミッキーが話していたイメージとは違う。大きく違う。どこがどう違うのか、言葉でうまく表現することはできへんけど、とにかく違う。

ミッキー、違うやないの。

ミッキー、あんたはほんまは、奥さんのことを……

いつか、いいえ、そのうち、まな板の上の鯉になって、訊いてやろうと思ってます。問い詰めて、とっちめて、懲らしめてやろうと思ってます。

奥さんの絵を見たからといって、私のミッキーに対する気持ちが冷めるということは、なかったよ。心のどこかで「絵は絵や。実物とは違う」と、強気で思っている節もある。だけど、これもまた、うまいこと言えへんけど、あの日、あの絵を見たことで、私のなかで一枚、ページが捲れたことだけは、確かなの。ページが捲れて、次のページに書いてあることを読めば、謎が解けるのかもしれない。けれど、私はそのページを読むのが怖いから、本は開いたまま伏せて、ずっとそのままにしてあるの。真夜中に、悪魔から「つづきを読め、その目で確認しろ」と言われても、きっぱり断るつもり。知らぬが仏を押し通すつもり。それが、幸せでいるための不可欠な条件やと思うから。奥さんも、私と同じことを思っている気がする。

ところで、胡蝶蘭の花言葉、知ってますか？

知りたい？　教えてあげるね。

幸せが飛んでくる。変わらぬ愛。白は「清純」で、ピンクは「あなたを愛します」。ついでに百合は「威厳、純潔、無垢」。いったい誰が考えたんやろ。私は花言葉が大嫌い。

ふたりきりのひとり旅

Mizuki & Akinori

旅が好き。

旅の準備をしながら、すでに心のなかで始めている旅は、特に。

使い慣れた旅行鞄をあけて、下着や着替えの洋服やこまごまとした洗面道具や、ガイドブックやメモ帳にもなる小型の日記帳を詰め込んだあと、「でもこのブラウス、なんだか違う」と思い直して取り出して、ああでもない、こうでもないと迷っている時間が好き。おそらく、じっくり読む暇などなくて、結局、鞄を重くしてしまうだけなのに、なぜだかいつも余分に入れてしまう文庫本。今回は一冊きりにしようと心に決めて、その一冊を選んでいる——選べないまま、斜め読みをしたり、拾い読みをしたりして、悶々としている——そんな時間も、好き。やっとのことで荷造りを終えると同時に、小さな期待と秘密を、まるで交通安全のお守りのようにそっと、目立たない内ポケットのなかに忍ばせておく。

その旅が終わって、出発前に比べるとだいたい一・五倍くらいの大きさに膨らんでいる鞄とともに、家に帰り着いた時の、なんとも言えない安心感が好き。何度、経験しても、いい。冒険旅行から無事、家にたどり着いた小学生みたいな気持ちになる。こうして帰ってくるのが楽しみだから、旅に出かけているのかなとさえ思ってしまう。

旅先としては、海のある場所が圧倒的に好き。

学生時代にしょっちゅう出かけていた、沖縄。

友だち同士でも行ったし、当時つきあっていた人とも行ったし、ひとりでも何度か行った。それくらい、好きだった。朝はエメラルドグリーンに、夕暮れ時にはコバルトブルーに染まっている海に、最初に足を浸す瞬間がたまらなく好きで、砂浜でぼーっと波を見ている——見ているというよりも、抱かれているという感じの——時間も好きだった。真夜中、泊まっていた民宿の屋根の上に勝手に登っていって、大の字に寝っ転がって、満天の星を眺めていた——これも、夜空に抱かれていたという感じ——こともあったっけ。

「きっとまた来ますね」

と、旅先で約束したお店に、律儀に約束を守って、ふたたび訪ねていくのが好きだった。けっこう無理をして訪ねていっても、向こうはわたしのことなんて、まったく覚えていないことの方が多かったけど、それでもよかった。記憶のなかの沖縄の空は、いつでも「わたしのために」晴れてくれている。が、一度だけ、ひとり旅で離島に渡った時、運悪く台風に直撃されてしまい、船着き場の近くの民宿に缶詰になって、朝から晩まで、船の運航が復旧するのを待ちながら、本を読んでいたことがあった。今にして思えば、あれほど贅沢な時間はなかったという気がする。

明典さんと出かけた、海。鎌倉と葉山の海。

二年前の、初めてのふたり旅。

ドライブの途中で見つけた、海沿いの食堂「さかなやさん」。獲れたばかりの魚を、お客の好みを聞いてから調理して出す店だった。わたしも明典さんも炭焼きにしてもらった。屋外のテラス席に並んで腰かけて、注文した料理が運ばれてくるのを待っていると、すぐ目の前にあったバス停にバスがやってきて停まり、地元の子どもたちがばらばらと降りてきた。赤、黒、青のランドセル。白、黄、オレンジ色のキャップ。三々五々に走って家に帰っていく姿。あたりに色が飛び散るようだった。

「俺の子どもを産んでくれよ」

そんなことを、言われた直後に見た光景だった。子どもが好きで、欲しくてたまらないのに、願いがなかなか叶わない明典さんに、どんな顔をして、どんな言葉を返せばいいのかわからなくて、しばし黙っていると、海から吹いてきた風のなかに混じっていた水滴が頬に貼りついて、これって嬉し涙なの？　と、錯覚してしまった。

明典さんと出かけた、数少ない旅の、大量のスナップ写真。

ピントのぼけたものも、何が写っているのか皆目わからないものもひっくるめて、べたべたと貼りつけたアルバム。最初の頃はふたりとも、カメラの前でちゃんとポーズを取っているのだけれど、途中からは、明典さんの顔、横顔、うつむいている顔、うしろ姿、背中や肩、肩越しの風景、そんなものばかりが累々と出てくる。でもそこには、飽きることもなく、ひたすら明典さんだけを見つめつづけていたわたしの、切羽詰まった気持ちが写っている。

「これも、これも、これも、記録しておきたい。ひとつたりとも取りこぼしてはならない」

――言葉にすればそんな風になる、焦りのようなもの。

それらを眺めながら、ふたりで出かけた旅のあれこれを、思い出している時間が、好き。旅をふり返りながら、過去を旅している時間。今のわたしにとってはそれこそが、旅の極上の喜びのように思えてならない。

「だったら、旅をしているまっさいちゅうは、どうなるんだ？　そこには喜びはないの？　みずきの『旅が好き』からは、肝心な部分がすっぽり抜け落ちてるじゃないか」

ひとりで旅の思い出に浸っていると、明典さんに笑い飛ばされた。

「もしかしたら俺との旅は、そんなに好きじゃないってこと？　どうなんだ？　正直に答えてみろよ」

冗談めかして、詰め寄られた。うしろから抱きすくめられ、アルバムを取り上げられて。

嫌いに決まってるじゃない、と、言いたかったけれど、言わなかった。私の好きな作家が、ある作品のなかに書いていた言葉を、教えてあげたかったけれど、教えなかった。彼女は、好きな人と一緒に出かける旅は、それは「旅ではなくて愛、そのもの」と書いていた。楽しい、とか、幸せ、とか、感じる心の余裕もないほど楽しくて、幸せ。「一緒にいるだけで、もうそれだけで精一杯で、それ以外に何があるのって感じ」——。

そうなのだ。だからわたしは、明典さんとの旅が好きと、素直に言えない。どこで何を見ていても、寄せては返す愛にあっぷあっぷし、油断していると水を飲んでしまって、溺れそうになってしまう、そんな、明典さんとの旅が嫌い。なのに、旅が終わるのが怖くて、思わず彼の背中にしがみついてしまう、旅の最後の夜が大嫌い。

「なぁ、みずき。一緒に京都へ行こうか。ふたりきりで、夏休みの小旅行」

誘われたのは、六月の初めだった。

左手の中指の根もとを三針も縫う怪我をして、包帯を巻いていたわたしを慰めようとしてくれたのか、水仕事が満足にできないわたしを気づかってくれたのか、明典さんはその夜「俺のとっておきの店」に連れていってくれた。「久しぶりにデートでもするか」と言って。

gigi（ジジ）という名前のイタリアンレストラン。仕事で都心に出ていた明典さんと新宿駅南口で待ち合わせて、そこからタクシーで西新宿のはずれまで走った。店は街の中心からかなり離れたところにあった。風の強い日だった。まずお手洗いで髪の毛を直してから、地下にあるテーブル席に向かうと、明典さんは先に着席していて、経営者と思しき人と親しげに会話していた。

向かいに腰かけたわたしの顔を見ると、

「ここはね、そんじょそこらのイタリアンとは違うんだよ」

得意げにそう言って、ついさっきお店の人が置いていった小さなメニューを取り上げて、「ほら」と言いながらわたしに手渡した。それは本当に小さなメニューで、大きさは葉書大くらい。臙脂（えんじ）色のMENUという文字のすぐ下に、きょうの日付が印刷されている。

その下に並んでいたのは――

新玉葱のひと口ムース、平目のカルパッチョ　夏野菜のサラダ添え、ホワイトアスパラガスのオーブン焼き、穴子のシンプルなセモリナ粉フリット、桜海老と水菜のスパゲティ……まだまだつづいている料理を、見張った目で追いかけていると、明典さんはわたしに額を近づけて「ふふふ」と笑った。

「どうだ、参っただろ？　これね、俺たちだけのためのオリジナルなメニュー、っていうよりも、みずきのための特別コースと言うべきか」

「えっ？　そうなの？」

そう言ったきり黙っているわたしに、明典さんは、今にもはち切れそうな風船みたいな笑顔を向けている。

「うん、俺が特別に頼んでさ、みずきの好みを事前にあれこれと説明してさ、その上でつくってもらった、ひと夜限りの特別メニューなんだ」

ひと夜限り、という言葉が胸に響いた。旅に似ているなと思った。なぜなら旅はいつでも一回きり。同じ旅は、ひとつとしてないのだから。

「そうなの、だから、お魚と野菜だけなのね」

「御意」

我が意を得たりと言いたげな、明典さんの表情がまぶしい。

「ありがとう。……嬉しい」

月並みな言葉しか、出てこない自分が恨めしい。

「ほんとに、とっても、信じられないくらい、嬉しい。夢みたい」

アスパラガスと水菜と穴子はわたしの好きな食材だし、もう一種類のパスタ料理「蛍（ほたる）烏賊のトロフィエ　烏賊墨と香草のソース」は、まさにわたしのためという気がした。烏賊墨のパスタは、わたしの大好物だということを、明典さんは覚えていてくれたんだなと思った。

そのあとに来る魚料理は「甘鯛の鱗焼き　ヴィネガーソース」。デザートは「ドライフルーツとリコッタチーズのカッサータ」。何もかも、わたしの好みを百パーセント、満たしてくれているではないか。

わたしの喜びと驚きは、料理が運ばれてくるたびに、加速度をつけて深まっていった。こんなにも楽しい、心躍る時間を過ごしていると、そのうちドカーンと悲しい爆弾が落とされるのではないか、などと、どこか、ひやひやしながら料理を味わっていた。実を言うと、わたしには微妙な味などわかっていなかったのかもしれない。幸せ過ぎて、味を感じる心の余裕もない。そう、旅と同じで。

だけど、臆病なわたしの予想に反して、ワインの追加を頼んだあと、胸もとに飛び込んできた弾丸は「一緒に京都へ行こうか」だったのだった。

――京都？

――前々から、行ってみたいって言ってたよね。夏の京都は、そりゃあもう、鍋のなかに閉じ込められたみたいに暑いし、一歩、外に出たら、フライパンの上を歩いているみたいだけど、五山の送り火の終わったあとだと、町も寺もちょっとは空いてると思うんだ。

――行くとしたら、八月の終わりかしら……

——なんだ、どうした？　あんまり、嬉しそうじゃないな。

——そんなこと、ないよ。すごく嬉しい。京都、もちろん行きたい。でも……

——でも？

——行くのはいいけど、ひとつだけ、条件があるの。それさえ呑んでくれたら、行く。

——おおっ、これはこれは襟野みずき女史。交換条件と来たか。なんだろう。面白いじゃないか。耳の穴をかっぽじって聞きましょう。

明典さんは、聞く前からへらへら笑っていたけれど、わたしは真剣だった。

唯一無二の条件。明典さんとする旅には「それ」がないと、わたしは出かける気になれない。わがままかもしれないし、明典さんにとっては疲れるだけかもしれないけれど、でもどうしても、譲れないこと。

「なぁんだ、もう、そんなことでいいのか。わかったよ。条件は呑む。ちゃんとそうなるようにする。じゃあこれで和平協定成立だな。だけど、京都では一泊しかできないことになるけど、それでもいいのか？」

「いいの」

大きくうなずくと、明典さんはほんのちょっとだけ、不服そうな声を出した。

「おかしな子だな。俺だったら絶対に、京都で二泊する方を選ぶけどな。まあいいさ、みずきがそれで満足できるなら」

gigiをあとにしたのは、午後十時過ぎだったか。

表通りでタクシーを拾って新宿駅までもどり、一緒に電車に乗って、同じ家にもどった。これが、わたしの「好きな旅」の終え方だった。ふたりきりの旅、ひと夜限りの特別メニューの最後は、こうでなくてはならない。

八月の第四週の週末、金、土、日の三日間、わたしは夏の有給休暇を取った。公休の月曜を入れると、四日間の夏休み。明典さんは、中途採用の社員の研修指導に当たるため、前の週から、関西にある本社に詰めている。金曜の夕方、明典さんが取ってくれた駅前のホテル――曰く「ぶあつい壁に、万里の長城みたいなエスカレーターがくっついているホテル」――の部屋で、待ち合わせることにした。

金曜の夜、京都で泊まって、土曜の日中にめいっぱい観光をし、夕方の新幹線で一緒に東京に「帰る」。日曜日は、いつものようにうちでごろごろ、猫と遊んで散歩して、公園の草野球にもつきあって、平凡な一日をふたりで過ごして、月曜の朝、明典さんは新幹線で関西の本社に「出勤する」。これが、わたしの出した条件をもとに組まれた旅の日程だった。確かにもう一泊、土曜も京都に泊まれば、訪ねたいところは無尽蔵にあるし、週明けに大阪にある本社に出勤する明典さんにとっても、とても便利だ。けれど、わたしは譲歩できなかった。京都で二泊して、京都駅で西と東に別れるなんて、絶対にいやだと思っていた。

金曜の朝、鉢植えにたっぷり水をやって、家を出た。行きの新幹線のなかで読むための文庫本を一冊だけ鞄に入れて、昼過ぎの下り列車に乗った。待ち合わせの時間よりも一時間か、二時間、早めに京都に着いて、明典さんを待ちたいと思っていた。必ず会える人を待つ楽しみを、思う存分、味わいたかった。

暑かろうが、寒かろうが、世界中から人がやってくる、さすがは京都。ホテルのロビーは、東京の満員電車にも負けないくらい、混み合っていた。が、事前には知らされていなかったのだけれど、明典さんが予約していた部屋は十七階の「特別フロアー」にあった。だからわたしは直接、専用エレベーターで十七階まで上がっていき、その階に泊まっている人たちだけが利用できるカウンターで、待たされることもなく、チェックインすることができた。

涼しい部屋で三十分くらい休憩してから、歩いて、三十三間堂を訪ねてみた。

明典さんに言わせれば「蒸し風呂のような」町を、ひとりで歩いていても、あとで確実に会えるのだと思うと、まるで、ふたりで歩いているような気になれた。珍しいもの、面白そうなもの、そして猫を見つけるたびに、心のなかで明典さんに話しかけていた。「ねえ、見て見て」。それに対する明典さんの反応や、そのあとにつづくふたりの会話を想像してはほっこり——京都生まれの友人から教わった京都弁——していた。

三十三間堂のひんやりした廊下を歩き、千体もの仏像から発せられる霊気のようなものを全身に浴びたあと、裏通りを適当に歩きながら、目についたお店に入ったり出たりをくり返して、ふたたびホテルにもどってきた時には、五時を五分ほど回っていた。

明典さんの仕事は五時までだから、五時半から六時のあいだに「部屋で落ち合おう」と約束していた。そのあとは、車に乗って北へ向かい、洛北の貴船で食事をする。貴船の川沿いにある和食のお店。京野菜とお豆腐を中心にして、山菜、筍、野草や天然のきのこ類を組み合わせた、珍しい野菜懐石を出している。このところ、菜食主義に凝っている明典さんのために、数少ないわたしの人脈を駆使して、探し当てた。一日に三組しか、お客を取っていない、小さなお店。インターネットで予約したあと、念のための電話もかけておいた。リクエストすれば、流し素麺や湯豆腐や豆乳鍋も出してくれるという。夏でも「汗をかきながら食う湯豆腐が好き」という明典さんの希望は、抜かりなく、伝えておいた。

座敷で食事をすることになるから、スカートに着替えておこうと思い、デニムを脱ぎ捨てて、クローゼットのそばの鏡の前に立った。レースフラワーと、三色——露草色、すみれ色、朱鷺(とき)色——の矢車草の模様が散らされた、涼しげなオフホワイトのワンピース。皺加工がなされているから、旅行にはもってこい。胸もとも背中もゆったりしている。襟は着物のように合わせるデザインになっていて、スカートは巻きスカートで、形はフレア。似たようなデザインの部屋着も持っている。なぜなら、いつだったか、明典さんに「似合うね」と褒められたから。

「こうやってさ、俺が好きなところから手を入れて、好き勝手に悪いことができるだろ。まさに隙だらけの服だね、これは」

似合うというのは、つまりそういう意味。

洋服に伸びてくる明典さんの手。皮膚の上を這いまわるきかん坊の指。思い出しながら、着替えを終えた途端に、携帯電話が鳴った。あ、明典さん、と、思った。たぶん今、ホテルに着いたところなんだろう。部屋番号を正しく伝えなくてはと思い、ライティングデスクの上から、カードキーの入っていた小さな袋を取り上げて、わたしは電話に出た。

「もしもし、明典さん？」

赤く染まった頬と、同じ色合いの声が出た。

つかのまの沈黙と咳払いのあと、返ってきた声は重く沈んでいた。

「ああ、みずきか。無事、到着？　今、ホテル？」

それだけ言うのがやっと、というような、途切れ途切れの口調。声も息もかすれている。

激しい咳。咳き込み。そのあとに、はぁはぁ、ぜぇぜぇ。通話口を押さえているのだろうけれど、いかにも苦しそうな様子が、容赦なく、わたしの耳を直撃する。

「どうしたの、明典さん。風邪？」

思わず知らず電話をきつく握りしめ、広いガラス窓の前で、わたしは直立不動になってしまう。窓の外に広がっている京都の景色が、急によそよそしく見えてくる。

「うん、ええっと、ごめん、わかる？　実は、ゆうべからちょっと風邪気味で、ぞくぞくするなと思って、だからきょうは大事を取って、朝だけ会社に出て、昼からは休んでたんだけど、だんだん……ひどくなってきたんで、それで……あわてて病院に駆け込んで、薬をもらって、集中的に寝たんだけどな……熱が……」

そのあとはまた激しく咳き込んでしまい、言葉がつづかない。

「大丈夫？　無理しないで。夏風邪ね。暑気あたりかもしれないね。大丈夫？　熱は？　なんだかすごく苦しそうに聞こえるよ」

「ごめん、ごめん、悪いね。こんな時に、ほんとに情けない男だよね。あんなに楽しみにしてたのにな」

そこで、わたしはやっと気づいた。そうか、今夜は、会えなくなってしまったというわけか。ふたりきりの旅は、ひとりぼっちの旅になったんだな。残念だとは思ったけれど、寂しいなとも思ったけれど、それは決して失望ではなかった。失望よりも何よりも、明典さんを心配する思いの方が勝っていた。

「ね、わたしのことなら、まったく気にしなくていいから。病気なんだもん、仕方がないよ。京都だったら、ひとりで観光できるから。明典さんはゆっくり休んで」

それは、心の底からの言葉だった。大勢の人の上に立って、神経を磨り減らしながら、人の何倍も働いている人なのだ。ストレスも相当たまっていたに違いない。

「あのな、みずき、電話したのは……違うんだ、そうじゃなくて、俺は……聞いてくれるかな、わがままなんだけど」

いつになく、明典さんの言い方が淀んでいる。断定的で、ストレートな物言いを常とする明典さんらしくない。無論、ひどい風邪と熱のせいもあるのだろうが、それだけではないような気がしてならない。何かほかに、わたしに伝えたいことがあるのだろうか。

「わがままなら、聞くよ。どんなわがまま？　言ってみて。なんなの？」

「うん、どうしたんだろうな、俺。自分でもよくわからないんだけど……」

途方に暮れているような、探し物が見つからなくて、うろたえているような、長いため息。喉の奥でからまり合った短いため息と痰を、いっぺんに吐き出そうとしているような奇妙な咳。そのあとに、今までに一度も聞いたことのない、弱々しい声がつづいた。

「おまえね、今からこっちまで、出てこられないかな？　会いたいんだ。みずき、会いに来てくれないかな。駄目かな。行き方は今から説明するから」

はっと吸い込んだ息をうまく吐き出せなくなって、今度はわたしが喉に息を詰まらせる番だった。「こっちまで」の「こっち」というのが、「明典さんの家」すなわち「明典さんと奥さんの暮らしている家」を意味していると認識するまでに、時間がかかった。認識したくなかったからだろうか。

「そんなこと……」

できない、と、思っていた。できるはずがない、そんなこと。

「できない？　無理かな、やっぱり、無理だろうな。俺、高熱のせいで、気弱になってしまったのかな。心細いんだよ、なんだか。ひとりでいるのが」

話題を変えようと思って、わたしは優しく話しかけた。子どもに言って聞かせるように。

「熱は何度？　氷は冷蔵庫にあるでしょ。ひとまず氷をタオルにくるんで直接、額に当てて」

わたしの言葉を遮って、明典さんは子どものようにくり返した。

「会いたいんだ、みずき。来てくれよ。そこから四十分もあれば、来られるから」

「そんな……」

絶句してしまった。

「来てくれよ、頼むから」

頭のなかで、ぐるぐると、風ぐるまが回っているような感覚があった。ついさっき、三十三間堂の近くで目にした屋台で売られていた、風ぐるまや風鈴やお面。明典さんと奥さんの家。ここから四十分。明典さんと奥さんの暮らしている町、最寄りの駅、駅前の商店街、家につづく道、曲がり角、交差点。ふたりの住んでいる家、ふたりの使っている部屋、ふたりの寝室、ふたりで育てた庭。居間、食卓、台所、玄関、門扉、表札。そんな、見たこともない風景が、見たくもない物々が、今はまだ、ただの言葉に過ぎない物たちが、ぐるぐるぐるぐる回っている。わたしの方こそ、熱もないのに、ふらふらになってしまいそうだ。

「あのね、みずき、マイはずっと病院と実家だから、ここにはいない。俺はここで、ひとりで暮らしている……だから、ひとりなんだよ。だから、それでも駄目かな」

マイ——

それが、奥さんの名前なんだと、わたしは知った。知ると同時に、なんだか立っていられなくなって、ソファーの上に腰を沈めた。マイとは、舞なのか、麻衣なのか、真衣なのか、それとも、舞子なのか、麻衣子なのか。それともそれは単なる愛称で、本当の名前は別にあるのか。ふたりは「マイとアキ」と呼び合っているのか。少なくとも、明典さんが「マイ」

と呼んでいることだけは、確か。

――奥さんの名前、なんていうの？

――そんなもの知って、どうするんだ？

――どうもしないけど、名前くらいは知っておくべきかなと思って。

――知らなくてもいいよ、そんなもの。「べき」なんて、いやな言い方するなよ。

――ごめんなさい。

そんな会話がよみがえってくる。あの時、わたしは確かに、「べき」って、いやな言い方だなと思った。特に恋人同士のあいだでは、使うべき、使われるべき言葉じゃないなと。あれから、二年。知っても、知らなくても、同じくらい傷つくのであれば、ちゃんと知っていた方がいい、と思っていたわたしは、この二年のあいだに、知らないでいられることは、知らないままの方がいいと、思うようになっていた。

たかが名前、されど名前。

明典さんは、わたしの逡巡(しゅんじゅん)にも、ショックにも気づかず、まだ、懇願しつづけていた。来てくれないか、会いたいんだよ、頼むよ、と。

大好きな明典さん。かわいそうな明典さん。だけど、わたしは、そこには行けない。行くわけにはいかないの。冷たい言い方にならないように気をつけながら、わたしは言った。

「ごめんなさい。わたしには無理。勇気がないの」

たとえば部屋に、わたしのものでもない、明典さんのものでもない、髪の毛なんかが落ちていたら、どうするの？　わたしは平気でいられるの？

「勇気なんて、そんなもの、なくたって」

「ごめんなさいね。行きたい気持ちは、山々なんだけど」

嘘をついた。行きたい気持ちなど微塵もなかった。会いたい気持ちは山ほどあっても。

「そうか、そんなに気になるのか。もう長いこと、ここにはいないんだけどな。ここはただの空間に過ぎないよ。家なんて、屋根と柱と壁と障子と襖と、要するにただの物の集合体じゃないか。俺以外には、誰もいないよ」

ここにはいない人の名前は、もう出てこなかった。

「暑くても我慢して、何かあたたかいものを食べて、汗をいっぱいかいて、ぐっすり寝て。きっと、あしたの朝には治っているから。ね、よくなったら、また電話をかけて。わたしは泣かずにちゃんとひとり旅を楽しむから、ね、わかった？」

最後は、幼子をあやすようにして電話を切った。切ったあとしばらく、携帯電話から目が離せなかった。「マイ」という人の気配が、折り畳まれた電話のあいだに、存在しているような気がして。

それから、ベッドの上で枕に顔を押しつけて、じっとしていた。涙は出てこなかった。明典さんと奥さんの家に、しかも、奥さんが長期入院か療養で留守にしている時に、上がり込んでいくなんて。想像するだけでも、耐え難いことのように思えた。

それでも、わたしは行くべきだったのだろうか。自分が傷つくことを恐れるあまり、病気で苦しんでいる人をほったらかしにしてしまった、わたしは冷たい女なのだろうか。

起き上がって、ふたたび携帯電話を開いた。予約をしている貴船の料理屋に、キャンセルの電話をかけなくてはと思った。重い気持ちだった。どろどろしていた。見たこともないのに、明典さんの家が浮かんでは消え、消えては浮かんでいた。頭のなかがごちゃごちゃになっていた。そんな気分がたった一本の電話で救われることになろうとは、思ってもいなかった。

「すみません、友だちが急病にかかってしまって……」

およそ一時間後、わたしは、迎えのライトバンに乗って貴船へと向かっていた。

「よろしかったら、お客さんひとりでかましませんし、来ておくれやす。今ちょうど、用事でそっちの方をうろついている者にすぐ連絡しまして、ホテルまでお迎えに上がらせてもらいます。みんな、楽しみにしてお待ちしてますよってに」

経営者の片割れでもある女将さんから、ひどく優しい言葉をかけられて、ひとりで遠出をして夕飯を食べに行く気になったのだった。

お店では、至れり、尽くせりの歓迎とサービスを受けた。三十種類もの野菜と野草を、それぞれに違った味で煮炊きし、ひと口サイズできれいに盛りつけた「野菜の玉手箱」をはじめ、料理は舌だけではなくて、目でも味わわせてくれる逸品ばかり。生まれも育ちも京都だという女将さんと、大阪出身のご主人――板長さんでもある――の、まるで漫才のような会話を聞いているのも、楽しかった。わたしがひとりぼっちであると、感じさせないような気配りを、気配りだと意識させないようにしてくれるところは、さすがに京都人だと納得した。

ふと、わたしの愛読している作家の本に出てくる、夫婦のような恋人たちを思い出した。物語のなかのふたりは、ハワイでお好み焼き屋を開くのが夢だったけれど、あのふたりが京都で小料理屋を開いたら、こんな風になるのかもしれないなと思った。

「大阪弁はね、突っ込んでくるんですわ。べたっと寄り添ってくる。暑苦しうて、かないませんわ。けど、京都弁は一歩、引くんですね。すっと、引く。せやし、夏でも涼しい。まぁ、そこが一番大きな違いでしょうか」

京都弁と大阪弁の違いについて質問すると、女将さんからそんな答えが返ってきた。するとご主人がすかさず口を挟んでくる。

「すっと引く？　涼しい？　どこが？　そら、単に『いけず』なだけのことですわ。いけず、わかりますか？　意地が悪い、いうことですわ。言葉は涼しげかもしれんが、心もひんやりと冷たい。それが京都人の正体ですわ」

「京都の夏、思い切り暑いですから、ちょっといけずなくらいが、ちょうどいいですね。優しさと冷たさの絶妙なバランスが、京都の魅力。京都は大人の町だとわたしは思っています。大人にしかわからない魅力があるんですよね」

　などと、わたしがしたり顔で言うと、女将さんは「ほんまや、わかる人にはわかるんやな」と、涼しげに満足げに微笑んで見せるのだった。

　店の車で送られてホテルにもどり、シャワーを浴びたあと、髪の毛も乾かさないで、ベッドに直行した。難しい仕事を終えたあとのように、全身から力が抜けて、安堵していた。そのままぐっすりと眠った。夢も見なかった。ちょうど好い加減のお酒の酔いが、深い眠りにつながったのだろうか。

　翌朝、起き抜けに、明典さんに電話をかけた。

「明典さん、おはよう。具合はどうですか？　わたしはとっても元気よ。ゆうべはひとりで貴船まで出かけて、泣かずにひとりでごはんを食べました。ひとりだったけど、ふたりで旅したような気分でした。とっても素敵なお店だったから、また次の機会に一緒に行けたらいいなと思ってます。それじゃあ、また、具合がよくなったら、電話して。待ってます。あ、でも、無理はしないでね。きょうはこれから、植物園へ行ってみようかなと思っています。あの、ゆうべはごめんなさい。行けなくて……熱、下がっているといいな」

できるだけ明るい声で、制限時間いっぱいを使って、ひとり語りを録音しておいた。途中で切れたけど、つづきは会った時に話せばいいと思っていた。次はいつ会えるのか、わからないけれど。

運がよければ、「次」はすぐにやってくることもある。

遅めの朝食をとって、いったん部屋にもどったあと、先にチェックアウトを済ませておこうと思い、十七階にある専用ロビーに向かっていると、長い廊下の遥か彼方から、まっすぐにわたしの方に向かって歩いてくる、男の姿が目に飛び込んできた。病み上がりにしては、足取りはしっかりしている。姿勢もいい。目つきもシャープだ。見慣れたジャケット、見慣れたズボン、手には何も持っていない。わたしの姿に気づいて、左手を軽く挙げて見せている。

「明典さん」

ああ、一緒に帰れるんだな、わたしたちの家に。

まず、そう思った。それから、旅はもう終わったんだもの、と、思った。ふたりきりのひとり旅は終わって、これからはふたり揃って、家までもどる。ああ、なんて、幸せな旅。わたしの大好きな旅が、これから始まる。

明典さんは、約束を忘れていなかった。あの条件を、忘れていなかった。矢も盾もたまらず、愛しい人の方に向かって、走り出した。あと数メートルほどで、ぶあつい胸に頭をぶつけられる、というところまで来て、なぜか足が竦んだ。

明典さんの背後から、見慣れた笑顔のその向こうから、ふっと忍び寄ってくる「もの」を感じた。明典さんの体の二倍ほどもありそうな、巨大な影のようなもの。たとえば夏の終わり、たとえばひとつの季節の終わり、たとえば旅の終わり、たとえば人生の終わり。なんらかの終わりを容赦なく告げているような、まっ黒な影を引きずっている、目には見えない「者」。得体の知れない何者か。

もしかしたら、あれは――

あれは――

その次に来る言葉には、名前がついている。ゆうべ、ついてしまった。もう消すことはできない。それでも懸命に打ち消しながら、何も聞かなかったことにして、わたしは、明典さんと影の方に向かって進んでいった。

宿借り

Anzu & Mickey

す。

お久しぶりです。

このあいだは突然、予定変更をお願いしてしまって、申し訳ありませんでした。

……はい、先週の土曜日にお葬式も終わって、私の気持ちもやっと、落ち着いたところです。

ほんまに、人の命といいますか、運命というものは、わからへんものですね。一寸先は闇、とはよく言ったもので、本当にいつ、どこで、何が起こるか、神のみぞ知る。ついきのうまで、同じオフィスのなかで、私のすぐうしろのデスクの前に座って、明るく元気で、笑顔で仕事をしていた人が、私の淹れたお茶を「世界一美味しい」などと言いながら飲んでくれてた人が、その翌日には、帰らぬ人となっているんやもの。

いまだに、心のどこかで、その人の死を信じていない私がいて、事務所で仕事をしている時には「今頃は、学生さんを連れて、そのへんのアパートを見せてまわってるところやろな」と思ってみたり、事務所の電話が鳴って、私が受話器を取ろうとする直前にふつっと切れたりすると、「あ、芦川(あしかわ)さんや。芦川さんがうちに、何か頼みたいことがあって、かけてきてる」と思ってみたり。

優しい人でした。今の仕事のイロハは、私はみな、芦川さんに教えてもらって覚えたんです。会社では、みんなから慕われてましたし、人柄もよかったけど、仕事もようできて、社長からも頼りにされてました。うちの会社は、賃貸物件の斡旋だけではなくて、投資目的の物件の売買も扱っているんやけど、芦川さんはいつも「投資物件の良し悪しは、一にロケーション、二にロケーション、三も四も五もロケーションや」と言うてはったなぁ。要は、物件そのものよりも、それが立っている場所とその周辺の環境が大事ということです。

「なんでか言うたら、杏子ちゃんは投資するだけで、その家に住むわけやないやろ。ということは、その家が新しいとか、間取りがええとか、日当たりがどうとか、要するに、杏子ちゃんが家そのものを気に入る必要はないということや」

年は私よりも四つか五つほど上で、まだ四十になったばかりやったと思います。お子さんは、中学生のお嬢ちゃんと、小学生になったばかりの息子さん。奥さん、これから大変やろうなぁ。

亡くならはったんは、体育の日です。小学校の運動会のあった日で、芦川さんは奥さんと一緒に出かけはって、午後一番の綱引き大会に出場し、綱を引っ張っているまっさいちゅうに心臓発作を起こしてしまったらしくて、そのままあっけなく……文字通り、あっというまの出来事やったそうです。

すみません、芦川さんの話が長くなりました。

実は、この前お目にかかって以来、ここ数ヶ月のあいだに、私の身のまわりでは色々なことがあって、いや、あり過ぎて、とてもまともにお話しできるような状態やなかったんです。そこに、芦川さんのことが重なってしまったもんですから、余計につらくて。

この前は、ミッキーの本宅、すなわち、ミッキーと奥さんと子どもたちの暮らす家に、鍵を届けるいう名目で、乗り込んでいった話をしましたね。乗り込んでいった、なんて、威勢のいいことを言うてますが、実際はその逆で、しっぽを巻いてすごすご退散してしもたわけですけど。

それはさておき、それから二週間後くらいやったかなぁ、十日くらいあとやったかもしれんけど、その日——曜日は「会えない日」の方です——いつものように会社からアパートにもどってくると、郵便受けのなかに手紙が届いていたの。請求書やダイレクトメールやカタログや定期購読している料理雑誌なんかに交じって、はっとするほどきれいな、上品な封筒やった。ふわっとした手触りの和紙でできていて、形は縦長。下の方に、蝶結びになったリボンの模様がついてて。リボンといっても、少女趣味やなくて、典雅な感じ。文字は筆ペン書きの達筆で、わりと大人っぽい感じ。でも、決して年寄りくさい字やない。

この頃では、封書の手紙をもらうことなんて、滅多になくなってたから、びっくりしました。誰やろう？　誰からやろう？　昔の友だち？　恩師？

ぱっぱっぱっと頭に浮かんだのは、なつかしい人やセンスのいい人や年上の友だち、それから、もと夫である真柴先生の娘さんの顔まで浮かびました。可愛らしいリボンの模様がなんとなく、彼女を彷彿させてたから。

鞄から鍵を取り出して、玄関のドアをあける前に、くるっと封筒を裏返した私は、思わず「痛っ」って、声を上げてました。まるで、傷口に貼っていた絆創膏を無理矢理ぺりっと剥がされた時みたいに。イタタタタです。

そこには、私のよく知っている住所と、名前だけはよく知っている人の名が書かれていたの。

もう、おわかりやね？　そう、それは、ミッキーの奥さんからの手紙やったんです。

内容は――

えっ、その手紙、読んでみたいって？　勉強のためにって？　いったいなんの勉強なんやろね。ふふふ。あなたもなかなかどうして、いっつもけっこう際どいところまで攻め込んでくるねぇ。

人に何かを頼まれたら、いやとは言えない、出し惜しみはしない、気前のエエことにかけては、自信のある私ですから、見せてあげる、今度、持ってきてあげる、と、言いたいところなんやけど、ごめんなさい、それはできへんわ。なぜって、その手紙、燃やしてしまったの。うん、だからもう、手紙はないの。灰になって、この世から消えてしまったの。

私は毎朝、起きたらまず、お部屋でお香――最近は、尾張屋というお店で買い求めた「おこぼ」という名の線香が気に入ってます――を薫いて、好きな香りに包まれながら一日を始めるんやけど、そのお線香の火を点ける時、ついでに燃やしてしまったの。衝動的ではなくて、確信犯的にね。だって、そんなもの、いつまでも持っていたって、エエことなんか、ちっともないでしょ。読み返したところで、情けない、やるせない、まっ黒な気持ちになるだけやもの。そういうものは、私はすぐに処分するようにしてるの。

で、手紙の内容にもどると、便箋三枚につらつら書かれていたことを短くまとめるなら、「ぜひ一度、お目にかかりたい。お目にかかって、お話がしたい。お時間をつくって下さいますか」ということ。よろしければ、ご都合がよければ、ご迷惑でなければ、と、つつしみ深い言葉が並んでいたけど、会う場所と時間まできちんと指定されていて、用意周到、私から返事を出す必要がないようになっていたのは、さすがだと思った。

さすが、のあとに来る言葉はなんなのか？　と問われたら、答えは自分でもようわからへんのやけど。さすがは、妻の座に堂々と居座っている人？

「もしもその日、三時半までお待ちして、都築さんのお姿が見えないようであれば、それが貴方様からのお返事だったと思うことに致します」

そんな一文もあったなぁ。

奥さんに会いに行くかどうかについては、心はすぐに決まりました。即決です。行くしかありません。逃げも隠れもしません。なぜなら、最初に導火線に火を点けたんは、この私なんですから。要するに、これは私が引き起こしたことが、奥さんに手紙を書かせる引き金となったんですから。私が鍵を届けに行ったことが、奥さんに手紙を書かせる引き金となったんです。自分が起こしたことの後始末は、大人なら、ちゃんと自分でせな、あきません。

「先日はわざわざ、手前どもの鍵をお届け下さり、感謝申し上げます。そのお礼も直接、申し上げたい気持ちでおります」

なんで、うちが届けたとわかったんでしょうね。やっぱりこれは妻の直感、女のカンでしょうか。ミッキーは、体育館のロッカーかどこかで落としてしまい、拾った生徒が塾へ行くついでに届けてくれたんや、と、作り話をしたらしいのですが。

手紙を受け取った翌日、仕事帰りに四条河原町まで足をのばして、行きつけのブティックを何軒か、はしごしました。しっかりせなあかんで、と、自分で自分に発破をかけ、気合いを入れるために、新しい洋服を買いに行ったんです。それにしても、巷に女性ファッション雑誌はかずかずあれど、「愛人が妻に呼び出されて会いに行く時のお洒落特集」なんてものは、目にしたことがありません。

あなたなら、どんな装いで出かけます？　女らしさとか色っぽさとかを強調するのか、それとも、全面的に隠すのか。ばりばり仕事のできる女を演出するのか、それとも、家庭的な可愛い女になり切るのか。地味派手にするのか、派手地味にするのか。

試着室で、取っ替え引っ替え、着たり脱いだりをくり返しながら、悩みました。悩んだ挙げ句、結局、無個性で、おとなしい感じのオフホワイトのパンツスーツに落ち着いてしまった。我が子の通う学校に、進路のことで相談に出かける母親みたいな雰囲気。でも、無難なパンツスーツなので、通勤服としてもじゅうぶん活用できます。

洋服以上に悩んだのは、このことをミッキーに打ち明けるべきか否かということ。奥さんから手紙が来たこと。呼び出されたこと。会いに行こうと決めていること。すべてを事前に話しておくべきか、あるいは事後に、報告するべきなのか。どっちもしないでおくのがいいのか。かなり悩みました。

悩みながら、ここが正念場やで、強くそう自分に言い聞かせていました。奥さんに会って、ミッキーとは「別れて欲しい」と言われたら、どう答えるつもりや？　泣かれたらどうする？　どやしつけられたら、どうする？　鍵の時とは違って、今度は絵やなくて、本物の顔を見ることになるんやで。

それもあったけど、それよりも何よりも怖かったんは――

私が奥さんに会うことによって、うちらの――私とミッキー、ということです――何かが大きく、変わってしまうような、損なわれてしまうような、そんな気がしてならなかったの。そうして、いったん変わってしまったら、決してもとにはもどらないのではないか、それがこの世の常ではないか。とにもかくにもよく考えて、慎重に行動せなあかん、と、思っていたわけです。

その一方で私には、会わないという選択肢は、なかった。なんでやろ。理由は、わかりません。理屈では、説明できないことです。言ってしまえば、こうなることは初めから決まっていたとしか、言いようがない。そういうことって、あるでしょう？　あなたにも、ありませんか？　もしかしたら人の人生、あるいは世の中は「そういうこと」だけで、成り立っていると言ってもいいのかもしれません。

九月二十三日、秋分の日でした。

まったくの偶然やけど、その日は、子どもの頃、家族みんなで可愛がっていた犬の命日やったのね。だから、お昼ちょっと前に、遅めの朝食を済ませてアパートを出る前に、窓から天を仰いで、犬のチャコちゃんに「うちを守ってな、お願いやで」とお祈りをしました。

ミッキーとは前の晩、夜中の十一時半過ぎまでやったかな、一緒に過ごしていたの。いつものように一緒にごはんを食べて、いちゃついて、いつものように仲睦まじく、本物の夫婦みたいにね。

私はとうとう、何も話せへんかった。何も打ち明けられへんかった。あした、奥さんに会いに行くんよ、なんてことは、口が裂けても言えへんかった。言えば止められたでしょうし、ミッキーと奥さんのあいだでもきっと、ひと悶着が起こったでしょう。修羅場になるとわかっているようなこと、私にはできへんかった。私が黙っていれば、済むことやと思っていた。奥さんに会ったからといって、私たちのあいだにひびが入るなんてことは、絶対にない、という自信はなかったけど、思い込みはあったしね。会えばなんとかなるやろ、という思い込み。

ミッキーは何も知らずに、にこにことご機嫌やったし、私もにこにこと過ごした。胸は張り裂け、心臓はつぶれそうになっていたけど。でもこれは、私ひとりで、乗り越えていかなあかんことやと覚悟を決めていたの。

なぜならば――

前にも話しましたね。何度も言いました。不確かで、不安定で、一寸先は闇であるに違いない私の人生には、それでもたったひとつだけ「これだけは確か」と言い切れることがあって、それは、結婚できたとしてもできへんかったとしても、私は死ぬまでミッキーのそばにいたいということ。ずっと一緒にいたい。ただそっと寄り添っていたい。それ以上は望まない。それが私にとっての愛なんです。墓のなかまで持っていきたい愛なんです。

壊したくなかった。失いたくなかった。守り抜きたかった。ミッキーとの愛の暮らしを、この部屋で営まれてゆくふたりの生活を。そのために、私はきょう、これから起こることを、すべてひとりで受け止めよう。ひとりで受け入れよう。ミッキーを巻き込んではいけない。

悲壮な決意を胸に、私は部屋を出て、アパートの階段を降り、駅へと向かいました。

空は気持ちよく晴れ、空気は澄み切って、陽射しにも風にも、柔らかな秋の気配が漂っていました。おろしたてのパンツスーツに秋物のコートを羽織り、うす着をしていたわけでもないのに、妙に首筋や背中や太もものあたりが、すぅすぅしていたのをよく覚えています。曲がり角の手前で、うしろをふり返って、アパートを見ました。二階の右から二番目にある、ふたりの部屋。そこがふたりの家です。

ああ、私はあの部屋に、うちらの家に、無事、もどってこられるやろうか？　なんだか自分が「家なき子」になったような、住む貝殻を失った、哀れな裸のヤドカリになったような、心細い気持ちでした。

奥さんが手紙のなかで指定していた店は、奈良にありました。

なんでまた、奈良なんやろう。京都でも大阪でもなくて。奈良というロケーションには、私を呼び出すのに都合のいい何かがあるのやろうか。ちらっとそんなことを思ったりしました。

とはいえ、私にとって、奈良は高校時代を過ごしたなつかしい町です。無邪気な青い春の町。京都とも大阪とも神戸とも違う、独特なのんびり感というのか、どこかひなびた感じがあって、奈良へ来るといつも「ほっとする」と思っていたものです。

最後に訪ねたんは、去年の夏やった。ミッキーと一緒に、夏の燈花会を見に行ったの。浴衣を着てね。奈良公園内にある興福寺、東大寺、春日大社などに灯される、一万本以上もの蠟燭の明かり。屋台のお店をひやかしながら、蠟燭の灯がゆらゆら揺れる参道を、ミッキーと腕を組んで歩いたなぁ。まさか、その一年後に、奥さんに呼び出されてこの町に来ることになろうとは、思いもよらへんことでした。

「ミンミン」。

店には、そんな名前がついていました。蟬の鳴き声から取ったんでしょうか。近鉄奈良駅から歩いて、興福寺、猿沢の池を通り過ぎ、細い路地の張り巡らされた一角で、あれっ、迷ってしまったかな、誰かにたずねてみようかな、それとも店に電話して訊いてみようか、などと思って立ち止まり、顔を上げたらそこに、ミンミンがあったの。

伝統的な古都の町屋です。一軒家の入り口がそのままカフェの入り口になっていました。あとで聞いた話によると、家は築八十五年以上とのこと。引き戸の向こうには土間があり、靴を脱いで、畳の部屋に上がるようになっています。お客は座布団の上に座るんです。純和風の店内。最初に思ったこと。ああ、着物は無理やったとしても、せめて、ドレッシィなワンピースで来ればよかったなぁ。後悔先に立たず。

ミッキーの奥さんはまだ、来ていないようやった。目についたお客さんはみな、ふたり連れかそれ以上やったし。待ち合わせの時間の午後一時半を、五分ほど回っていたけど。とりあえず、私は店の人の案内で、空いていたテーブルの前に腰をおろし、正座しました。高い天井。黒塗りの梁やどっしりした柱。気が遠くなるほど長い、時の流れを感じさせる、飴色の格子や白壁。格子戸のあいだをくぐり抜けて、煙のように、光のように、さざ波のように忍び込んでくる、ジャズピアノの音色。音楽に共鳴しているかのように、どこからともなく射し込んでくる淡い陽の光と、いかにも上質そうなコーヒー豆の香り。奥さんから届いた手紙のセンスと、見事なまでに合致したお店やと思いました。

チャイとバナナチーズケーキを注文して、私は奥さんを待ちました。ここ一番、気持ちを引きしめたい時、私は甘いものを食べるようにしているんです。

数分後、小粋に着物——白地に紺の麻の葉っぱの柄やった——を着こなした店員さんがお

盆を手に現れ、

「お待たせしました。チャイとケーキをお持ち致しました。どうぞ」

そう言って、座卓の上に、カップとお皿を丁寧に差し出してくれました。

「おおきに」

店員さんの方は見ないまま、太ももの上に両手を置いて、小さく頭を下げた私に、

「お待ちしておりました。都築さん。お初にお目にかかります。私、笹本の妻、百合香と申します」

透き通った声が降りかかってきました。透き通っていて、細い声です。硬い芯が一本、声のなかを通っているような。でも刺々（とげとげ）しい感じとは違うよ。凛としているけれど、冷たい声ではありません。

「いつも、笹本が大変お世話になっております」

大好きなミッキーが、急に遠くに行ってしまったような気がしました。「笹本」って、それ誰？

「いえ、あの、お世話やなんて、そんなこと……こちらこそ」

「ここは、すぐにおわかりになって？」

「はい、あの……」

店員さんやとばかり思っていた人が、奥さんやったんです。度肝を抜かれる、とはこのこと。びっくり仰天、とはこのこと。いきなりの先制パンチというか、不意打ちを喰らって、私はただ、あたふたするだけでした。ああ、情けなや、情けなや、ミンミンミンと、蟬のように、鳴き出しそうになっていました。

奥さんは三つ指をついて私に挨拶をしたあと、私の真向かいに座り直しました。その一連の所作の美しかったこと。想像していたよりもずっと、小柄な人やった。小柄でぽっちゃり。そう感じた訳は、常日頃から、私が奥さんに対して勝手に、威圧感のようなものを抱いていたせいやと思います。威圧感を抱いていたから、想像上の奥さんは私にとって常に、大柄で筋張った人になっていたというわけです。

第一印象は「ちょっと待ってよ。違うやないの」。それは、ミッキーの描いた肖像画を目にした時にも感じた印象でしたが、今回もまた、同じことを思いました。実物は、ミッキーの話に出てくる奥さんとも、絵に描かれていた奥さんとも、大きく異なっていたのです。

本物の奥さんは上品で、優雅で、柔らかい空気をまとった人で、人が善さそうで、庶民的な感じもあって、我知らず親近感を覚えてしまうというか、うまく言えないんやけど、まるでミッキーのお姉さんみたいな感じやった、と言えば、わかってもらえるかしら？　年は、ミッキーよりもひとつ年下ということやったけど、ふたりの子どものお母さんでもあるわけやし。それもあるけど、ほら、長年寄り添ってきた夫婦って、姿形が似てくるって言われてるでしょ。

奥さんは眼鏡をかけていました。ふっくらした顔つき。団子鼻。おちょぼ口。上唇の左脇に小さなほくろ。眼鏡の奥の目は終始、穏やかな笑みをたたえた糸のよう。目尻に寄った皺にまで、幸せそうな雰囲気が滲み出ていたなぁ。私を見る目も優しかったの。信じられますか？　優しかったのよ。最初から最後まで。自分に自信があったんやろうね。自分に自信のある人は、他人にも優しくできるの。たとえその相手が、自分の旦那の恋人であっても。

対照的に、私ときたら、最初から最後までおたおた、もごもご、まごまごです。まさに、借りてきた猫。いえ、宿をなくした宿借りです。奥さんは宿借りなんかではなくて、ちゃんとした宿そのもの。堂々としてた。地震が来ても、びくともせんような頑丈な家。ミッキーが、どこで誰と何をしようと、奥さんはそんなミッキーを受け入れ、迎え入れる宿なんやね。ミッキーが望もうと、望むまいと。

奥さんと交わした会話――というよりも、彼女の言葉やね。なぜなら、まともな会話にはなっていなかったから――のなかで、今も心に食い込んでいる台詞があるの。そう、食い込んでいるの。抜きたくても抜けへん刀のようにね。

「腐った死体や血が噴き出している死体に触れるのは怖いけど、白骨死体なら、大丈夫だと思わない？　むしろ、大切に、大切に、可愛がりたくならない？　まっ白な骨を撫でさすり、毎日、頬ずりしたくなりませんか？」

白骨死体というのは、奥さんの定義で「結婚生活」を意味していたの。つまり、奥さんにとって、ミッキーとの生活は、まるで白骨死体のように、大切にしたいものである、ということね。ミッキーは「家庭内離婚」と言っていたけど、ミッキーにとってもやっぱり、それは大切なものであるということなんでしょう。奥さんはむしろ、そのことを強調したかったんやと思います。

「もちろん、私たちの離婚はありえません。都築さんがどう思われようと、仮にこの私が別れたいと思うようになったとしても、笹本は子どもたちとは別れられないと思うし、私も子どもたちから、かけがえのない父親を奪い取ることはできませんせん」

あくまでも柔らかく、優しく、私を諭すように言ったの。責めるような口調は、どこにもなかった。かえってそのことで、私は責められているような気になってしまったけれど。

「人間、先のことはわからないでしょ。朝、『行ってきます』と言って、元気な姿で家を出ていった人が、夕方には、物言わぬ死体となってもどってくることもあるわけよね。だから私は、笹本が元気で『ただいま』と言って、うちに帰ってくる限りは、笑顔で『お帰り』と出迎えようと思っているの。ある日、笹本が帰ってこなくなれば、すなわち、都築さんのところに帰るようになれば、それはそれで、受け入れようと思っています。そういう気持ちで日々を送っています、ということを、一度あなたにきちんとお伝えしておきたかったの」

私はそれに対して、どう答えたのかって？

私も答えを知りたいくらいです。お恥ずかしい話やけど、さっきも言った通り、まるでお話にならなかったの。たぶん私は「はぁ、そうですか」とか「わかりました」とか「すみません」とか、間の抜けたような相槌ばかりを打っていたはずです。奥さんの性根は、芯から据わっていました。私が太刀打ちできるような相手ではなかったんです。

店にいたのは、一時間半ほどやったでしょうか。私には永遠とも思えるような、長い長い時間に感じられましたけど。他愛ない世間話もしました。傍から見たら、久しぶりに会って楽しくおしゃべりしている友人同士に見えたことでしょう。

別れ際に、奥さんは私に、プレゼントまでくれました。話が前後しますが、カフェの二階は雑貨コーナーになっていて、奥さんはそこに、手づくりの雑貨——刺繍入りのハンドタオルとかハンカチとか、キルトの小物入れとか化粧ポーチとか、そんなこまごましたものです——を卸していたのね。教師の仕事は、今はしてへんようやった。カフェの経営者のご夫婦とは、古くからのお友だちのようでした。

「これ、よろしかったら、お使い下さい」

「ありがとうございます」

「お元気でね。きょうは、わざわざいらして下さってありがとう」

「いえ、こちらこそ」

そのあとに、さようならと言えばいいのか、失礼しますと言うべきなのか、咄嗟に別れの言葉を思いつけませんでしたが、奥さんは細めた目を見開いて、はっきりとこう言ったの。

「もう二度と、お目にかかることはないと思います」

翻訳すると、もう二度と顔も見たくない、となるのやろうね。

帰りの電車のなかで、もらった包みをあけてみると、美しくラッピングされた袋のなかには、まっ赤な鍋つかみが入っていました。可愛い！　一瞬だけ、くれた人のことを忘れて、私は「可愛いなぁ」と感心すらしてました。形は大きな手袋みたいで、すっぽり手を入れるようになっています。生地はごわっとして堅い毛布地。まんなかに、白い小さなおうちの模様のアップリケ。明らかに、奥さんの手づくりやとわかりました。

なんでまた、この私に、鍋つかみを？

妻が愛人に、生活用品を贈るなんて。

ありえないような、でも、あの奥さんならありえるような、赤い鍋つかみは今、うちの台所の引き出しのなかに入っています。なんでか知らんけど、捨てられへんのです。手紙のように燃やすわけにもいかず、ときどき、使っています。熱々のグラタンやドリアを、オーブンのなかから取り出す時。こんがり焼けた秋刀魚（さんま）の塩焼きや、塩鯖の焼いたんや、銀鱈の西京焼きののった網を引っ張り出す時。

「さ、できたよ、ミッキー。食べよう。アツアツなんを」

「あとで、あんずも食べたろ。熱いうちに」

楽しい夕餉の時間に、赤い鍋つかみを使うたびに、思い出します。格子窓からするすると、煙が棚引くようにして、流れ込んできた音楽と光。それらに包まれて、奥さんと向かい合っていた時間。眼鏡の奥から私を見つめていた細い目。優しげな笑顔――。

今、あなたにお話ししながら、気づいたことがあります。

もしかしたら奥さんが私に鍋つかみを贈った理由は、私が何か熱い物を摑むたびに、「あなたを火傷（やけど）から守っているのは、このわたしなのよ」と言いたかったのかもしれない？　つまり、私が手、奥さんは鍋つかみやってこと。

考え過ぎでしょうか？　きっと、考え過ぎやね。

鍋つかみは、ただの鍋つかみに過ぎず、それ以上でも以下でもない。たまたまその時、奥さんには誰かにあげたい品があって、誰かは私で、品は鍋つかみやったんやろう。そう思うことにしておくね。

結局、ミッキーには、奈良で奥さんと会ったことは、話さず仕舞(じま)いになっています。話さないまま、話せないまま、外から見たら、まるで何事もなかったかのような日々がつづいています。

もちろん、私の心のなかは決して穏やかではありません。ミッキーと一緒に過ごしていない時には、ほとんど奥さんのことばかり、考えている。考えているといっても、何か理路整然としたことを考えているわけやなくて、ただぐるぐると、行き場のない思いを持てあましているだけです。もしも奥さんの目的が、私をこんな風にぐるぐる悩ませることやったのやとしたら、その作戦は大成功やったと思います。

そして、最後にもうひとつ。きょうは、悲しい告白をしなくてはなりません。

さっきも言ったように、私とミッキーの生活は一見、前となんら変わりなくつづいているように見えますが、私の心のなかにあった愛の姿は、あの日を境に、はっきりと変わってしまいました。

もちろん、私は今でも、今この瞬間も、死ぬまでミッキーのそばにいたいと思っています。寄り添って生きていきたい。その気持ちに、変わりはありません。ありませんけど、ああ、なんて言えばいいのかな、この愛は、私が信じていた、信じているこの愛は、実は奥さんという存在、つまり宿借りの「宿」の存在を抜きにしては、語れないものやと悟ったんです。そうなんです。熱い物を摑むためには鍋つかみが要るように、私がミッキーを愛するためには、奥さんという存在が――

要ると言うのは変やけど、なくてはならないというのか、それなくしては語れないというのか。要は、奥さんを抜きにして、我が家の鍋は摑めないし、私とミッキーの愛の暮らしも成立し得ないということでしょうか。せやけど、私の存在がなくても、向こうの暮らしは成立するんやね。

奥さんが私に会おうとした理由は、まさにこれ、やったのでしょうか。別れろと言わずして、別れを私に突きつけたということでしょうか。自分の存在を私に知らしめるために、知らしめて悩ませてじわじわと追い詰めるために、あの日、奥さんは私を呼び出した。つまり私は、彼女の思う壺に、まんまとはまったということでしょうか。

わかりません。私には、わかりません。わかっていることは、失われた命はもう二度と、ここにはもどってこないということ。チャコちゃんもそう、芦川さんもそう。死んでしまった者は、もどってこない。枯れた花は、二度と咲かない。愛もそう。だって、愛は命とおんなじなんですから。いいえ、命そのものなんですから。

違いますか？

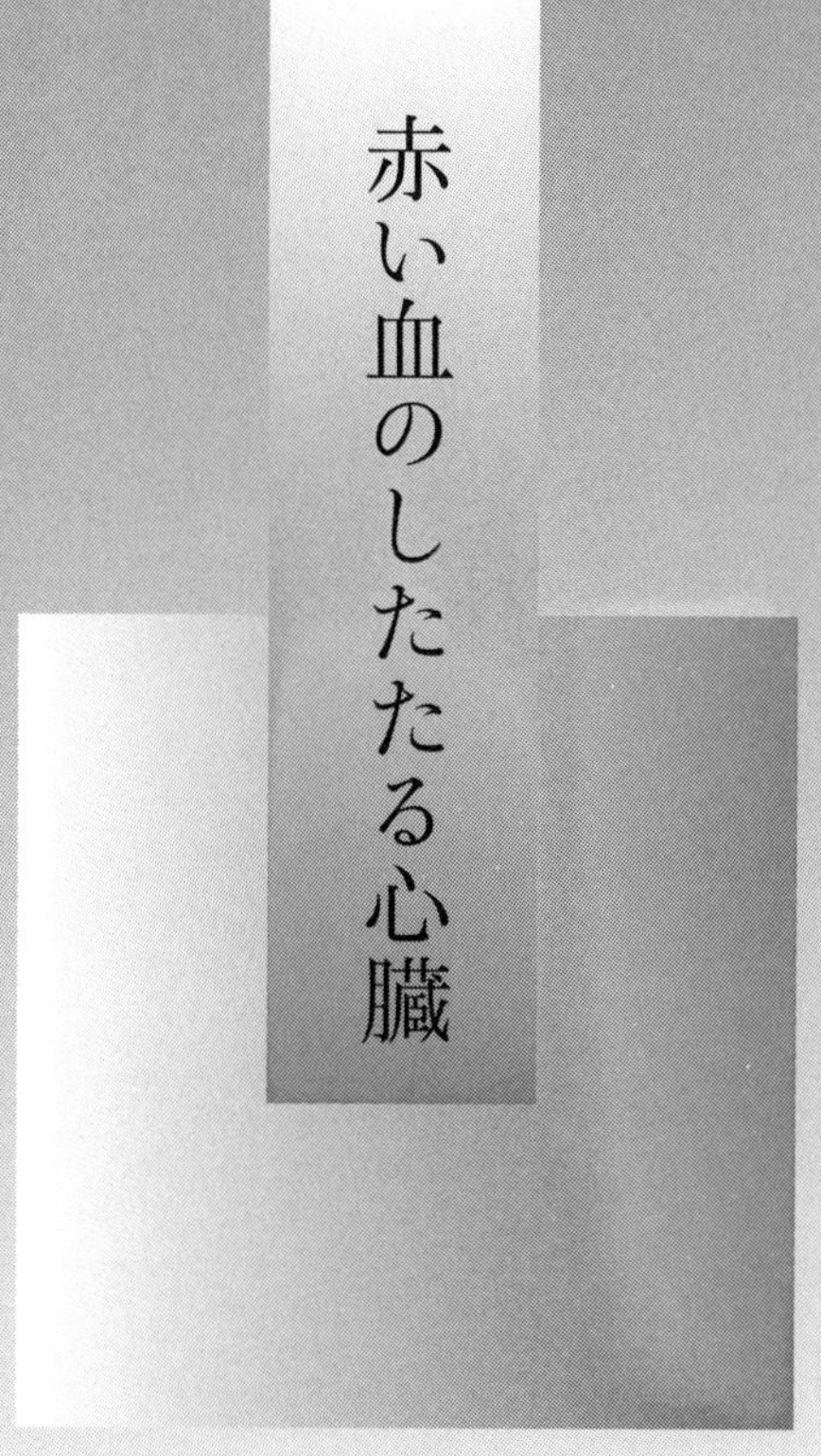

赤い血のしたたる心臓

Mizuki & Akinori

花が好き。

野に咲く花は、特に。

原っぱや川べりや土手に、にぎやかに群れて風に揺れている、名前のわからない雑草。道ばたで、埃にまみれてたった一輪、今朝、花開いたばかりなのに夕方にはしぼんでしまう、名もない雑草。いいえ、どんな花にも草にもそれぞれに名前はあって、しかもごくまれに、はっとするほど美しい名前だったりすることもあるのだけれど、誰も、花にも名にも気を留めることはない。

そんな路傍の草花を、わたしは愛する。

生まれ育った長野の実家には、狭いながら表にも裏にも庭があり、父母や祖父母が丹精して育てた花々が、季節ごとに咲き揃っていた。日当たりのよい居間や台所の窓辺には、蘭やシクラメンやセントポーリアやクリスマスカクタスなどの鉢植えが所狭しと並んでいて、子ども時代には、弟と交替でせっせと水やりをしていた。

うっかり水やりを忘れてしまうのが弟で、やり過ぎて弱らせてしまうのがわたしで、枯れかけた植物を見事に蘇生させるのが母だった。間引きや枝切りができなくて繁殖させ過ぎてしまうのが母で、たくさんついたつぼみのうちいくつかを摘み取り、残りの花を大きく咲かせようとするのが父だった。

　花や植物はいつも身近にあって、当たり前の存在だった。大人になった今も、そう。物言わぬ彼、彼女らは、わたしにとって、似た者同士であり、気の合う無口な友だちでもある。離婚したあと、ひとりで暮らすにはやや広く、広さゆえに寂しいようにも思えた借家をあえて選んだのも、家を取り囲んでいる紫陽花や、裏庭で枝を広げている桜の老木や、隣の家から涼しげに枝を伸ばしている銀杏の木に、心を惹かれたからだった。

　今年の夏はベランダで、ペチュニア、ゼラニウム、インパチェンスを育てていた。「どの子」も、職場の近くで商いをしている老舗(しにせ)の花屋さんから、図書館への寄附として譲り受けたもの。

「傷物、売れ残り、行き遅れの子たちですけど、可愛がっていただけたら、秋の終わりまで花を咲かせてくれます」

　花屋の奥さんは花を擬人化して話す。わたしが図書館の本を擬人化しているのと同じ。

　苗の大半は、エントランスにある花壇に植えつけた。それでもまだ余ったものを自宅に持ち帰って、箱形のフラワーボックスに植えた。朝顔に似た白とブルーの花を咲かせるのがペチュニア。陽射しが好きで、まっすぐに伸びた茎の先に、小ぶりな紫陽花に似た赤とピンクの花をつけるのがゼラニウム。日陰が好きで、すみれに似たオレンジ色の花をこぼれんばかりに咲かせるのがインパチェンス。

何度、教えても、明典さんはこれらの花の名を覚えられない。なんにでも勝手に名前をつけてしまうのが得意なのに、「花は難しいよ」と、明典さんは言う。

「日本名ならまだしも、外国語のカタカナ表記は舌を嚙みそうでいけないね」

だからペチュニアは「ちっこい朝顔」で、ゼラニウムは「紫陽花もどき」で、インパチェンスは「すみれの派手な奴」となる。

寝室の窓辺には、明典さん曰く「ジャングル・コーナー」がある。そこには蘇鉄、ポトス、クワズイモ――食わず芋って、誰が名づけたのだろう――、パキラ、虎の尾、ポニーテール、それから確かアフリカ原産の「名前のわからない奴」の鉢植えがいくつか寄り添っている。花は咲かないけれど、どれも強くて、育てやすい。毎日、水を欲しがるものと、毎日は「要らない」と主張するものがある。長年つきあっているうちに、それぞれの性格がわかってきた。

名前のわからない植物が、わたしは好き。

花の名前をなかなか覚えられない明典さんが好きで、彼のつける勝手な呼び名が好き。

ジャングル・コーナーには、だから色んな奴がいる。小さい奴、でかい奴、強い奴、弱い奴、可愛い奴、しぶとい奴、すぐ泣く奴。なかなか泣かない奴。

——忘れないで。どんな「奴」でもね、水やりを忘れると、枯れちゃうの。

——水ならさっき、いやというほどたっぷり、やったはずだけど。

——でもやり過ぎもいけないのよ。相手が求めている時にはたっぷりと、でも、もう要らないって言ったら、やめなきゃ。

——あれ？　俺には、もっとくれって聞こえたけど。

——それに、お水をあげるだけでも駄目なの。お陽様に当てて、心をこめて可愛がってあげないと、植物は死ぬの。

——俺、けっこう可愛がってると思うけどな。ときどき、いやがられるくらいに。

——そうじゃないの、心の問題なの。

ジャングル・コーナーの艶(なま)めかしい緑に見つめられて、ふたりとも裸のまま、蔓性の植物のように互いの手足をからめ合って交わす会話が好き。そんな時にはわたしたちも名前のわからない人間になれる。

洋服を着て名前のある人間となり、ふたりで近所をぶらぶら散歩している時や、思い立って遠くの公園まで出かけた時や、その帰り道、路肩や道ばたに咲いている珍しい花を見つけると、わたしは立ち止まって花の姿形をしっかりと記憶し、家にもどってから図鑑で名前を調べたり、職場にある、もっとぶあつい図鑑をひもといてみたり、していたものだった。ふたりで見た花、見つけた植物の名前を確認し、覚えておきたいと思っていた。そうしてそれを明典さんに教えてあげたいと。

この頃のわたしは、そうしない。花に名前は要らない。そう思うようになった。花はただそこで、咲いているだけでいい。名前がない、名前を知らない、名前をつけないことによって、わたしたちのまわりには、不思議に豊かな世界が広がってゆくのだということを、わたしは知った。深い世界と言ってもいいのかもしれない。

名前のない、底のない深い世界。

明典さんはもはや「明典さん」ではなく、誰かの夫でもなく、わたしの恋人でもなく、会社員でもなく、四十代後半の管理職でもなく、ただの背中と胸と心臓と、腕と指と指先と、唇と舌とため息になる。

どんな名前も持たない裸の男女が、名づけようのない時間を過ごす。ただ欲張りな奴となって咲き乱れ、しおれ、枯れる。たったひとりの人のために咲き、その人の手で愛でられ、むしり取られる運命を生きる。そんな野の花に、なれるものなら、わたしはなりたいと思う。到底なれっこないとわかっていても。

「襟野さん、ちょっとよろしいでしょうか？」

貸し出しカウンターの奥にあるオフィスのパソコンの前で、仕事をしていた牧野さんから声をかけられた。ちょうど、利用者の最後のひとりが去った直後で、わたしは表玄関のドアの鍵を掛け、オフィスにもどってきたところだった。

「はい、なんでしょう」

牧野さんのそばに立ち、少しだけ腰をかがめて、彼女が見つめているデスクトップに視線を伸ばした。返却の期限を過ぎているのに、もどってこない書籍のリストが映し出されている。

「この方なんですけど……上から三番目の、大道(おおみち)さんです」

大道恵子(けいこ)、という名の利用者だった。住所と番地から察するに、駅前からバスで二、三十分ほど離れたところにある新興住宅地に住んでいると思われる。年齢は四十六。牧野さんよりもひとつ上、明典さんとはほぼ同い年。職業欄には「主婦」とだけ記されている。貸し出されたままの書籍は『イラスト花図鑑　その３』で、返却期限は今年の六月十五日。きょうは十二月二十日だから、まる半年以上が経過していることになる。

返却の遅れている人には、一週間後に催促の葉書を送り、様子を見て一ヶ月後に再度、葉書を送り、それでも反応がなければ二ヶ月後には封書を送り、その後、電話をかけるようにしている。ここ十年ほどのあいだに、電話をかけたのはせいぜい三度か、四度くらいだったか。本が返ってこなかったことは、一度もなかった。牧野さんが前に勤めていた、ここよりも何倍も大きな図書館では「考えられないことです」という。

「返さないだけじゃなくて、返却の催促の電話をかけると、怒鳴り返されることもありました」

牧野さんは若い頃から図書館ひと筋に生きてきた人で、ご主人の父親と自分の母親に介護が必要になったことから、前の職場を辞め、パート待遇の可能なこの図書館に転職してきた。今では図書館にとっても、責任者をつとめるわたしにとってもなくてはならない存在。右腕、というよりも、心臓というべきか。社交下手で口下手で、世渡りの下手なわたしを、陰になり、日向(ひなた)になって、支えてくれている。

「何度か、お電話をかけたんですけど、いつもお留守で。留守番電話にメッセージは録音しておきました。ちょっとしつこいかなと思えるくらいに。でもまだ」

「本は返ってこない？」

「そうなんです。どうしましょうか。こんなケース、うちでは珍しいですよね。年末も近いことだし、すっきりさせたいですよね。それに、この本には、リクエストが五件も」

牧野さんはキーボードをぱたぱた叩いて、『イラスト花図鑑　その３』の貸し出しを待っている人のリストを呼び出した。このシリーズは、その１からその６までの六巻。１と２はワイルドフラワー、３と４は園芸植物、５は樹木と木の実、６は苔（こけ）と羊歯類。イギリスで発行された本の翻訳物で、精密なイラストが目を見張るほど素晴らしい。ページのデザインも、アンティーク風な装幀も、単なる図鑑とは思えないほど洒落ている。十年ほど前に発行されたものなので、小さな書店で手に入れるのは難しいだろう。値も張る。こういうシリーズを揃えておくことこそ、図書館の使命だと思う。「３」が半年も欠けているのは残念だ。

「わかりました。今夜、わたしの方から一度、電話をかけてみます。もしかしたら昼間は、お勤めに出られるようになったのかもしれないし、電話番号は同じでも、お引っ越しなさったのかもしれないし。なんにしても直接お話しするのが一番だと思うから」

「そうですか、襟野さんからかけていただけると、助かります。館長からのじきじきの電話だと、効果もあるでしょう」

家にもどってひとりの夕食を済ませたあと、電話をかけてみた。午後七時過ぎ。やはり留守番電話になっていた。一時間後くらいにもう一度、かけさせていただきます、と、メッセージを残し、ついでにうちの電話番号も添えておいた。普段は滅多にしないことだったけれど、相手が明典さんと同世代の女の人ということもあって、なんとなく、警戒心を解いていたのかもしれない。それに、かかってくる電話よりも、自分でかけるのが好き——明典さんのように——という人もいるだろうと思った。

八時五分前にかかってきた電話は、案の定、明典さんからのものだった。一方的に捲し立てられた用件は「今からもどります。深夜に到着。リクエストは、風呂・軽食・デザートの三点セット」とのこと。

「寝ないで待っているように」

とのお達しもあった。

明典さんがここにもどってくるのは、十日ぶりだ。十日ぶりで会える。十日分の水を一気にもらって、わたしの背筋は急にしゃんとする。軽食は何がいい？　冷蔵庫のなかには何があった？　明典さんの好きな銘柄のワインの買い置きは、まだあった？　何をつくろう、何ができる。軽食のあと、ふたりで贅沢に、互いの体を骨の髄まで食べ尽くす「デザート」のことを思うと、胸の奥がせつなく甘く疼く。

短くも幸せな電話を終え、濃い余韻に浸っているさなかに、ふたたび電話が鳴り響いた。

何か言い忘れたことがあったんだなと思って、膨らみ切った声で受話器を取ると、知らない男の人の声がした。

「もしもし、恐れ入ります……」

若い男の声ではない。勧誘とか、セールスとかでもないと、直感でわかる。

「はい」

答えながら、間違い電話だろうと思った。が、すぐにそうではないとわかった。

「あの、そちら、襟野さんのお宅でしょうか。私、大道と申します」

図書館の利用者、大道恵子さんのご主人だった。名を名乗ったあと、彼は「家内が長きにわたって返却を怠っていた図書」について、丁寧に詫びた。丁寧で誠意のこもった口調に、わたしの方が心苦しくなってしまった。

「いえ、こちらこそ、申し訳ありませんでした。当方の職員からも、何度もご連絡をさせていただいたようで」

ついさっきまで、明典さんとしゃべっていたせいだろうか、わたしの言葉はいつもよりもなめらかに流れ出た。軽快な口調は、今夜、明典さんに会えるという喜びのなせるわざだった。いつでもかまいませんので返していただけたら、それでなんの問題もありません。閉館している時間帯には、館の裏口のドアの横にある返却口からなかに落とせますので……

では、どうかよろしくお願い致します、と、言いかけている途中に、大道さんの硬い声が差し込まれた。唐突に降りてきた遮断機のように。

「あの、差し支えなければ、今からお返ししたいのですが、直接お目にかかって。ご迷惑でしょうか。ご迷惑を承知でお願いしております」

虚を衝かれ、口を噤んでしまったわたしに、彼は淡々と話しかけてきた。感情がこもっているようでもあり、いっさいの感情を排しているようでもあった。これまでに何度も練習してきた台詞を淀みなくくり返している、というのが近かったかもしれない。

「長いあいだ、本をお借りしていた家内が、先月の終わりに亡くなりまして、葬儀や何やかやで非常にばたばたしており、ご連絡もままならず、本当に申し訳ありませんでした。本は今、私の手もとにあります。襟野さんにお目にかかって、お返しできれば本望です。お詫びもしたいと思います。お時間は取らせません。今から車でそちらまで出向いて参りますので、場所だけを指定していただけたら」

警報は鳴り止み、遮断機は上がっているのに、すぐには足を踏み出せないような気持ちになっていた。まだ八時過ぎだ。会って、この人から本を受け取ることは、じゅうぶんに可能だ。迷惑ではない。迷惑ではないけれど、億劫ではある。億劫ではあるが、断れない。断り切れない。この人は、奥さんを亡くしたばかりなのだ。もしかしたらこの一ヶ月、奥さんが借りていた本を、手放すことができなかったのかもしれない。むげに断れない。

逡巡しているわたしに、彼は助け船を出すようにして言った。

「すみません。断られて当然です。勝手な言い分だと思います。本当にすみません」

「いえ、わかりました。それではわたしも今から駅前まで出ていきます」

ついでに駅前のスーパーに立ち寄って、明典さんの好きな銘柄のビールを買おう、そんなことを思いながら、駅の近くにあるファミリーレストランの名前を伝えた。そこまでなら、歩いて十五分ほどで行ける。広い駐車場もあるから、大道さんにとっても便利だろう。

仕事の行き帰りに着ていたコートよりも、ひとまわりぶあついコートを着て、マフラーを巻き、手袋をはめて、家を出た。風は夕方よりもぐんと冷たくなっていた。行き交う人たちはみなコートの襟を立てて、足早に歩いていく。


大道さんは、入り口にほど近いテーブル席に着いて、わたしが来るのを待っていた。わたしの姿を目にすると、確認もしないまま立ち上がって、黙礼をした。

向かい合って腰をおろすなり「来てよかった」と、わたしは思った。なぜだろう。明確な理由はない。ただ、来てよかった、来るべきだったと思った。その思いは、彼の話をひと通り聞き終えたあと、いっそう確かなものとなった。

差し出された名刺から、大道さんは中堅どころの会社の中間管理職をつとめているとわかった。年恰好はどことなく、明典さんに似ている気がした。が、表情や仕草やしゃべり方は対照的で、柔らかくて物静かで寂しげな感じ。もともとそういう雰囲気の人なのか、奥さんを亡くしたせいでそうなっているのかは、わからなかったけれど。彼の瞳は終始、わたしをまっすぐに見ることはなく、常にテーブルの上か、自身のコーヒーカップか、膝の上あたりに向かっていた。

わたしの注文したハーブティがテーブルに届くと、大道さんはおもむろに、鞄のなかから『イラスト花図鑑　その3』を取り出して、わたしに手渡そうとした。表紙が自分の方を向いていると気づいたのか、あわてて、くるりと向きを変え、わたしにタイトルがちゃんと読めるようにしてから、ふたたび差し出した。礼儀正しい人。本を大切に扱っている人。そんな印象を抱いた。

ずっしりと重みのある本を受け取って、わたしはお礼を言った。わたしが頭を下げお礼を述べるのはへんかなとも思ったけれど、ほかに言うべき言葉が見つからなかった。

「ありがとうございます。今夜はわざわざ、本当に申し訳なかったです」

そう言ったあと、わたしがひとまずテーブルの脇に置いた図鑑を、大道さんがじっと、食い入るように見つめているのがわかった。離したくても、目が離せないといった風だった。

睨みつけるように見つめたまま、彼は口を開いた。

「こんな話は襟野さんには関係がないし、お聞きになりたくもないでしょうが」

わたしも図鑑に目を向けて、答えた。

「いえ、お伺いします」

最初に電話を受けた時から、このファミリーレストランに来るまでのあいだに、薄雲のように少しずつ、わたしの心に広がっていた思いがあった。大道さんには、どうしてもこの図鑑を図書館に返したくない、強い理由があったに違いない。

確かにそれは「強い理由」だった。わたしの胸を押しつぶすほどの力を持っていた。

大道恵子さんは、返却期限の迫った六月初旬のある日の午後、買い物のついでに、この花図鑑を図書館に返しに行こうとしている道の途中で、ビルの工事現場から落ちてきた鉄骨のようなもので頭と全身を強く打ち、大怪我を負った。病院へ運ばれ、何時間にも及ぶ手術を受け、持ち直していた時期もあるにはあったものの、重態と意識不明の状態を何度かくり返したあと、十一月の終わりにとうとう力尽き息絶えた。なんらかの理由で血液をうまく送り出せなくなった心臓が、破裂してしまったせいだったという。

「花の好きな人でした。花を植え、育てるのが。子どもがいなかったせいでしょうか、花を子どものように可愛がって。その図鑑はおたくで見つけて以来、とても気に入っていたらしくて、私にもよく見せてくれていたので、覚えていたんです。同じ花でも、日本とイギリスでは呼び名が微妙に異なっているものがある、とか言って。気に入った花のあれこれをノートに書き出してましたね。怪我の直後の意識不明の状態から目覚めた時、枕もとにこの本があれば喜ぶだろうと思い、返却期限を過ぎていることは承知の上で……」

「そんなご事情があったとも知らず、何度も催促のお電話をかけてしまって」

「実は、催促の葉書や電話に、支えられていました。意地というのか、気合いというのか、まぁなんと言いましょうか、そういうものがわいてきて。意地でも返すものか、というんですか。要するに、目を覚ました家内に、なんとか元気になってもらって、自分の手で返しに行かせたかったんですね。人の心とは、おかしなものです。この半年間、どんな人のどんな励ましの言葉も空しく感じていたのに、たった一冊の本に、支えられていました。だからそのことを、襟野さんにお伝えしたくて。まことに自分勝手な言い草ですが。亡くなったあとの一ヶ月間は、未練ですね。いや、未練というよりは、悲しみの持って行き場というか、怒りの持って行き場でしょうか。また別の意味で、この本に助けられていました。もう、どのページにどんな花が載っているのか、頭のなかに図鑑が一冊、すっぽり入っているようなものですよ」

話にひと区切りがついた時、わたしの手はすうっと図鑑に伸びていた。それは決して意思的な行為ではなかった。気がついたら、両手が勝手に図鑑を取り上げて、彼の方に向かって差し出していた。表紙の向きも正しかった。

「大道さん、よろしかったら、これ、お持ち下さい。差し上げます。館ではまた新たに購入いたしますので、どうぞ、よろしければ」

紛失、再購入の手つづきを踏めば、それは可能なことだし、わたしにはその権限がある。

「ほんとですか？　いただいても？」

「もちろんです。そうさせて下さい」

「ありがとうございます。そんなつもりでお話ししたわけではないのですが、でも本当になんと言ったらいいのか……有り難く頂戴します。亡くなる直前まで、家内のそばにいてくれた本ですし、家内が最後の最後まで……」

言葉はそこで途切れ、彼はつかのま、受け取った図鑑を捧げ持つようにして押し黙っていた。祈っていたのだろうか。亡くなった奥さんの冥福を。それからゆっくりと、本を鞄のなかに収めた。本を扱う指先が心もち、震えているようにも見えた。

「どうしたんだ、みずき。何か心配事でもあるのか？　あるのなら、言ってごらん」

重ねていた唇を離すと、明典さんは、まるでわたしの表情を確かめようとするかのように、わたしの額にかかっている髪の毛を払いのけた。上からわたしを見おろしているふたつの瞳に、裸のわたしが映っている。

「……何もないけど……」

一拍だけ遅れて答えると、明典さんは低い声で笑った。

「けど、あるだろう。おかしいよ、今夜のみずきは。どうした？　何もないはず、ないだろう。隠し事をしても、俺にはすぐにばれるよ、ほら」

これみよがしに、明典さんは熱く火照(ほて)った太ももを、わたしの両脚のあいだに割り入れて、乾いた体を無理矢理、開かせようとする。だが、それは演技に過ぎない。わたしにはわかっている。

「心配しなくていいよ。何もしないから。みずきがしたくないなら、やめよう」

何もかも、明典さんの言う通りだ。ばれている。体は正直だ。わたしの体は今夜、あんなにも欲しかった明典さんの体を頑として、受け入れようとしない。集中しようとすればするほど、気持ちは体から離れていき、体はますます硬く、乾いたままになっていく。まるで、ページとページがくっついてしまった本のようだ。どんなに明典さんの指でまさぐられても、わたしのページは開かない。それでも、わたしは明典さんに抱きつく。全身全霊で抱きついて、言う。必死で気持ちを言葉にして吐き出す。

「したくないんじゃないの。したいの、すごく」

「だったら、なんで？　まあ、いいや。職場で何かあったんだろ。話があるんなら、聞くよ。なんでも言ってごらん」

そうじゃないの。したいの、でも、できない。したいのに、できない、ということを、どうやって、どんな言葉で伝えたらいいのか。

「気にするな。誰にだって、そういうことはあるよ。疲れてるだけだよ。たかがセックスじゃないか。またあした、しような。話がないんだったら、もう寝よう。おいで」

明典さんは気分を切り替えるのがうまい。実のところ、明典さんの方こそ、疲れ切っているのかもしれない。今はただ、泥のように眠りたいだけなのかもしれない。

「ごめんね」

ぽつんとそう言って、わたしは明典さんの裸の胸に耳を押し当てる。それはふたりが交わって果てたあとの、いわば習慣的な行為でもある。今夜はそうではないけれど、あたかもそうであるかのように、わたしは明典さんの心臓の音に耳を澄ましてみる。力強い音だ。頼りになる音。落ち着ける音。わたしを守ってくれる音。

明典さんは黙って、わたしの髪の毛を撫でてくれる。優しい指だ。安心できる指だ。安らかな時間が始まる。しかしわたしの心のなかには、決して安らかではない波が立っている。

あのね、明典さん、実は今夜、こんなことがあったの。大道さんから聞いた話を、何もかも話してしまいたい衝動と、わたしは闘っている。話したいけど、話せない。話せるわけがない。奥さんを亡くしてしまった男の人の話なんて。

「もうじきクリスマスね……」

心で思っていることとは、まったく関係のないことを言ってみる。

「なぁんだ、そのことか」

明典さんは誤解する。声が柔らかくなっている。完璧な誤解だ。クリスマスからお正月にかけて、明典さんが不在になることを、わたしが寂しがり、恐れているのだと勘違いしている。もちろん半分は正解だ。わたしは、ひとりぼっちの年末年始が寂しいし、恐れてもいる。でも、もうそれも五年目。慣れてきてもいる。あきらめてもいる。むしろそんな自分を——寂しいと言って、泣けない自分を——寂しいとさえ思う。

「すぐに過ぎるよ。たかが十日間じゃないか。十日間だけいい子にしてれば、俺はすぐにもどってくるよ。そうか、なんだ、そんなことが気になっていたのか。ようし、わかった。今年はどんな花がいい。みずきの一番、好きな花を贈るよ。宿題を出してくれ」

毎年、クリスマスイブに、明典さんが贈ってくれる花束は、二十五本の薔薇。嬉しいのか、悲しいのか、わからなくなってしまうような贈り物。去年は黄色とうすいピンクの薔薇、その前は白薔薇とかすみ草。わたしのおこづかいでは到底、買えないような高価な花だとわかるような薔薇。

わたしは枕もとのスタンドを消してから、ちょっとだけ、考えるふりをする。

「なんにしようかな。うんと難しいお花をリクエストして、困らせてやらないと」

「うんうん、困らせてくれよ。どんな花でも見つけてきてやるから」

明典さんは嬉しそうに笑う。いや、心底、嬉しいのだとわかる。明典さんは、わたしの心臓が張り裂けそうになっていることに気づかない。

「だったら、赤い血のしたたる心臓」

意地悪な女になって、そう言ってみる。

「えっ、それが花の名前？　そんな名前の花があるのか？」

「あるの」

ブリーディング・ハート。山野草に近い趣のある花だ。濃いピンクの可愛い花が、鈴なりになって咲く。日本語名はケマンソウ。別名を鯛釣草（たいつりそう）ともいう。花の形が、釣り上げられた鯛に似ているからだろうか。わたしの目には、ハート型の心臓から、したたり落ちている血液のしずくに見える。切り花で売られていることは、まずないだろう。鉢植えも、出まわるのは、三月から五月にかけて。

「わかったよ。絶対に探し当てて、贈ってやるからな。待ってろよ」

「待ってるね、約束よ」

うす暗い寝室のなかで、それぞれの葉にそれぞれの闇を集めて、沈み込んでいるようなジャングル・コーナー。そのかたすみに、白いつぼみをいっぱい宿したひな菊を生けたのは、先週だったか、もっと前だったか。いつだったか、明典さんが買ってくれた、口が横に広がっている長方形のガラスの花瓶。スタイリッシュだけれど、使いにくいその花瓶に、つつましやかなひな菊がお行儀よく収まっている。

明典さんは、わたしの好きな花が薔薇ではなくて、このひな菊――そう呼ぶ以外に、呼びようのない花――なのだということを、きっと一生、理解できないだろう。こんな地味な花のどこがいいのか、と、笑われそうだ。

わたしたちは、愛し合うこともできて、求め合うこともできて、与え合うこともできるのに、理解し合うことだけができないのだと思う。それはきっと、名前があるからだ。わたしたちに、名前があるからだ。明典さんにも、奥さんにも、わたしにも。

やがて、明典さんの規則正しい寝息が聞こえてくる。わたしはその音に包まれて眠る。わたしの心臓から全身に、冷たい青い血液が送り出されていく。この人のそばで眠る夜は、自分が生きているのか、死んでしまっているのか、わからなくなる。

流木（ながれぎ）

Anzu & Mickey

ご存じかどうか、わかりませんけど、与謝野晶子の歌にね、こんなんがあるんです。

——恋すれば 日に三度死に 三度生く このおもむきの あわただしさよ

どうです？　何か感じるところはありますか？　ようわかる？　わかり過ぎる？　やっぱりそうなんやね、あなたも恋する女なんやね、かわいそうに。

こんなんもあるよ。

——焼けて死ぬ 身をうたがはず 氷さへ われに来れば 火のここちしぬ

どう？　これもわかり過ぎでしょ？　そう、熱いんやね。全身、皮膚も内臓も火だるまになってしもて、氷だってたちまち火になってしまうような、そんな恋を、あなたは今、しているんやね。

かわいそうに。

でも、うらやましいよ、今の私には、あなたのことが。

そんなあなたの恋の火に、油を注ぐことになるのか、水を差すことになるのか、どっちになっても堪忍ですけど、きょうは私の話ではなくて、私の双子の姉の話をします。

えっ、双子のお姉さんなんていたの？　って言いたいやろ。実はいたの、というか、いるの。私には、私に瓜ふたつの姉というか、そういう存在がね。双子やけれど、人格は別々よ。まったく別々の人間なの。そのつもりで、聞いて。

彼女には、奥さんと子どものいる恋人がいます。不倫の恋人やね。週に何回か、会って、一緒にごはんを食べて、仲良うお酒を飲んで、いちゃついて、そうやな、十五回にいっぺんくらいは泊まっていくこともあるかな。奥さんがなんらかの理由で、外泊している時とかね。でもたいていは真夜中になると、もそっと起きて、ごそごそ帰り支度をして、彼女の部屋から奥さんの待つ家へもどっていくの。奥さんがちゃんと起きて待ってはるのかどうかは、わからへんけどね。

そうして彼女には、その男と知り合う前に結婚していた、もと旦那がいます。旦那の方は再婚でした。前の奥さんとは死に別れてて。ん？　なんだか私の過去にそっくり？　そうなの、双子というのは姿形だけではなくて、生き方や来し方も似るものなんよ。

でね、そのもと旦那さんには、連れ子が三人いたの。女、男、男の三人ね。彼女はその家に嫁いでから、別れるまでのおよそ五年あまり、この三人の子どもたちをまるで我が子のように、それ以上に一生懸命、可愛がり、慈しみ、献身的に尽くし、継母としてできうる限りのことをしてきたから、子どもたちからもそれぞれに慕われていたし、特に一番下の子は、彼女のことを本当のお母さんやと思い込んでいるかのように、なついてくれていたのね。

まあ、そんな塩梅やったから、姉はその旦那と別れ、不倫の男とくっついたあとも、子どもたちのことを思い出しては「ああ、どうしているかなぁ」とため息をついたり、「みな元気で幸せでいてくれますように」と、遠くを見る目をしたりしていたの。

そんなある日のことでした。

ふたりの息子のうち、上の方が、ひょっこり訪ねてきたのです。もちろん事前の連絡などなしに、突然ね。彼女がお勤めしている会社の前で待っていれば、退社時にはつかまえられるだろうと思っていたのか、そこからやと会社の出入り口がよく見える、通りの向かいにあるドーナツ屋さんで、その子は彼女を待ち伏せしていたの。

姉はいつものように定時で仕事を終えると、左肩からバッグを掛け、右手には、開くと赤い牡丹の花が咲く傘を持って——午前中は雨降りやったので——会社から出てきました。ほとんど同時に、ドーナツ屋から飛び出してきて、点滅し始めた信号の横断歩道を、一直線に自分の方に向かって走ってくる男の子の姿に、気づくこともなく。彼女は急ぎ足で、四つ角を曲がったその先にある、バス停へと向かっていました。きょうは、不倫の彼氏が部屋を訪ねてくる日。一分でも一秒でも早く、アパートにもどりたい心境です。

そんな姉の背中に、声がかかりました。

「待って、ちょっと待って……」

ああ、堪忍。もうあかんわ。嘘はここまで。

双子の姉やなんて、まっ赤な嘘です。あなたもそう思うてた？　最初っから？　見え見えな作り話をするなって？　ごめんなさい。

穴があったら入りたいくらい恥ずかしい話なので、この際、双子の姉の体験談にしてしまおうと思ったんやけど、やっぱり駄目。そんなこと、できへんわ。おかしな小細工はせんと、恥を忍んで包み隠さず、お話しします。

「お杏(きょう)さん！」

そんな呼ばれ方をしてふり向くと、そこには、もと旦那である真柴先生の長男の光喜(こうき)くんが立っていたの。私のことを「お杏さん」と呼ぶのは、この子だけです。

「なんや、光(こう)ちゃん、あんたか。びっくりさせんといて。こんなところで、何してんの。それにしても、久しぶりやなぁ。元気やったか？」

素っ頓狂な声を、私は出しました。彼が私を待ち伏せしていたなんて、思ってもみなかったから。偶然このあたりを通りかかって、たまたま私の姿を発見したんやと思い込んでいたの。

光喜くんは何やら真剣な目つきで、私をじぃっと睨みつけるようにして見ています。無遠慮に、まるで値踏みをするかのように。けど、いやな感じではちっともなかった。そうやった、この子はこうやって、人を睨みつけるように見る癖のある子やった、などと、私はなつかしく思い出していたの。血のつながりはないとはいえ、かつては家族として、義理の母と息子として、一緒に暮らしていたことのある子です。

包み込むような笑顔を向けて、私は言いました。

「こんなところで偶然、会うなんて、不思議やねぇ」

すると、光喜くんはちょっと怒ったような口調で、言い返してきたの。

「偶然やない。お杏さんに話があって、それ聞いてもらいたくて、わざわざ来たんや。相談にのって欲しいことがある」

「なんや、それならそうと、電話でもくれたら。話か……話を聞くのはかまへんけど」

その時、私の頭のなかをめまぐるしく駆け巡っていたのは、もと息子の話は聞いてやりたいけれども、愛しのミッキーが来る前には、部屋にもどっていたいなぁ、きょうはクラブ活動のある日やけど、雨っぽい天気やから、体育館の方で指導に当たっているはずやし、そうすると帰りは七時か、七時過ぎか、それくらいになるかなぁ、夕飯の下ごしらえはゆうべのうちに済ませてあるけど、ここでこの子とお茶してたら、どれくらいの時間を食うやろか、ああ、体がふたつあったらええのになぁ。要するに、考えていたのはミッキーのことばかり。

そんな胸の内を、すぱっと見抜かれてしまいました。

「お杏さん、迷惑なんやろ。はよ帰りたいんやろ。時間がないんか。彼氏と約束か？　それとも俺のウダウダ話なんか聞かされるの、いやなんか」

そうなんです。この子は父親に似て、頭がめちゃめちゃよくて、高校時代の成績もトップクラスやったけれど、性格の方は亡くなった母親似なのか、神経の細い、繊細なところがあって、傷つきやすく、妙に勘が鋭い、ちょっと危なっかしいところもある、そういう子やったんです。まぁ、そこが魅力と言えば、魅力でもあるのやけれど。

私がそばで見ていて知っていた光喜くんは、高校時代から大学二年生まで。その後、大学をドロップアウトして、インドとトルコとモロッコを放浪したあと、日本に舞いもどってきて、今はフリーターをしている。というような話は、真柴先生から聞いていました。確かに、以前に比べると、ずいぶんたくましくなったように見えました。男っぽくなったというのかな。古着屋さんで見つけたみたいな感じの、ぶあつい毛布地でできたロングコートに、カウボーイハットまがいの帽子とウエスタンブーツが、憎たらしいほど似合ってた。ぼこっと突き出している喉仏。骨っぽかった体は、ますますごつごつした感じになっていた。

「いやなわけないやろ。なんでも聞いたげる。相談にものってあげる。時間もあるよ。時間はつくればええことやし」

私がそう答えたのは、もと継母として、でしょうか。もちろんそうです。それしかありません。ほかに何があるというのでしょう。

私はミッキーの携帯電話に「会社を訪ねてきてくれた旧友とお茶をすることにしたので、ちょっとだけ帰りが遅くなります。夕飯はひとりで先に食べるか、外で食べるかして待っててな」と、メッセージを録音しておきました。その時点では、一時間か、せいぜい一時間半、光喜くんとそのへんの喫茶店でお茶でも飲みながら話を聞き、相談にのってやれば、それで済むだろうと思っていたの。

しかし、その時点でちらっと、本当にちらっとやけれど、私の脳裏をかすめていった思いがありました。それは「もしも私がまだ、ミッキーの奥さんに会っていない頃やったら、こんなことはしなかっただろうな」という思いです。去年の九月にミッキーの奥さんの顔を見てしまったことと、今年の二月に私と光喜くんがお茶をすることとが、いったいなぜ、どういう風に、関係しているのか。これについては、またあとで話します。私自身、この時点ではまだ、何も自覚していなかったのですから。ただ「ちらっと」が、あっただけ。このちらっとが、かなりの曲者（くせもの）なんやけどね。

私たちは、ドーナツ屋の裏手にあるファッションビルの地下で営業していた、お茶も飲めるけどビールやワインやカクテルも飲めて、軽い食事もできるカフェバーみたいなお店に入りました。名前は「難破船」。なんでそんなおかしな名前をつけたのか、知る由もないけれど、あとでこの名前は、私の胸に深く、抜けないくらい深く、突き刺さることになります。

壁に埋め込まれた水槽——色とりどりの熱帯魚がゆらゆら、ひらひら、舞うように泳いでました——のそばに置かれた、背の高い小さな丸テーブル席に、向かい合わずに並んで腰かけて、私はスロージンを、光喜くんはギネスを注文し、つまみとして、フィッシュ・アンド・チップスとシーザー・サラダも頼みました。もともと仲のいい友だちみたいな母・息子だったし、何しろ久しぶりに会ったわけなので、会話は弾みました。私の行ったことのない、これから先も行くことはないような気がするインド、トルコ、モロッコでのあれこれを、面白おかしく語って聞かせてくれる光喜くんの横顔を見ながら、

「この子も、大人になったんやなぁ」

「うちがもう少し若かったら、惚れてたかもなぁ」

「彼女、おるんかな。おるやろな、おらんはずがない。どんな子なんやろ」

などと、好き勝手なことを思い、妄想をたくましくしながら、私は若い男の子とのおしゃべりを楽しんでいたの。

他人の目から見たらきっと、年の差はけっこうあるものの――実際はひとまわりほど――なかなか雰囲気のいいカップルに見えないこともないのでは、なぁんて思って、ひとりでほくそ笑んだりもして。私はその日、紫紺のニットのワンピースに、手づくりのクリスタルのネックレスと、皺加工のなされた黒のスカーフと、グレイのタイツを合わせていたの。自分で言うのもなんですが、ファッションは決まっていたと思います。

「お杏さん、あいかわらずきれいで、お洒落やね」

だから、光喜くんからそう言われた時には、お世辞とわかっていても、嬉しかった。思わず、スロージンのお代わりを頼んでしまい、

「光ちゃんも、どんどん飲み。ここはうちのおごりやし」

調子のいいことを言っていました。

ふたりとも三杯目のお酒を注文したあと、やったかな、光喜くんの聞いて欲しい話が始まったのは。

それはずばり恋愛相談でした。そうしてそれは、へらへら笑いながら聞いていられるような能天気な話ではなかったの。長い話を短くまとめれば、光喜くんは、父親がバイセクシャルだから、もしかしたら自分もバイなのではないか、と、悩んでいたわけ。つい最近、アルバイト先で知り合った、三つ下の彼女とラブラブになってつきあい始めたものの、どうして

も「あれ」がうまくできない、というか、彼女の求めに応じ切れていない、というか、これで意味、通じてますか？　まあ、はっきり言うたら「セックスがうまくいかない。彼女を喜ばせることができない」ということなんですけど。そんなこんなで、ふたりのあいだがぎくしゃくしている。なんとか打開したいのだが、どうすればいいのかわからない、やっぱり自分はバイ、あるいはゲイなのか、と、こういう悩みでした。これは、本人が直接そう言ったわけではありませんが、男としての自信と誇りを失っているようにも見えました。

「お杏さんがおやじと別れたのも、おやじがバイやったからやろ？」

問いかけられて、私は強く否定しました。

「違う！　そんなんやない！　先生がバイでもゲイでも、私は」

真柴先生が大好きだったし、ずっと一緒に暮らしていきたいと思っていたし、そばに置いて欲しいと願ってもいた。それなのに別れてしまったのは、私が別の人、ミッキーを好きになってしまったから。離婚の原因は私の方にあったのよ。

ひと思いにそう言いたい気持ちをぐっとこらえて、代わりに私は言いました。

「な、光ちゃん、あんたがゲイかどうかは、それは自分で判断できるやろ？　ゲイでもバイセクシャルでもええやないの。みな、おんなじ人間や。それに、彼女のことが好きなんやったら、もっと自分に自信を持ち。仮に自分がゲイやとわかっても、同じように自信を持ち。

ゲイかどうかで、悩む必要なんか、あらへん」

「お杏さんにはわからへん。俺の気持ちなんか」

「そんなことないよ。なんでそんなこと言うの。うちはいつでも光ちゃんの味方よ」

優しく、しかし真摯な気持ちをこめてそう言いながら、私は右手を彼の肩の方に伸ばして、ポンポンと軽く叩くような仕草をしたの。次の瞬間、私は「あっ」と小さく叫んで、手を引っ込めようとしました。が、引っ込めることはできなかった。なぜなら、光喜くんの両手が私の手をぐいっと摑んで、自分の胸の前で握りしめ、放そうとしなかったからです。私の体は彼の方に引っ張られるような恰好になり、椅子からずり落ちそうになってしまいました。

「ちょっと、何するの。痛いやないの、やめて」

思わず出てしまった、とんがった声。

「ごめん」

彼は手を放さないまま謝ったあと、うつむき加減になって、低い声でひとこと。

「お杏さん、お願いがある。それ聞いてくれたら、手は放す。こんなこと頼めるのは、お杏さんしかいてへん」

私の心臓はどきどきしていたけれど、必死で冷静さを装い、

「放してくれたら、聞いてあげる。なんでも聞いてあげる。いい子だから、ね」

もと母親、もしくは、分別のある大人の女を演じようとしました。けど、この時点でお願いの内容は、すでにわかっていたの。痛いほど、わかっていたの。この状況下において、そんなこと、どんな鈍い女にでも、アホにでも、わかります。若い男が年上の女の手を握って頼む「こんなこと」いうたら、あれのほかに何がありますか？

「ほんまに聞いてくれるんやな。約束やで」

「場合によっては……」

できない約束もあるよ、と、言いたかったけれど、私は言わなかった。確信犯的に、言わなかったんです。その時点でもう、どうなってもいい、何が来ても受け入れたる、と、腹が据わっていたように思います。

「聞いたげる。無条件降伏や」

「ああ、よかった。やっぱり俺、お杏さんに話してよかった」

子どもっぽい笑顔になって、彼は私の手を放しました。ふたりの手が離れた時、私は「ああ、もうあかんわ」と観念しました。急な下り坂を、私たちはすでに下り始めていたのです。もう誰にも止められない。そのことだけが、わかっていました。うしろから、私を強く押しているものがある。いや、もの、やなくて、人やね、これは。

ここでふたたび、あの「ちらっと」が出てきます。そう、ミッキーの奥さんが出てきたの。

このことと、ミッキーの奥さんには、切っても切れない関係がある。もしかしたら私は、ミッキーの奥さんとミッキーに復讐をしようとしているのかもしれない。もしもミッキーの奥さんに会っていなければ、私は光喜くんに手を握られようと、お願いをされようと、きっぱり拒否することができたはず。責任転嫁でしょうか？　自分に都合のいい言い訳。そうかもしれません。

午後八時を回っていました。光喜くんがお手洗いに行っているあいだに、私はミッキーに電話をかけて「今、友だちの恋愛相談にのってるところなんやけど、話があまりにも深刻で、このまま彼女をひとり残して、帰るのはかわいそうになってきた」などと適当なことを言いました。ミッキーは部屋でひと風呂、浴びたあと、ビールを飲みながら、冷蔵庫のなかに鍋ごと仕舞われていたおでんを出してあたためて、食べていたようやった。

前の晩から仕込んであったおでんです。ミッキーの好物だけを取り揃えてありました。厚揚げ、鰊(にしん)の昆布巻き、こんにゃく、大根、薩摩揚げ、焼き豆腐、それから、「揚げ坊主」と、うちでは呼んでいるんやけど、お揚げのなかにお餅が入っているのがミッキーは大好きなので、わざわざ錦市場まで出向いて買ってきてね。ああ、なんといじましい女心であることよ。

ミッキーは私の話を無邪気に信じて「そうか、わかった。それなら彼女の気の済むまで、一緒にいてやり」と言うのです。悲しい会話やなぁと、私は泣きそうになっていた。普通やったら「遅うなったら、先に寝てて」って言えるでしょ。でも、私には言えない。かといって「遅うなるから、うちのこと待たんと、おうちに帰って」とも言えない。だから、なんにも言わずに「ほな、またあとで」と言って、電話を終えました。こういう、なんでもないところが、つらいんやね。普通の恋愛をしている人には、わからへんかもしれない。

「気ぃつけてもどっておいで。タクシーは、柄のよさそうな運転手さんの車をつかまえなあかんよ」

それがミッキーの最後の言葉。なんて優しい、なんて悲しい。

電話を切ったあと、私はますます絶望的な気持ちになっていました。ミッキーがそんな風に寛容に、私に対して鷹揚になれるのは、とりもなおさず、ミッキーにはほかに帰るべき家があるからやと、今さらながらに思い知らされたからです。ミッキーは常に守られているのです、あの、堂々とした、不遜で不敵な奥さんに。「仮にこの私が別れたいと思うようになったとしても、笹本は子どもたちとは別れられない」と言い切った人に。私が今夜、誰と、どこで、どんな風に過ごそうと、ミッキーと奥さんは揺るがない。ミッキーと奥さんは大海原で、私はそこにぷかぷか浮かんでいる一本の流木に過ぎない。どうあがいても、流木は所詮、流木。波にさらわれ、風に流され、浮いたり沈んだり、浜辺に打ち上げられたり、また沖へ押し流されたり、そんなことをくり返しているに過ぎないのです。そのうち朽ち果て腐り果て、海の藻屑と消える運命しか待ち受けていない。

光喜くんがお手洗いからもどってきました。若い男です。若くて、美しい。胸板にぴったりフィットした黒いシャツに、髑髏の首飾り。しなやかな黒豹です。ミッキーなんか、この子に比べたら、しょぼくれた年寄りやないの、と、私は自分に発破をかけました。

「行こ」

声をかけて、私は立ち上がりました。所詮、流木。それでも流木は復讐するのです。大海原に立ち向かって、果敢に復讐を試みるのです。ミッキーが知れば傷つくようなことを、これから私はする。しかし、私がこれからする破廉恥な行為は、それはそのまま奥さんの勝利につながる。勝利そのものを意味している。なんと空しい、なんと哀しい、なんと滑稽な復讐なのでしょう。それでも、する。せんならん。

「行くって、どこへ？　今からか？」

光喜くんは、川の流れが急に変わったことに、少し戸惑っているようでもありました。まさか今夜、そういうことになるとは、思ってもいなかったのか。だから、子どもなんです。こういうことは、別の日に改めてするモンとは違うのです。それが大人のルール。

「ええから、黙ってついておいで」

私たちは「難破船」を出て、裏通りを歩き始めました。しっかりと手をつないで。これからやることは、たったひとつ。行く場所は「そこ」しかありません。時折、鋭利なナイフのような真冬の風が「やめるなら今やで」「今なら引き返せる」と言わんばかりに頬をかすめていきましたが、そんなものはいっこうに気になりません。欲望の火は赤々と、めらめらと、燃え上がっていました。まさに「氷さへ　われに来れば　火のここち」です。

十五分くらい歩いたでしょうか。あたりは閑静な住宅街。そのなかにぽつねんと、場違いなネオンサイン――ひそやかですが、じゅうぶんに淫靡な――が見えています。住宅街のなかに、こんな秘密の隠れ家があるのが、京都の懐の深さというもの。私たちはまっすぐに、そこに向かって進んでいきました。「三度死に　三度生く」ために、です。

「ひとつだけ、約束して欲しいことがある」

ふたりとも素っ裸になってから、私は言いました。これだけは言っておかないと。彼のためでもあるけれど、自分のためにも。

「今夜のことは一回限りにして欲しい。二度目はない。三度目もない。継続はない。好きとか、嫌いとか、そういうのもなし、恋愛感情はいっさいなし、それだけを約束してくれたら、なんでもしてあげる。お父さんには絶対、内緒。この秘密、墓場まで持っていけるか、守れるか？」

光喜くんは「守る」と約束し、私は「なんでもしてあげ」ました。自分の知っていることをひとつひとつ、丁寧に、手取り足取り教え、私にできることはすべて、出し惜しみせず。女はね、こうされると、感じるものなの。こういうのは、あかんの。こういう風にするの。ほら、もっと、こうしてごらん。もちろん、人によって違うと思うから、そこのところをよく加減して。なんなら彼女にたずねてみてごらん。あっ、まだよ、まだまだ。そこはもうちょっとあと。こっちが先や。

あなたは、笑いますか？　あきれますか？

あきれますか？　あきれてものも言えない？

じゃあ、あなたに質問。奥さんのいる人とつきあっている女が浮気をしたら、それはやっぱり裏切りになる？　もしもそうであるならば、奥さんのいる人が奥さんと寝たら、それもやっぱり裏切りになるよね？　結婚している人の裏切りと、不倫している人の裏切りは、どっちが罪深いの？

これは、喜劇やと思いますか、それとも悲劇？

私はね、これは神様の遊びやと思っていました。光喜くんと交わっているさいちゅうずっと、神様はいたずら好きやなぁ、と。その昔、婚約者の父親を好きになった私に、今度は、もと夫の息子をあてがって、神様は遊んでいる。ならば、思い切り遊ばれてやろうと開き直りました。とことん、弄（もてあそ）ばれてやろうやないか。この欲望の海で、きりきり舞いをしてやる。

その夜、心も体もすっかり疲れ果て、へろへろになってアパートにたどり着いた時、時計はすでに午前零時を三十分以上も回っていたんやけれど、驚いたことに、ミッキーはまだ、私の部屋にいたのです。部屋にいて、私の帰りを待っていたのです。信じられないようなことが起こりました。よりにもよって、こんな夜に。

私がバッグから鍵を取り出すよりも先に、玄関のドアがあいて、なかからミッキーが、

「お帰り」

と、出迎えてくれたのです。

「ただいま」

反射的にそう答えたものの、背筋がすぅっと冷たくなりました。はち切れそうなほど膨らんだ風船に、針でプツンと穴をあけられたような気分です。

どういうこと？　ミッキーがまだここにいるなんて、どういうこと？　今し方、自分がしてきたことを思うと、膝から崩れ落ちそうになるのをこらえるのに必死でした。平静を保って、言いました。

「どうしたん、ミッキー。こんな時間まで、まだいたの」

帰らなくてもいいの？　奥さんのところへ。

「なんや、余計モンみたいな言い方せんといて。あんずのことが心配で、心配で、たまらへんから、ここでこうしてじっと、待っとったんやないか。会いたくてたまらなくて」

私をとろかすような——かつては、ということです——ミッキーの笑顔と声。靴を脱いで廊下に上がった私を、両腕で抱きしめて、ミッキーは囁きます。ちょっと得意げに。

「きょうは泊まっていく。かまへんか？」

「ほんと？　嘘でしょ？」

「嘘なんかついて、どうする？」

「…………」

「なんや、あんまり嬉しそうやないなぁ」

「そんなことないよ。嬉しいよ。嬉し過ぎて……」

嬉しいことは嬉しいけれど、それよりも何よりも、ああ、神様はなんて残酷なんやろ、ひど過ぎる、あんまりや、そんな思いで、私の胸は今にも張り裂けそうです。

今まで、私が「泊まっていって」「お願い、きょうだけでええから泊まっていって」「ひとりにしないで」などと頼んでも、頼んでも、泊まっていってくれなかった人が、なぜ、よりにもよって、こんな日に。

最初っから、泊まってくれるとわかっていたら、私は。

そこまで思い至った時、はっとしました。

もしかしたら、この人は。

「ああ、喉渇いた。お水お水」

などと言いながら、私はミッキーの腕から逃れて、水道の方へ行きました。

「お疲れさんやったなぁ。友だち、ちゃんと慰めてやれたか。こんな遅うまで、いったいどんな恋愛相談やったたん？　あとで教えてな。その前に、風呂入るか？　一緒に入って、背中流したろか」

背中でミッキーの声を聞きながら、私は思っていました。ちらっと、やなくて、じわっと、です。じわっと染みるように、五臓六腑に広がってゆく思いがありました。

もしかしたらこの人は、奥さんから、聞いてるのかもしれん。奥さんと私が会ったということを。奥さんはいったいどういう風に話したのか。想像もつかないけれど、なんらかの形で、ミッキーはすでに知っている。何もかも知っている。しかし、ミッキーには到底、そのことを自分から切り出すことはできない。触らぬ神に祟(たた)りなし。そうなんです、そういう人なんです、この人は。私が切り出すのを、待っているのか、いないのか。待ってなど、いないでしょう。時間が解決すると思っているのかもしれない。

ふり向いて、私はたずねました。

「なあ、ミッキー。きょうはなんで?」

泊まっていけるの? 泊まってくれるの?

「きのうから、あっちのばあさんが来てて、俺の居場所もないし。今、下の子の受験でてんてこ舞いしてるねん」

聞きたくもない答えを返してくるミッキー。こういう正直なところのある人です。細かいところまで、正直なんです。人を平気で傷つける正直さ。

「なんや、そんな理由か」

「それは建前で、ほんまはあんずとひと晩中、いやらしいこと、したいからに決まってるやんか」

かつて私を有頂天にさせた台詞が、今夜は私に冷や水を浴びせてきます。

「それもあるけど、今夜、ひとりであんずを待ってて、つくづく悟ったんや。毎晩、つらい思いをさせてるんやなぁって。堪忍やで、ほんまに。これからは、なるべくここに泊まる回数を増やすようにする。できる限りのことをする」

もっと早く聞きたかった、私の一番、聞きたかった台詞です。せやけど今頃、聞かされても、遅いんです。なぁ、ミッキー。私は今夜、若い男と会って、浮気をしてきたんや。感じて、感じ過ぎて、声がかすれるくらい、声を上げてきたんや。ミッキーが私に教えてくれたことを、私は全部、あの子に教えてやったんや。

ミッキーは、私のことを微塵も疑っていないようでした。私を信じ切っている瞳です。でも、そのことがいっそう、私を無力にするのです。奥さんの完全勝利の前に、私は力なく、うなだれるしかありません。

「うち、シャワー浴びて、さっぱりしてくるわ。話はそれからや。ちょっと待ってて」

嘘です。

話なんて、私はしたくない。話以外のことは、もっとしたくない。ひとりになりたい。ひとりになって、ただ、泥のように、死んだように眠りたい。夢も見たくない。まっ白になりたい。白は、死の色です。

「おでん、美味しかったで。味がよう染みてたわ。あんずみたいやった」

「そうか、それはよかった」

お風呂場の前でのろのろと洋服を脱ぎながら、私は漠然と、感じていました。危機感のようなものです。漠然としているのですが、同時にそれはひとつの形を持っていました。正確に言うと壊れた形です。そう、私の心のなかに、壊れた船がある。ミッキーの心のなかにもきっと、同じように壊れた船がある。一艘の船なのか、それぞれに壊れた別々の船なのかは、わからないけれど。

壊れた船でこれから先、私たちはどこまで流れてゆくのでしょう。ふたりがたどり着ける島は、この世のどこかにあるのでしょうか。

きょうは与謝野晶子の歌で話を始めたので、最後もまた、晶子の歌で締めくくることにします。

――難破船　二人のなかに　ながめつつ　君も救はず　われも救はず

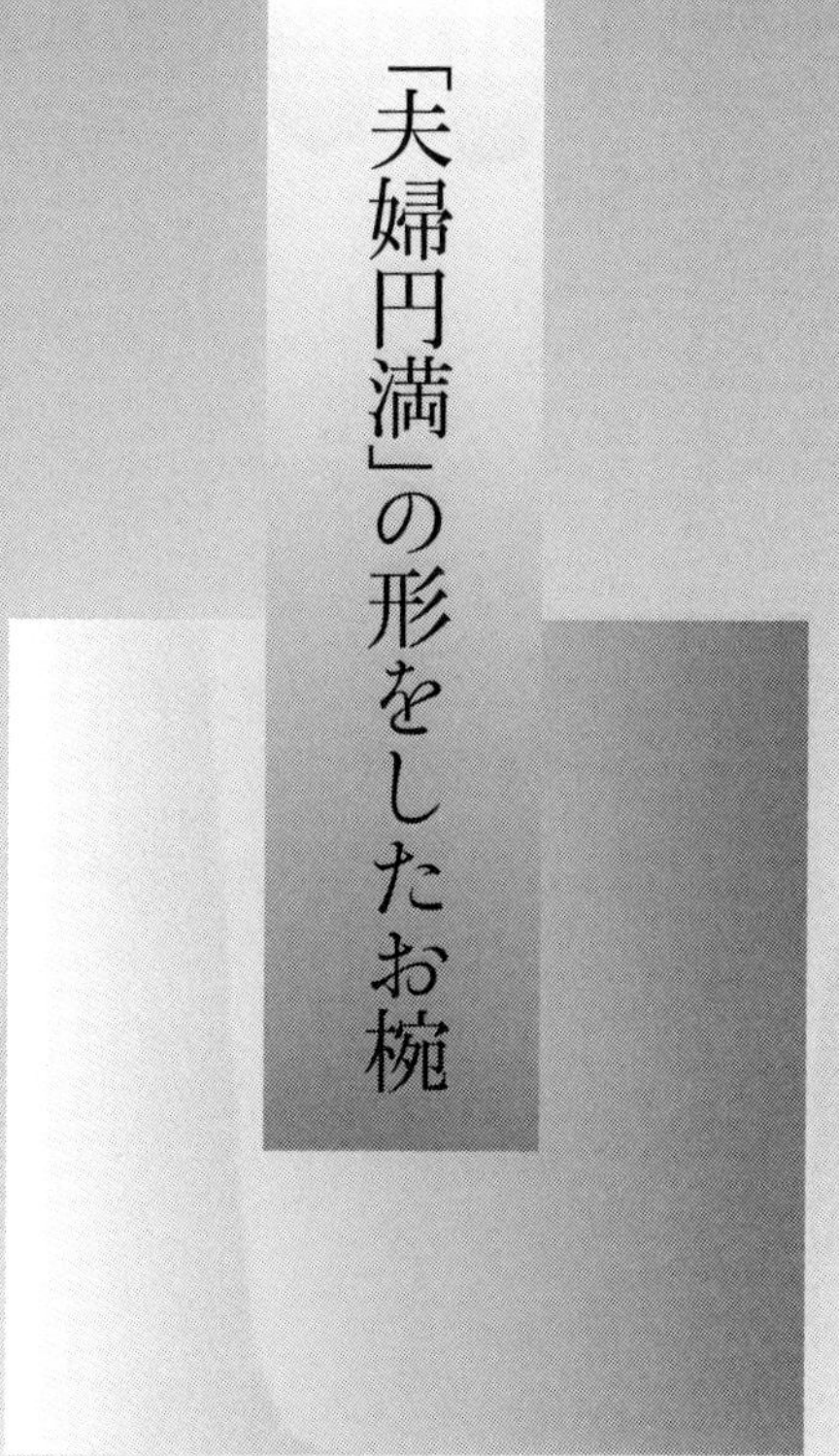

「夫婦円満」の形をしたお椀

Mizuki & Akinori

白が好き。

何かが始まる予感のする白は、特に。

たとえばその年の夏、初めて空にわき上がった入道雲の白。たとえばふたりきりで、ずっと楽しみにしていた旅に出かけて、見知らぬ街で泊まったホテルのベッドに掛けられているシーツの白。

おろしたてのスニーカーの白。白いブラウス。白いワイシャツ。白いレースの縁取りの入ったハンカチ。白い消しゴム。白いマグカップ。白い犬。朝のまぶしい光を受けて、きらきら輝いている洗濯物の白、白、白。通りを行き交う女子高校生が、衣替えの季節になると身に着ける、セーラーカラーの夏服の白。

白い花ならなんでも好き。ストックの白。すみれの白。ひな菊の白。つつじの白。まっ白な百合。白薔薇。白木蓮。桜のようにうつむかず、いつも空を見上げて咲く、りんごの花の白。一面ピンクと緑に塗り込められているれんげ畑のなかに、まるで神様が絵筆でひとしずく、ぽつんと落としたように交じっている、まっ白なれんげの花。

――うんうん、なるほどねぇ。好きな色は白。それはいかにもみずきらしいよ。

――そう？　どうして、どこが？

――どうにでも、お好きなように、あなたの色に染めて下さいってな。白って、そんな色だろ？　よし、今から俺が染めてやろうか。

――要らない。

――なんだ、遠慮するなよ。

――遠慮なんか、してない。

――だったら、なんでだ？

――だって、もう、染まってるじゃない？　ほら、こんなに。

明典さんの色に染まるのが、わたしは嫌いじゃない。染められるのは、大好き。だけど、白には、どんな色に染められても、そのあとでふたたび、すべての色を消し去ってしまう強さ、非情さ、冷酷さがある。なぜなら白は、死の色だから。白装束の白。ご破算の白。漂白。白紙にもどす。

嘘がつけない、融通性がない、真面目過ぎる、遊び心のない、潔癖で、純粋で、排他的な白。まるでわたしの性格みたいな白だと思う。頑固な白。無口な白。

「白黒をはっきりつけなさい」の白。独白、告白、自白。思わず吐き出してしまいたくなるような白だ。白状の白。潔白、明白、純白。なんだかちょっと冷たい感じ、痛々しい感じもする。怖い感じのする白もある。目の前がまっ白になってしまう。頭のなかもまっ白。白昼夢。

それでもやっぱり白が好き。白紙のページ、本のなかに残されている余白、封筒の白、便箋の白、白い画用紙。まだ何も書かれていないノートブック。何やらとても複雑なことが書かれている書類を裏返した時、ぱっと顔を覗かせる無垢な白。

誰もいない島に降る雪の白、降り注ぐ光の白、打ち寄せる波の白。わたしという女のなかに在る、死ぬまで誰にも明け渡されることのない、白い領域。悲しみと孤独の、象徴としての白。

「襟野さん宛てに、お手紙が届いています」

貸し出しと返却カウンターの内側で、郵便物の整理と仕分けをしていた女子大生から、声をかけられた。彼女は、隣町にある短大から、研修プログラムの一環として派遣されてきた人。五月の連休も平常通りあけている図書館に、今年は彼女が休まず出てきてくれているので、とても助かっている。

「ありがとう」

カウンター越しに受け取ると、最近、あまり見かけることのなくなった、縦長の白い和封筒。外側はつるっとした手触りの紙、その内側にもう一枚、うすい青紫の紙の封筒が貼り合わされていて、二重になっている。その上に、「質実剛健」という形容が似合う、カクカクと骨張った、勇ましい文字。筆ペンで書いたと思われる。

ああ、こんな文字を書く人を、わたしは知っている。いいえ、知っていた、と過去形にするべきか。

そんなことを思いながら裏返すと、案の定、その人、じゃなくて、その人の息子。ふたりは実によく似た文字を書いていた。ただし父親は筆ペンではなくて、硯で擦った墨汁と筆を使っていた。そして、ふたりの性格は、真反対と言ってもいいほど異なっていた。と、当時は思っていたけれど、真反対、ということはもしかしたら、そっくり、ということだったのかもしれないと、今は思ったりもする。

手紙は「謹啓」で始まり、時候の挨拶、長年の筆無精を詫びる形式的な言葉がつづき、そのあとに本題が書かれていた。手紙の本題は「訃報」だった。別れた夫がもと妻だったわたしに、何年ぶりかで手紙を寄越したのは、彼の父親、すなわち、わたしの義父だった人が亡くなったことを知らせるためだった。

「つきましては、できますればお目にかかって、直接、お渡ししたい品があります。亡き父の遺言に沿いまして、これは責任を持って、襟野様にお渡しせねばならない物と考えます。ご都合、いかがでしょうか。お忙しいところ恐縮ではありますが、ご検討の上、お返事いただけましたら幸い。当方、どこへでも喜んで参上しますゆえ」

思わず知らず、わたしの唇はゆるんでしまう。

そうそう、あの人は、こんな文章を書く人だった。二十代の頃から、妙に古めかしい、しゃちこばった書き言葉を使う人だった。話し言葉は軽妙で、ユーモアに富んでいて、流行語にも敏感だったし、英単語やカタカナ語を巧みに交えてしゃべる人だったが、書くとなると、それが好みだったのか、スタイルだったのか、あるいは、父親の真似をしていたのだろうか、堅苦しい言い回しを多用していた。気取っていたのかもしれない。いわゆる遊び人で、恰好をつけるのが得意な人だったから。明典さんに教わった関西の言葉だと「エエかっこしぃ」ということになるのか。

今はもう四十代になっているはずだ。義父が亡くなったということは、彼は父親のあとを継いで、老舗の文具メーカーの社長の椅子に座ることになるのだろう。あるいは早々と、すでに座っているのかもしれないけれど。

便箋三枚――最後の一枚は白紙――の手紙を封筒にもどして、カウンターの奥にある専用デスクの引き出しのなかに収めたあと、わたしはふたたび閲覧室にもどって、図書整理の仕事のつづきを始めた。

あれはいつだったか、確か、離婚が正式に成立した少しあとだったと記憶している。義父がふらりと、この図書館を訪ねてきてくれた日があった。口に出して直接そう言われたわけではないけれど、息子と別れ、ひとりで生きていくことに決めた嫁の行く末を、彼なりに案じてくれていたのかもしれない。

「いや、みずきさんに特別な用があったわけじゃないんだが、偶然、仕事ですぐ近くまで来ていたもので、立ち寄らせてもらったよ。ご迷惑じゃなかったらいいんだが」

「迷惑だなんて、とんでもありません」

別れたいというわたしからの申し出に対して、激怒した夫と義母とは対照的に、最初から最後まで、義父はわたしの肩を持ってくれた。もしも彼の支えとあと押しがなかったら、離婚話は間違いなく泥沼に沈んでいただろう。

義父はその日、ゆっくりと時間をかけて館内を歩き、図書館の蔵書をすみずみまで見てまわったあと、わたしのところにもどってきて言った。

「いいね。実にいい。感心させられたよ。みずきさん、ここはなんとも素晴らしい方舟だ」

「方舟ですか？　ノアの方舟？」

「その通りだ。まさに後世に残すべき、残って欲しい本が揃っているね」

嬉しかった。「新刊が入っていない」「時代遅れ」「古本屋のような図書館」と、批判されることには慣れていたものの、褒められることには、慣れていなかった。けれど、わかる人にはわかるんだなと思い、なんだか報われたような気持ちになった。「書店で買えるような本は、できるだけ書店で買っていただこう。うちには、書店では手に入りにくい本を中心に置きたいと思う」というのは、先々代の館長から先代館長へと引き継がれてきた志だった。それが「うちみたいな小さな図書館の果たすべき役目」であり、延いては「出版文化に対するささやかな貢献」にもつながるだろう。志は今も息づいている。

「それはそうと、三冊ばかり、気になる本があるんだけど、それらが所蔵されているかどうか、蔵書の有無の確認はできますか？」

「もちろんです」

義父が教えてくれた三冊のうち、二冊は貸し出し中だったが、残りの一冊は所蔵できていなかった。さっそく購入の手つづきをした。染織家の志村ふくみが著した随筆集『一色一生』という書物。義父は「この方舟に、ぜひとも乗せていただきたい一冊」だと評した。

一年半しか保たなかった結婚生活のなかで、夫と義母からはさんざん、泣かされるような仕打ちばかりを受けてきた。けれど、義父からは可愛がられ、何かにつけてよくしてもらった。義父が亡くなるまでは、なんとかがんばって、離婚を踏みとどまるべきかと思っていたことさえある。

　気がついたら、わたしは「芸術」の書架の前に立っていた。亡くなった義父の、とっておきの三冊を探してみた。『一色一生』は見当たらなかった。二冊は棚にあった。取り出して、表紙を手のひらで撫でてみた。まだ、義父が亡くなったという実感は、ない。だから、悲しみよりもむしろ、なつかしさがふつふつとわいてくる。

　午後、わたし専用のパソコンの前に座って、何通か、メールを書いた。利用者からの問い合わせのメールに対する返信や業務連絡などを済ませたあと、もと夫から届いた手紙の末尾に記されていたメールアドレスを打ち込んで、返事を書いた。私信なのに、自宅のパソコンではなくて、職場のパソコンを使ったのは、このところ、明典さんがずっと、うちにいるからだった。とはいえ、明典さんにこのことを知られたくない、というような、強い意思はなかった。わたしが別れた夫に連絡をしたり、会ったりすることに対して、明典さんが嫉妬したり、いやな気持ちになったりすることはないに違いないと、思ってもいた。でもなんとなく。なんとなく、自宅からは返信したくなかった。明典さんとわたしの世界には、誰も立ち入らせたくない、そんな気持ちが働いていたのかもしれない。

その日から一週間あまりが過ぎて、明典さんが仕事で関西に出張している——奥さんのもとへもどっている——週末に、わたしはもと夫だった人に会った。

土曜の夕方。場所は、駅の裏手のビルの地下にあるチェーンのコーヒーショップ。個性もなければ、コーヒーの味がいいわけでもない。可もなく不可もなしといった感じの店。指定したのは、わたしだった。そこは明典さんと一緒に、一度も行ったことのない店だったから。でも、理由はほかにもあって、もと夫は、レストランやカフェの内装、料理内容、サービスの良し悪しなどに、やたら口うるさい人だったから。だから、ちょっと感じのいい店を選ぶよりも、いっそのこと、まったく批評の対象にもならないような店の方がいいと思った。自分でも不思議でならなかった。十年以上も前に別れた人の思考回路を、いまだに覚えているなんて。

「それにしても、ずいぶん久しぶりだよね。こうしてフェイス・トゥ・フェイスで会うのは、何年ぶりになるんだろう」

席に着くなり、彼はわたしの顔を見て、にっこり笑った。まるで邪気のない、底抜けに明るい微笑み。知り合って恋愛が始まったばかりの頃にはわたしを有頂天にさせ、結婚してから別れるまではわたしを傷つけつづけた、まさに「天使と悪魔の笑み」だった。

「何年ぶりかしら。あまりにも昔のことなので、覚えてないけど」

「思い出したくもないってことでしょ」

颯爽（さっそう）として、若々しい雰囲気は、ちっとも変わっていなかった。たぶん目玉が飛び出るくらい高価なジャケットやポロシャツを、いかにもさり気なく、まったく高価であると思わせないようにして着崩している。昔からそうだった。四十代になった分、「エエ恰好」も、さらに板についてきているように見えた。たとえば通りですれ違ったとしたら、若い女の子なら思わずふり返って、見つめてしまうのではないだろうか。ハンサムで、背が高くて、脚が長い。本人も、自分の魅力をよく心得ている。

とにかくもてる人だった。義母の話を信じるならば、幼稚園の頃から、もてていたらしい。小・中・高・大の一貫教育で知られる私立学校の出身で、十六年間、常にクラスで一番もてていたという。バレンタインデイには義母曰く「毎年、トラック一台分のチョコレートが届いたものよ」。そんな華やかな人が、なぜ、わたしのような地味な女を結婚相手として選んだのか。わたしの父の親友と、彼の父親が、古くからの知り合いだったということも関係していたのかもしれない。今にして思えば、彼がわたしと結婚したのは、とりあえず身を固めておいて、その上で思う存分、遊ぶためではなかったかと思う。

結婚してからも、もてていた。新婚旅行からもどって、一ヶ月も経たないうちに、わたしはそのことに気づいた。彼はとても上手に遊んでいた。「上手に」というのは彼の場合、隠すのがうまかったということではなくて、むしろ、ちらちら見せるのがうまかったということ。わたしに嫉妬をさせておき、その嫉妬を埋めることで、夫として、あるいは男としての役目を巧妙に果たしていた。「愛しているのは、きみだけだよ」と言って。大学時代の仲間たちとつるんでいるように見せかけて、季節ごとに衣替えをするかのように、恋人を取っ替え引っ替えしていた。相手の女性たちも、彼とは遊びと割り切っていたようだった。が、ひとりだけ、そうは問屋が卸さないタイプの人がいた。ある日、その人が家に乗り込んできたことが、離婚の直接の引き金となった。彼女は二十歳になったばかりの大学生で、妊娠していた。「あなたの子を産む」と言って、彼に離婚と結婚を迫った。これは彼にとって、思いがけない誤算だったことだろう。結局、子どもは産まれず、ふたりが再婚することもなかった。彼女の方が愛想を尽かして去っていったのだった。

「本当に久しぶりね」

笑みを返しながら、頭のなかで、古い日記帳のページを捲っていた。お見合いで結婚したのは、二十三歳の時。別れたのは一年半後。別れてからは一度も顔を合わせていない。電話で話したことは何度かあるけれど。

「何はともあれ、元気そうで、安心したよ」

「ありがとう。おかげさまで」

「ところで名前は『襟野さん』で、オーケイだったかな」

わたしは小さく「うん」とうなずいて、すぐに話題を変えた。

「お父様のこと、お悔やみ申し上げます。短いあいだだったけど、色々とよくしていただいて、わたしとしては今も感謝の気持ちでいっぱいだから」

「そうですか、それはどうも、有り難い言葉をいただいたね。親父も喜んでいるだろう。僕からも礼を言わせてもらうよ」

そのあとに彼は、父親の闘病、臨終の時の様子などを淡々と語った。もうすっかり心の整理はついているようだった。だからこそ、わたしにも連絡をしてきたのだろう。亡くなったのは四月の初めだったと聞いた時、わたしはふいに思い出した。義父の好きだった西行の詠んだ歌。「願はくは 花の下(もと)にて 春死なん」——。

「くれぐれも、派手な葬式や別れの会などはしてくれるな。家族だけで密葬をして、何もかもが片づいてから、お世話になった方々に知らせるようにとのお達しでね。延命治療などもいっさいお断り、病院では死にたくないというのが唯一の願いで、だから最後は自宅にもどってきて、形見分けをしたり、遺言を書いたり、日がな一日、好きな本を読んだりしてね。

まあ、そんなこんなで、本人にとっては納得のできる死に方ができたんじゃないかな」

義父の人となりを彷彿させるような最期だと思い、胸の奥がツンとした。潤んでしまった瞳を見られたくなくて、わたしは咄嗟にうつむいて、コーヒーカップの中身をスプーンでかき混ぜた。

とりとめもない世間話を少ししたあと、彼は言った。ちょっと照れくさそうにして。

「そういえば、僕の方は、おかげさまで再婚したんだけどさ」

「えっ、そうだったの、それはおめでとう」

再婚そのものに対しては、大きな驚きはなかった。じゅうぶんあり得る話だと思った。が、そんな話を、打ち解けて、わたしにしようとしている彼に対して、驚いていた。

「それがちっともおめでたくないんだよ。困ったもんだよ。大変なんだから、もう」

彼は相好(そうごう)を崩している。脂下(やにさ)がっていると言ってもいいような表情。言葉とは裏腹に、結婚生活がうまくいっている証拠とも受け取れる。

「何が大変なの?」

問いかけると、こんな答えが返ってきた。

「何が大変かって、それはね、もしかしたらきみが、この世で一番、僕の気持ちをわかってくれるような気がするんだけど」

言いながら、へらへら笑っている。それで、わかった。彼が何を言いたいのか。

「なるほど、わかったわ。奥さんが嫉妬深くて、浮気も満足にできない、とか？」

「そういうこと。当たりだよ。大正解だよ。ザッツ・コレクトだ」

「いっそ、わたしの方がましだった？」

そんな冗談まで口にしてしまう。わたしの気持ちもすっかりゆるんでいる。

「ましまし、いや、失礼。そんなこと言っちゃいけないな。きみには迷惑をかけっぱなしだったんだから」

「いいわよ、もう時効だもの」

「今の家内に比べたら、きみの嫉妬なんて、嫉妬とも言えないよ。蚊に刺されるようなもんだったからね。うちのワイフときたら、蚊に刺されるどころの騒ぎじゃない。刃物で背中からグサリだよ、冗談じゃなくて」

わたしのくすくす笑いと、彼の照れ笑いとが、絶妙のバランスで調和している。結婚していた時には「まったく成り立たない」と匙(さじ)を投げていた会話が、今はこうしてちゃんと成り立っている。これが時間のマジックというものなのか。人の心の角を取って、丸くしてくれる、時の流れのなせるわざ。

「まあ、見てやってよ。そのおかげで、こんな子どもたちにも恵まれてます」

彼はそう言って、免許証入れのなかから写真を取り出して、わたしに手渡した。

「可愛い！　なんて可愛いの、信じられない」

写っている子どもたちは、四人。男の子がひとり、女の子が三人。うちふたりは双子。揃いも揃って、美男美女。しかも、目を見張るような。感嘆のため息をついているわたしに、彼は「僕にはあんまり似てないでしょ」と言った。

「全員、ワイフ似なの。ラテン系アメリカ人なんだけど」

「そうなんだ、それで」

「子どもは可愛いけど、外人美人妻の嫉妬は尋常じゃないってわけよ」

そこで、彼の携帯電話が鳴った。「奥さんからじゃない？」とわたしが言うと「きつい冗談やめてよ」と彼は返し、電話に出て、てきぱきと話した。仕事関係の用件のようだった。電話を終えると腕時計に目を落として、「このあと一軒、寄らないといけないところがあるので」と前置きをしてから、かたわらに置いてあった紙袋を手に取り、テーブルの上に置いた。それが、亡き義父がわたしに届けるようにと、遺言で息子に指示してあったものだった。

「ああ、これは……」

受け取って、紙袋のなかを覗くと、美しい藍染めの風呂敷包みが入っていた。

包みの中身は、見なくても、わかった。正方形の箱がふたつ。片方には、外側も内側も黒く塗られたお椀。もう片方には、外側はあざやかで、しっとりとした深みのある茜色、内側はやはり漆黒のお椀。大きさは同じ。形も同じ。結婚したばかりの頃、義父がわたしたちに贈ってくれた品だった。

漆器というのは、漆の木の樹液を塗り重ねてつくられている。「漆」には「水のしたたる木」という意味がある。そんなことを教えてくれたのも、義父だった。「水の木」をわたしの名前の「みずき」になぞらえて、義父はこの上品なお椀を選んでくれたのだった。

けれども、結婚していた時には一度も使ったことがなかった。夫は滅多に家では食事をしない人だったし、する時には洋食を好んだ。だから食器棚の奥に、仕舞い込んだままになっていた。離婚することになった時、義父に返した。夫婦茶碗ならぬ、夫婦椀なのだから、これは返すべきだと思った。

「預かっておくよ」

と、義父は言った。しかし、ふたつばかり条件がある、と。

「私が死ぬ時にはふたたび、あなたに返してもいいかな。もうひとつは、あなたが誰かいい人と巡り合って、ふたたびこれを使いたいと思った時には、返して欲しいと必ずリクエストをくれること」

きょうは月曜日。

わたしの仕事は休みで、明典さんも日曜出勤の代休を取っている。ゆうべ遅く、明典さんは両手にお土産を抱え、「出張」からもどってきた。今朝はふたりで思い切り朝寝坊をして、つい今し方、起きてお湯を沸かし、明典さんが京都で買ってきたという玉露を、マグカップにたっぷりと淹れ、ベッドのなかで飲んだ。ひとつのカップで、かわるがわる。これは、休日の朝の習慣みたいなもの。

窓からは燦々と、白い光が射し込んでいる。あけ放ったカーテンが、風ではなくて陽射しを浴びて、ゆらゆら揺れているように見える。

なんてまばゆい、なんて幸せな、まっ白な朝なんだろう。これは幸せの白だと思う。目も眩むほどに、わたしは幸せ。明典さんがここに、この部屋のなかに、いるというだけで。

「いつまでいられるの」「そんなに長いこと、こっちにいて、大丈夫なの？」などと、この頃ではもう思わなくなったし、たずねなくなった。こっちに来られない理由を知るのは怖いけれど、こっちにずっといられる理由を知るのも、同じくらい怖い。ならば、どちらにも蓋をしてしまおう。蓋をして、あけなければいい。そういう処世術のようなものを、わたしは会得してしまっている。ほぼ完璧に、滑稽なほどに。そう、これは排他的な白。強情な白。

「ねえ、朝ごはん、何がいい？　洋食、和食？」

「そうだな、洋食かな。ブランチにしようぜ。シャンパンをあけて、サンデイならぬマンデイ・ブランチと洒落込もう」

「賛成！」

わたしはベッドから抜け出して、素肌に明典さんのパジャマの上——暑がりの明典さんは寝る直前に、上だけを脱ぐ癖がある——を羽織り、裸足のままキッチンへと向かう。洋服は着ない。下着も。着たってどうせブランチのあとで、脱がされることになるとわかっているから。

冷蔵庫をあけて、食材を取り出す。取り出しながら、メニューを考える。冷蔵庫の白は、幸せの白。オムレットは、「俺に任せておけ」の明典さんが焼くことになるだろうから、わたしは具だけを用意し、フルーツサラダと野菜サラダをつくることにしよう。でも、冷たい野菜だけじゃなくて、じゃがいもとブロッコリーで、あたたかい野菜料理もこしらえよう。オムレットは、スモークドサーモンと葱とクリームチーズ入りなんて、どうだろう。

わたしが下ごしらえをしているあいだ、明典さんは上半身裸のままで、パソコンの前に座って、キーボードをパタパタ打っている。インターネットで見つけたニュースを、わたしのために朗読してくれる。「いいことを教えてあげよう」と言って。それからメールをチェックする。明典さんは、ここにいる時には、わたしのメールアドレスを使って、あちこちにメールをする。わたしの個人アドレスは「sakuramomiji」と、二匹の通い猫たちの名前をくっつけたものだから、気楽に使えるのかもしれない。まるで仲良しの夫婦が共有しているアドレスであるかのように。そのことが、嬉しい。そんなことが、妙に、嬉しい。気を許してくれているんだなと思う。携帯電話を平気でうちに忘れていったりすることもある。

どうやら今朝は、明典さんが最近、幹事に任命されたという同窓会関係のメールがたくさん届いていたようだ。一行ごとに「やれやれ」と言いながら、一段落ごとに「どっこいしょ」と言いながら、背中を丸めて返事を書いている。会社では「メールはバイトの仕事。俺はそんなもの、打たない。打つのは野球のボールと相槌だけ」なんて、言っていたことがあった。

「みずき、あとでこの文書、CCで俺のアドレスにも送信しておいてくれる？　なくしちゃったら困るから」

ふり向いて、そんなことを言う。明典さんはよく、メール送受信のやり方を誤って、わたしに笑われたり、叱られたりしている。そういうところも、可愛いと思う。「あばたもえくぼ」とは、こういうことを指しているのだろう。

「だったらちゃんと、保存しておいてよ。文書を保存してから、画面を切り替えるのよ。保存しないで終了すると、消えちゃうよ」

「はいはい、わかりました」

——ねえ、わたしたちって、仲良し夫婦みたいに見えるのかな?

——そりゃあ、見えるだろうよ、当たり前だ。だってこんなに仲良しなんだから。だろ?

——そう?

——なんか文句ある?

今は、文句はありません、と、わたしは心のなかでつぶやいている。神様、明典さん、わたしはなんにも文句はありません。あなたがここにいてくれるだけで幸せです、と。

よく熟れたまっ赤なトマトを刻んで、若布と、セロリとコリアンダーと、それから赤玉葱のみじん切りを少々。ドレッシングは、ゆずの風味のついているお醤油とひまわりのオイルを少々。そんなサラダをつくっているさいちゅうに、ふっと浮かんできた色と形があった。

そうだ、あのお椀。義父の形見のあのお椀を使ってみよう。

箱から取り出して食器棚のなかに収めてあった、お椀をふたつ、食卓の上に並べてみた。本当にいい形をしている、と、今さらながら、惚れ惚れする。持つと、曲線が手のひらにすっと馴染んでくる。完璧なまでに優しい丸みだ。色もいい。包み込むような黒。どんな色を合わせても映えるし、その色の持ち味を最大限に活かしてくれそうな黒。「夫婦円満のお椀」と、わたしは名づけた。わたしと明典さんが果たして夫婦と言えるのか、言えないのかはさておき、この一対のお椀の色と形は「夫婦円満」としか言いようがないではないか。

トマトのサラダをお椀のなかに盛りつけてみる。やっぱり、と、笑みがこぼれる。トマトの赤が、想像を遥かに超えて、ぞくっとするくらい、漆黒に映えている。

「お、うまそうだな。このトマト、あそこの畑の？」

いつのまにか、明典さんがわたしのそばに来ている。わたしの肩を抱き寄せている。

「そう」

いつもふたりで散歩をする道の路肩に、農家の人が出している無人の屋台。そこに置かれている穫れ立ての野菜。あざやかな色、不揃いな形。つい買い過ぎてしまうけれど、後悔したことがない。

「お椀にサラダって、どうかなと思ったんだけど、意外に合うよね？」

「いいんじゃない」

答えはすぐに返ってきた。それは明典さんが、食器類にはあまり興味がないという証のようなもの。だからこのお椀のことも、よくわかっていない。前からあったお椀だと思っているのだろう。わたしも何も言わない。このお椀をくれた人の息子と結婚していたことがある、なんて、むかしむかしのお話。まるでおとぎ話のようだ。けれども、わたしにはわかっている。明典さんがいてくれるから、わたしの過去は何もかも、おとぎ話になってくれるのだ、と。あの日、別れた夫とわたしが、笑いながら、なごやかな時間を過ごせたのも、明典さんのおかげに違いない。

幸せで胸をいっぱいにしているわたしに、明典さんは言う。

「こいつ。ひとりでにやにや、思い出し笑いなんかして、いやらしい奴だな。あとでうんと懲らしめてやらないと」

シャンパンを飲みながら、オムレット、ブロッコリーとじゃがいもを炒めてカレー味をつけたもの、トマトサラダ、フルーツサラダなどを食べる。ふたりともパジャマ姿――正確には、わたしは明典さんのパジャマの上で、明典さんは下はパジャマで上はTシャツ――で、だらしなく、しどけなく。会話もあちこちに飛んで、まったくまとまりがない。

「みずき、いいこと教えてあげようか。男ってさぁ、四十五歳を過ぎると、はっきり二タイプに分かれるんだよね。これは、俺、自分の目でかつての同級生たちを見て、はっきりとわかったことなんだけど」

さっきから、明典さんが幹事をつとめている高校の同窓会の話になっている。

「そうなの、どんな風に分かれるの？」

「うん、それは短くまとめると、万年青年グループと、しがないおじさんグループ。要するに、かっこいい渋い中年になれるか、まるで救いのない、くたびれたおっさんに成り下がってしまうか、実にシリアスかつシビアーな男の分かれ目だね」

「それが、四十五で訪れるの？」

「そういうこと。四十五までになんとかしないと、男は坂を転げ落ちるように醜くなっていく。それに気がついて、四十になる前から努力と節制を心がけた奴は、救われる」

「明典さんは」

どっちなの？

答えはわかっている。明典さんが言いたいことも、言われたいことも。

「俺はもちろん前者だよ。救われたクチだよ。それはみずきが一番よくわかってるだろ」

「何か秘訣でもあるの？　努力と節制のほかに」

「よくぞ訊いてくれましたね。しっかりと教えてあげよう。それはね」

言いながら、わたしにばさっと覆いかぶさってくる。押し倒して、抱きしめて、キスをする。唇ではなくて、首筋に。舌を這わせる。同時に、パジャマの襟もとから右手が進入してくる。わたしたちはこれから、円満な夫婦を解消し、どこまでも不敵で不穏な愛人同士になる。節制なんて、どこ吹く風。

「俺にはこんないい子がいるからだよ。こんな可愛い子がそばにいてくれるからだよ。みずきがいてくれる限り、俺は大丈夫なんだよ」

こんなにも幸せでいいのだろうか。目の前も、頭のなかも、まっ白になってしまう。わたしの体は、白い珊瑚礁になる。窓から射し込んでくる光がわたしのまぶたを直撃し、唇から伝わってくる情熱と欲望が、わたしの身を焦がす。黄色い炎に包まれる。炎のなかから、遠い日に聞いた義父の言葉がよみがえってくる。「夫婦円満のお椀」を返しに行った日、彼は言った。

「人が潔く、本気で切り捨てたものは、あとでまったく別のいい形になって、もどってくるよ」

わたしを励まし、慰めるために手向けてくれた古い言葉が、たった今、わたしの胸の奥で、新たな小さな種火となって、灯ったような気配があった。

珊瑚礁

Anzu & Mickey

いきなり訊くけど、あなた、何月生まれ？

ええっ、三月なの？　魚座？　それやったら、うちのお母ちゃんと一緒やないの。話が早いわ。三月の誕生石、ご存じでしょ？　アクアマリン、ブラッドストーンもそうやけど、もうひとつ、コーラル。そう、珊瑚やね。海のなかで暮らしている珊瑚。珊瑚礁は、珊瑚が集まってつくり上げた、岩のお城みたいなもの。きょうは珊瑚と珊瑚礁の話をしたいと思って、こうしてちゃんとカンニングペーパーも用意してきたの。

珊瑚に興味を持ったのは、つい最近のことです。もうじき特別ボーナスが出るから、誕生日のプレゼントと、母の日の贈り物と、日頃の親不孝の埋め合わせを兼ねて、

「なんでも欲しいモン買うたるし、何がええ？」

と、母にたずねたら、「誕生石のネックレス」という答えが返ってきたの。

で、さっそく、お気に入りの大丸デパートのアクセサリー売り場を訪ねて、店員さんにあれこれ相談にのってもらいながら、珊瑚のネックレスを買い求めたという次第。

母は来年、七十になるんですけど、心身ともに健康で元気潑剌（はつらつ）、趣味はお相撲の観戦と三

味線。近所のじいちゃん、ばあちゃんを集めて民謡教室を開いています。お洒落するのが大好きで、見た目のぱぁっと華やかな洋服がよう似合います。そんなお母ちゃんのために、私は赤珊瑚のネックレスを選びました。

店員さんの説明によると、

「赤珊瑚には、太陽と火のエネルギーが秘められていて、不老長寿のお守りにもなります。身に着けているだけで、生き生きしてきます」

ということで、これはもう、うちの母にぴったりの贈り物やと思うたんです。

その店員さんは、職業ですから当たり前なんでしょうけど、ジュエリーにはめちゃめちゃ詳しくて、まさに宝石博士みたいな人でした。彼女の話を聞いて、私は初めて知ったんです。珊瑚というのは、いわゆる天然石なんやけれど、もともとは虫、つまり、生物なんです。さんご虫。その種類は数百ほどもあって、なんと、四億六千万年も前から地球上に存在していたそうです。恐竜時代よりも前。それだけでも驚嘆に値すると思いませんか？

珊瑚の生態系は、実に複雑かつ繊細。調べれば調べるほど奥が深くて、私はすっかり珊瑚の世界にはまってしまったの。

そうそう、会社からそれほど遠くないところに、世の中から取り残されたような、古い古い化石みたいな、小さな図書館があってね。私は勝手に「無人島」と名づけているんやけど。

新刊を買い占めて「さあ、借りてけーなんぼでも借りてけー」と、叩き売りみたいなことをしている阿漕な大型図書館とは違って、そこには、時の流れを超えて、脈々と生きつづけている優れた書物がきちんと揃っているの。本が好きで好きでたまらないという顔つきをした、たぶん花の独身やと思うけど、楚々として言葉少なな館長さんがいて、閲覧テーブルの上には、季節の花や野の花の一輪挿しがそっと置かれている。図書館やのに、お寺さんに来ているような気分になれるの。ミッキーに会えない日、私はときどき会社の帰りに「無人島」に立ち寄って、ひとりでぼーっと写真集や画集を眺めたりしているのね。珊瑚にはまってからというもの、その図書館にある珊瑚の本はすべて読み尽くし、手もとに置いておきたい本は書店で買いました。

話がそれましたけど、珊瑚にもどって。

知りたいですか？　もっと、詳しく、説明して欲しい？

わかりました。どこまでうまく説明できるか、自信はまったくありませんが、理科の授業、やってみます。

虫の名前は「さんご虫」といって、ポリプと呼ばれる、直径一センチ足らずの、いそぎんちゃくみたいにゆらゆら揺れている足、というか手というか、触角みたいなもので、海中のプランクトンを食べて生きてます。一匹一匹は動くことができなくて、みんなで仲良く集まり、肩を寄せ合い、かたまっているんやね。そして、さんご虫は、光合成をおこなうことのできる「褐虫藻（かっちゅうそう）」という植物を体内に棲まわせていて、この藻からも栄養をもらっています。

さんご虫は、プランクトンと藻がつくる栄養分によって、ポリプを成長させ、分裂させ、どんどん増えていき、海中に含まれる二酸化炭素やカルシウムを取り込んで、硬い骨格をつくり上げていく。すると、いつしか、珊瑚の下には、ぶあつい石灰岩の層ができあがっていきます。そう、これが、珊瑚礁。つまり、珊瑚礁とは、珊瑚の骨の集合体であるとも言えますね。


こんなんで、わかりました？

では、話を先へ進めます。

お母ちゃんにこの話をしてあげたら、彼女もずいぶん面白がってくれて、

「そうか、知らなんだ。珊瑚いうのは、虫やったんか。なるほど、これは虫の骨なんか。それはそれは誠に有り難いことやなぁ」

と言いながら、指先で、ネックレスを数珠のように撫でさすってました。

うちのお母ちゃんによれば、「虫というのはすなわち、魂なんよ。この、一個一個の珊瑚の玉は、魂の化身ということになるなぁ」とのこと。私は驚きました。虫イコール魂やなんて、今まで思ってもみなかったことやった。けど、納得できる節も大いにありました。

たとえば「虫の知らせ」という言葉があるでしょ。ふっと、そんな気がする。第六感というのかな。あれは確かに、母の言葉を借りれば「どこぞの魂が、うちらに何かを知らせてくれてる」。蛍には死者の魂が宿っている、というのも信じられるし、「虫が好かない人」というのは、どこがどうという、具体的な理由はないけれど、魂の深い部分でどうにも相性の悪い人、という解釈が成り立つ。それと、うん、そうそう、あなたのおっしゃる通り、「一寸の虫にも五分の魂」です。虫も殺さない人というのは、やっぱり魂が清らかで優しいからでしょう。「腹の虫がおさまらない」というのは、その人の魂が煮えくりかえっているからやね。

まあ、そんなこんなで、珊瑚礁というのは畢竟、無数の魂の集合体やないですか。海の底に、そんなものが、何億年も昔から眠っている、そして、今も生きているなんて、すごいことやと思いませんか？

というわけで、私はますます珊瑚の世界に魅了されてしまい、いつか、きっと、この目で、珊瑚と珊瑚礁を見てみたいと思うようになっていたんです。

ある晩のことでした。

夕方、ミッキーがうちにもどってきて、ビールを飲みながら一緒に楽しく晩ごはんを食べ、お魚も野菜の煮つけもサラダもあらかた食べ終えた頃やったかな、ミッキーが何気なく、テレビを点けたんですね。そうしたところ、たまたま「珊瑚礁の神秘を巡る旅」とかいうタイトルの番組が放映されていたんです。

　私は「ああっ」と叫び声を上げ、急須から湯呑みにお茶を注ぐ手も止めて、テレビ画面に釘づけになりました。それまで、本や写真集なんかではたびたび目にしていたけれど、動く映像で見ると、やはり迫力が違います。

　なんて色あざやかな、なんて摩訶不思議な、なんて美しい世界。そうか、これが珊瑚か、珊瑚礁か。これが魂の集合体なんか。この世のものとも思えない、まさに夢幻の世界です。物語そのものです。私はぐぐっと身を乗り出し、画面に顔をくっつけるようにして、しばし無言で見とれていました。

「おいおい、どないしたんや、あんず。そんなに珍しいんか。まるで珊瑚礁に食いつきそうな勢いやなぁ」

　ミッキーもあきれるほどの熱心さで。

　あっ、ここで話がちょっと前後しますが、この頃のミッキーは、週末を除いて、平日は毎日、うちに帰ってきてくれるようになっているの。それだけじゃなくて、ずっと泊まっていってくれるの。そうなの、月曜の朝から金曜の夜まで、連続でずっと、よ。つまり、週七日間のうち五日間、一緒に暮らしているんやね。信じられる？　奥さんの二日間よりも、私の方が圧倒的に長いのよ。

向こうに、どういう事情があるのか、あるいは、事情が発生したのか、詳しいことは知りません。おそらく、子どもたちの受験や進学のことと、奥さんの実家のあれこれとが関係しているのやろうと、漠然とは察しているし、訊けばミッキーは教えてくれると思うけど、私はあえて、何も訊かないことにしてます。知らない方がいいに決まってます。知らぬ存ぜぬ、知らぬが仏。

だって、週に五日よ。五日も一緒にいられるのよ。夜「おやすみなさい」と言って寝て、翌朝「おはよう」と言うまでのあいだ、ミッキーがどこへも行かんと、私の隣でぐうぐう寝ててくれる。真夜中に、はっと目が覚めて、ミッキーの安らかな寝息を耳にし、「ああ、ここにおるわ」と思って安心し、思わず嬉し涙を浮かべてしまうことも、しばしば。こんなにも幸せなことが、ほかにありますか？

知り合って、好きになってからずっと、ずっと、ずーっと、喉の奥から手が出るほど強く、激しく、望んでいたことが、叶っているの。朝まで一緒にいたいという願いが、五日間だけは、現実のものとなっている。こんなにも幸せなことが、ほかにありますか？

それにね、この頃のミッキーは以前に比べて、さらに優しくなった。前から優しい人やけれど、さらにもっと、ということです。私に対する愛情が、さらに深まっているという確信が、私にはあるの。心と体の両方で感じるの。こんなにも幸せなことが、ほかにありますか？

一度、戯れに、たずねてみたことがあります。お布団のなかで。

「なあ、ミッキー、この頃なんで、そんなに優しくしてくれるの？」

奥さんと何かあったん？　奥さんから、私に会うてきたでと、言われたん？　口が裂けても、そういうことは言わない私です。そして私も、前よりもさらに、ミッキーには優しくしてます。自然とそうなってしまうの。だって、私はこの人を、ひと晩だけとはいえ、裏切ったことがあるんです。疚しい思いもあります。後悔もしてます。割り切ってたつもりやけど、簡単に割り切れるモンやありません。人間やもの。心の問題やもの。心は割り算できるモンとは違うからね。

「優しくしたらあかんいう法律でもあるんか？」

「それはないけど、私は怖いの、そんなに優しくされたら」

「なんでや？」

「理由なんかない、ただ、怖いだけや。『神田川』の歌詞と一緒や」

「それやったらもっと、怖がらせてやる」

あとのことは、ご想像にお任せします。私は皮を剝がれた蓑虫となり、これでもかこれでもかと優しくされ、怖がらされて——

こんなにも幸せなことは、ほかにはありません。

と、お話ししながらも、私は今、あなたの前で恥も外聞もなく、わっと泣き出してしまいたいような気持ちでいるの。こんなにも幸せなことなど、ほかには何もなくて、幸せで幸せでたまらないはずなのに、私は同時に、ものすごく悲しいの。胸が張り裂けそうなほど、死ぬ勇気もないくせに死にたくなるほど、悲しいの。

理由はあとで、お話しします。話せるかなぁ。どやろ？　たぶん、話せると思う。

その前に、珊瑚礁のつづき。

テレビで取り上げられていた海は、沖縄の海でした。色はエメラルドグリーン。ヘリコプター撮影で、空から見おろすと、まるで珊瑚礁の上に島があるように見えるけど、実際には、珊瑚礁が島を取り囲んでいるのね。

「……珊瑚は世界最古の生物ですが、現代人と同じでストレスに弱く、珊瑚礁は非常に繊細で壊れやすい、ガラス細工の家のようなもの。われわれ人類はこの『家』を大切に守っていかなくてはなりません……」

番組の構成やナレーションもうまかった。ふと気がついたら、ミッキーも私のそばにやってきて寄り添い、食い入るように画面を見つめています。ふたり一緒に珊瑚礁鑑賞。仲睦まじい、微笑ましい、かりそめの夫婦のひとこまですね。夫婦茶碗でお茶を飲み、小鳥の形をしたおまんじゅうを食べながら。

「はぁぁ、きれいやなぁ。信じられんわ、こんな世界が海のなかにあるなんて」

「まさに竜宮城とはこのことやな」

互いに感嘆のため息を漏らしながら。

ひと区切りがついて、CMになった時、私は立ち上がって、食卓の上を片づけながら、まるで独り言のようにつぶやいたのです。ミッキーに話しかけたわけではなくて、あくまでも、独り言のつもりで。

「ああ、いつか行ってみたいなぁ、沖縄。私も海に潜って、見てみたい。初心者でもちゃんと潜れるやろか」

そうしたところ、すかさずミッキーから返ってきた答えは、こうでした。

「行こう行こう。よっしゃ、連れていったる、任しとき。潜り方も、俺が手取り足取り教えてやる」

耳を疑いました。ふたりで旅行するなんて、そんなこと、簡単にできるはずがありません。

だから、沖縄へ行くとしても、それはひとり旅か、誰か友だちを誘って、と、はなからミッキーには期待をかけていなかった私です。ああこの人はまた、むごい冗談を言っていると思った。ハワイでお好み焼き屋を開く件とおんなじです。人を天高く舞い上がらせるようなことを言っておいて、自分はけろっと忘れてしまう。私はそんなミッキーを、ちょっと懲らしめてやろうと思い、問い返してみたのです。

「ほんま？　それって、いつ？」

子どもたちが成長し、社会人になってから。そんな答えが返ってくるかと思ったら、

「善は急げや。今年の春休みはどや？　俺の方は、中学が休みに入ったらすぐにでも行ける。あんずの会社の休みさえ取れたら」

度肝を抜かれました。まさか、と、思ったんです。喜びよりも驚きが勝ってた。狐につまれた気分とは、このこと。

「今年の春休みって、それって、来月のことになるけど」

「来月でも、さ来月でも、俺の方はかまへんよ」

「ほんまなの？　ほんまに沖縄へ、ふたりで行けるの？」

「ほんまや。なんべん、言わせるねん。一緒に潜って、珊瑚礁、見よ」

嬉しいに決まっているはずなのに、どうしてなのか、私は素直に喜べない。いいえ、喜べ

ない理由はわかっているのですが、その理由に、どうしても今はまだ、目を向けたくないのです。いいえ、向けられないのです。口ごもってしまった私に、ミッキーは無邪気に畳みかけてきます。すでに行くと決まったような口調で。

「沖縄へは俺、何回も行ったことがあるし、潜ったこともあるし、去年も行ってきたばかりやし安心して俺に任して。珊瑚礁の案内人になったげる。」

ミッキーの明るい笑顔とは対照的に、私の笑顔は硬直し、強ばっています。知らなかった。そんなこと、知らなかった。ミッキーがたびたび沖縄へ行っていたとは。去年も行っていたとは。私はたった今、初めて、知ったのです。知らされたのです。

そういえば、去年の夏、ずっと会えない日がつづいて、寂しさのあまり体重が激減し、恋やつれでボロボロになってしもて、でもお盆休みなんやから家族の用事も色々あるやろ、仕方がないと言い聞かせて耐え忍び、やっとのことで会えたと思ったら、こんがりと日焼けした顔で現れたことがあったなぁ。あの時、この人は、沖縄へ行ってたんか。当然のことながら、家族みんなで行ってたに違いない。もしもそうでなかったら、ミッキーはもっと早くに教えてくれたはず。

「へぇ、そうやったん。沖縄へは、なんべんも行ってたん？　去年の夏も？」

わざと間の抜けたような声で、私はそう訊き返しました。ミッキーは焦っている様子もなく、私の内心の苛立ちに気づくこともありません。

「おう。あ、始まったで」

珊瑚礁の番組のつづきが始まり、ふたりの会話は途切れました。画面には、澄み切った沖縄の海が映し出され、珊瑚礁のまわりを、色とりどりの魚たちが泳いでいる様は、まさに万華鏡の世界そのものです。

ミッキーは、奥さんや子どもたちと一緒にこれを見たんやなと思うと、急に、すべてが色褪せて見えました。もちろん私もミッキーと一緒に旅行したことはあります。一度だけ、ハワイへ。でも旅行はその一度きり。しかも表面上は、一緒に行ったことにはなっていない、そういう旅行です。だけど、奥さんは毎年、正々堂々と、出かけているわけです。沖縄の海にみんなで潜って、ダイビングをしたり、シュノーケリングをしたりして、みんなで珊瑚礁を眺めているのです。

当たり前のことやのに、今に始まったことでもないのに、どうしてそのことが、こんなに私を苦しめるのか。

「……たとえば、海中の植物プランクトンが増殖して海水の透明度が低下したり、水温が急に上昇したりすると、褐虫藻は、さんご虫の組織内にとどまっていられなくなり、外に抜け出てしまいます。そうなると、珊瑚からは色が抜け落ちてしまい、石灰質の骨格の白一色となってしまうのです。こういう現象を、珊瑚の白化と呼んでいます。白化が長くつづくと、ポリプは死滅し、珊瑚も死んでしまいます」

いつ、なんどき、どこから、にょきにょきと角を出してくるかわからない、神出鬼没の嫉妬。いったん出てきたら、とどまるところを知らず、どんどんどんどん膨張してゆく、世にも恐ろしい嫉妬虫。

おそらく、私が珊瑚と珊瑚礁に、すっかりはまっていたからでしょう。ほかのことやったら、そこまでいやな気持ちにはならなかったと思います。嫉妬には、そういう側面があると思いませんか？　たとえば、まったく違ったジャンルで大成功している人には嫉妬心はわいてこないけど、自分と同じようなジャンルで、自分よりもちょっとだけ成功し、活躍している人に対しては、むらむらと嫉妬してしまう、とか。そういうこと、あなたにはないですか？

何はともあれ、私はその晩、すっかり白化した珊瑚礁になっていた。私の体内から、優しい心を持った褐虫藻が、抜け落ちてしまっていたのです。

そんなことも知らないで、ミッキーは延々と、沖縄の話をしていました。テレビを見終えてお風呂に入り、背中を流し合っている時も、ふたりで台所の片づけをしている時も、そのあとお布団に入ってからも。私があまりしゃべらなくなっているのは、珊瑚礁の話をもっと聞きたがっているからだと、勘違いしてしまっているのです。なんて残酷な、鈍感な優しさでしょう。悪気はちっともないのです。

「珊瑚礁のあいだをぐるぐる巡っていくのはな、空中散歩みたいな感じで、空からこう、山を見おろしているような感じやねん。その山はな、へんな形、可愛い形、色々あって、その形を見てるだけでも笑えるよ。大きな珊瑚のなかに、種類の違う小さな珊瑚が生えてたりしてな。ピンクのつつじのなかに、白いつつじが交じってるみたいなのもある。沖までボートで出て、そこからダイビングすると、ビーッグな珊瑚礁も見られるよ。海の底、つまり、海の地面まで降りていって、下からその山のような珊瑚礁を見上げると、ほんまの山のように黒々とそびえていて、圧倒されるんや。そのまわりを魚がぐるぐるぐる回っててな。まさに別世界とはあのことや」

「ふぅん」

海のなかの、空中散歩。なんて素敵な響きでしょう。けれども、うつろな私の心には何も届かないのです。

「でな、珊瑚礁を山に見立てると、山と山のあいだには、白い砂の道がある。その道をずんずん進んでいくと、それはもう、何千匹、何万匹いう、魚たちとすれ違うわけ。色んな魚がおるよ。それはもう、色も形も大きさも種類も、水族館どころの騒ぎやない。珊瑚礁の下の方まで潜っていくと、影のなかには、海老がおったり、うつぼがおったり、平べったい不細工な魚がひそんでたりしてて、それがひょいっと出てきたりする」

「怖くない？」

「全然。魚の方でもよう心得とる。ぶつからんように、避けてくれるよ。そういえばな、さっきのテレビ映像ではそこまでわからへんかったと思うけど、海水のなかで見る青い珊瑚は、内側から発光してるねん。紫っぽい白っぽい光。たぶん海中で、外から射し込んでくる太陽の光を受けてるからやろうな。その光は、ピンクやったり、黄色やったり、蛍光色みたいな感じやったりもして、ああいう『自然の色』が、海のなかにはあるんやなぁ。絵にはとても描けへん色やといつ見ても感心してしまう。いっそ、人工的と言ってもいいような。あんずにも、あの色を見せてやりたい。人生観が変わってしまうような色なんや」

どんな人生観が、どんな風に変わるの？　私の人生観が変わって、ミッキーがいなくても生きていけるようになっても、かまへんの？

そんなことを思いながら、私はミッキーの腕枕に頭をのせます。それから横を向いて、頬を腕に押しつけます。私の体は内側から発光しています。けどそれは、悲しみの色なんです。

「珊瑚にさわったり、うっかり足が当たったりすると、珊瑚が死んでしまうから、絶対にしたらあかんのやけど、一度だけ、どうしてもさわってみたいという誘惑に負けて、潜水グローブをはずして、素手で、そーっと、触れてみたことがある。こんな風にしてな。さわるか、さわらへんか、その境目みたいな感じで」

くすくす笑いを嚙み殺して、ミッキーは私の胸にそろそろと手を伸ばしてきます。私はその手をくいっと摑んで、もう片方の手で私のお乳を守ります。

「で、その感触は？」

「ぬるっとしてた。ぬるぬる。毒があったんかもしれんな。あんずのここと一緒や」

このあとのことは、割愛さしてもらいます。

終わったあと、枕もとの明かりを消して「おやすみ」を言い合い、まぶたを閉じると、ミッキーの声が聞こえてきました。得意の寝物語です。

「あともうひとつ、怖い体験、思い出した。珊瑚礁はだいたい浅瀬にできてるわけやけど、どんどんどんどん沖へ進んでいって、珊瑚礁の大きな環礁の淵（ふち）みたいなところまでたどり着くとな、そこには外海からの波が押し寄せてきてるから、急に波が高（たこ）うなるねん。海面から突き出してる珊瑚礁の残骸みたいな山の上から、その外海を見た時な、色がエメラルドグリーンやなくて、もっと深い、深い、深い底なしの青になってってな、その青が、むちゃくちゃ怖かった……」

「怖かったん？　その青が？」

暗闇のなかで私は、「怖い」と感じるほどの青とは、いったいどんな青なんやろうと、底なしの青に思いを馳せていました。もしかしたら死後の世界は、そんな色をしているのだろうか、と。

「ねえ、ミッキー」

特に言いたいことがあったわけではなくて、何気なくそう声をかけると、すでにミッキーは眠りの世界に入っています。寝つきが異様にいい人なんです。

意地悪をしてやろうと思い、私は腕をつついて、ミッキーを起こしてやりました。そうして、ふっと思いついたことを口から出任せに、言ってみたのです。

「なあミッキー、覚えてるか？　だいぶ前のことやけど、どこぞの新聞記者が、珊瑚礁にわざわざ自分で傷をつけ、それを写真に撮って『こんなことしたんは誰や。日本人の恥やないか』とかいうような記事を書いて、どえらい社会問題になったことがあったやろ」

「……ああ、うん……」

そう言ったきり寝返りを打って、またすぅすぅです。

「まだ、寝ないで。先にひとりで寝てしまうなんて、許さへんよ」

耳もとで囁くと、ミッキーはびくっと体を震わせて目を覚まし、半分、寝ぼけた声で答えました。

「ああ、わかっとる。絶対に行こうな、沖縄。約束したんやから。有言実行や」

ああ、と、私は思いました。

ああ私こそ、珊瑚礁に傷をつけた新聞記者なんやわ、と。

その記者は確か「K・Y」というイニシャルを刻みつけたと記憶していますが、私の場合には「M」やね。私は、自分で自分の体にミッキーのイニシャルを刻み込み、痛い痛いと言いながらそれをミッキーに見せつけ「ねえ、見て見てミッキー、こんな傷、誰がつけたんやろ。あんたの奥さんやないか」と、問い詰めたいわけです。実際にはそんなこと、する度胸もないくせに。

なんていやな女やろうと思いました。いつのまに、こんなにもいやな、姑息な女になってしもたんか。その夜ほど激しい、自己嫌悪にかられたことはなかった。そもそも私は、奥さんに嫉妬する資格などないのです。

何食わぬ顔をして、ミッキーとごはんを食べ、優しくされ、いちゃつかれ、ミッキーのそばで今夜も眠る――私という女は、いったい、どこまで強欲で、どこまで業が深いのか。

「行ってらっしゃい、気ぃつけてな」

「おう」

土曜の朝です。

大根とえのきだけと若布のお味噌汁。玄米ともち米を交ぜて炊いたごはん。厚焼き卵にほうれん草のおひたし。椎茸入りの塩昆布。そんな朝ごはんを一緒に食べたあと、奥さんのもとへと「出勤する」ミッキーを、私はアパートのドアの前に立って、手をふりながら、見送ります。エプロン姿です。まるで本物の妻、そのものです。

うしろ姿が見えなくなるまで見送ったあと、私は部屋にもどって、掃除、洗濯、部屋の片づけなどをてきぱきと済ませます。きょうはお昼に友だちと約束をしてます。四条河原町で待ち合わせて、ランチをして、洋服の買い物につきあって、映画も観るかもしれません。友だちと別れたあとは、錦市場を覗いて、ミッキーの好物はないかと目を皿のようにして探すでしょう。あしたの日曜日には、朝からいそいそと、ミッキーの好きな料理をあれこれこしらえて、月曜日からの愛の生活に備えるのです。まるで新婚の妻、さながらに。

悲しい。

私は、悲しい。ピクニックはもうとっくに終わっているのに、私はまだ、未練がましくお弁当をつくっているのです。この週末、ミッキーと奥さんと家族はどこで、どんな風に過ごしているのか、ああでもないこうでもないと想像しては、この期に及んでまだ、いじいじと嫉妬しながら。

醜いです。私は醜い女です。

居間のコーヒーテーブルの上には、ミッキーが「旅行会社でもろうてきた」と言って、数日前に持ち帰ってきたパンフレットが重ねてあります。もちろん、沖縄旅行の案内です。遅かれ早かれ、私はミッキーに伝えなくてはなりません。

春休みに、私は沖縄へは行くことができない。沖縄だけじゃない。私たちはもう、どこへも、行くことができない。旅行なんてできない。行く場所も帰る場所もなくなってしまった。私たちの珊瑚礁はすでに、死に絶えているのです。白化しているのです。生きた魚の姿は、どこにも見当たらない。生命のかけらは、どこにも残されていない。あとはただ、崩れ落ちてゆくのを待つだけ。

週に五日の幸せの代わりに、神様が私から取り上げようとしているもの。それは、珊瑚礁。取り上げる代わりに、私に与えられたもの。それは——

なんて皮肉なんやろう。神様はなんて公正な仕打ちをするのやろう。

私は沖縄へは行けないし、行かない。なぜなら私は妊娠しているから。私のおなかのなかには、新しい命が芽生えているから。これは物語なんかじゃない。これは現実。まだ、小さな小さな虫みたいな存在なのかもしれない。けれど、この虫には、魂が宿っている。

そしてこの子は、ミッキーの子ではない。

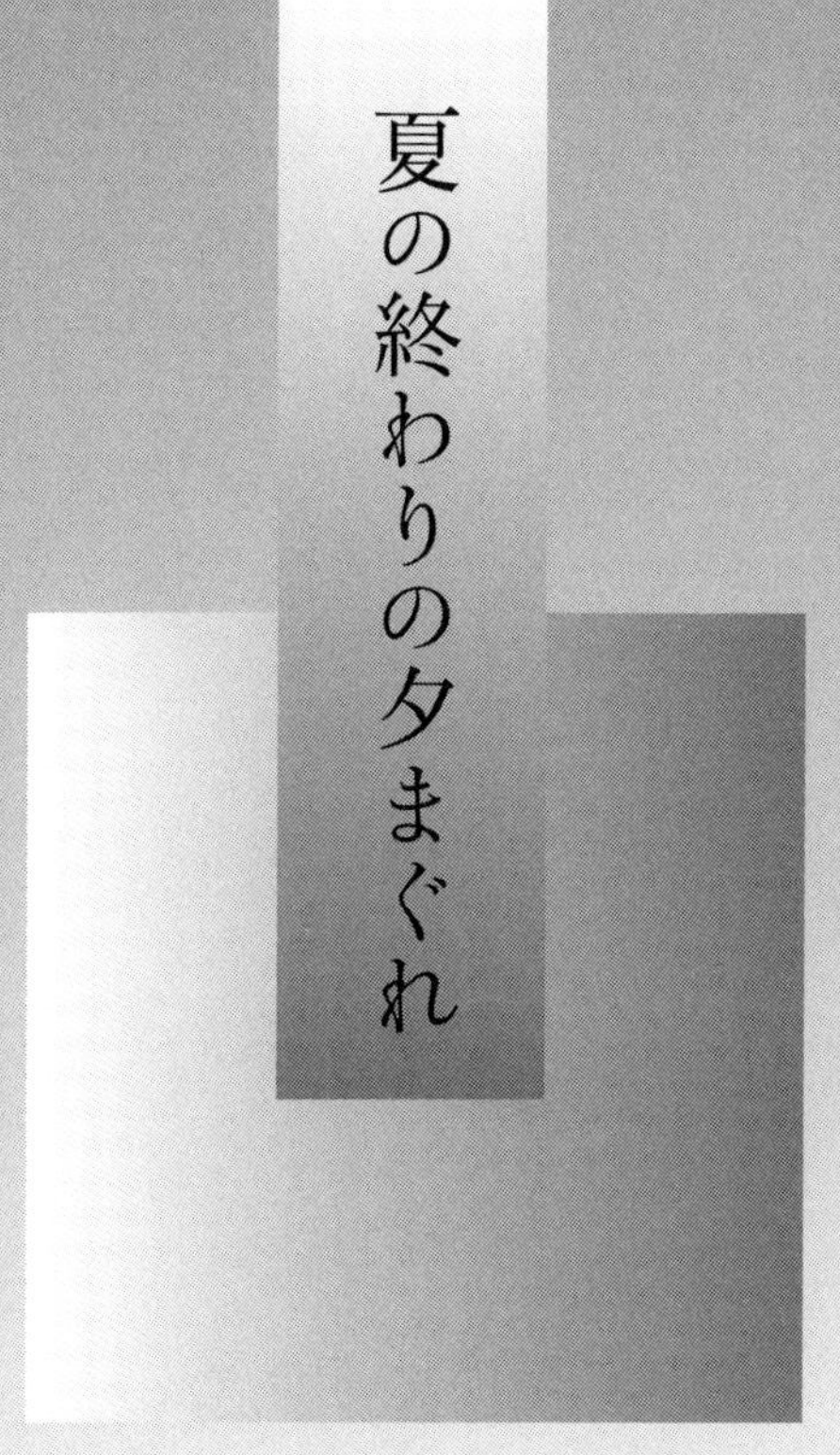

夏の終わりの夕まぐれ

Mizuki & Akinori

物語が好き。

悲しい結末を迎える物語は、特に。

一行目からすでに、悲しみの予感をたっぷり孕んでいるのに、終始、笑みをたたえたペン先からしたたり落ちてくる物語。善良な人、優しい人、思いやりに満ちた人しか出てこないのに、決して、ハッピーエンドにはならない物語。亡くなった人と生きている人が、幽明の境を越えて出会い、語り合い、心を通わせる物語。

悲しければ、悲しいほどいい。徹底的に、圧倒的に、悲しい物語。救いようも、救われようもない悲劇。中途半端な悲しみは不幸だと思うけれど、完璧なまでの悲しみは美しく、人を幸福にしてくれる。物語を読み終えて、現実の世界にもどった時、現実に存在する悲しみなんて、悲しみとも呼べないようなものだったと知らしめてくれる。

そんな物語を、ひとりで過ごす休日の午後、燦々と陽の射し込んでくるベッドのなかで読む。

コーヒー豆を丁寧に碾いて、部屋中に豆の匂いをぷんぷんさせて、ベッドサイドには、甘い苺ののったケーキやお気に入りのスナック菓子や、行きつけの和菓子屋さんで買ってきた桜餅や草団子や、時には、思いっ切り高級なチョコレートを置いて、仰向けになったり、うつぶせになったりしながら、心ゆくまで、読みつづける。遠くで、子どもたちの声が、ミルフィーユの層のように重なり合っている。公園で、サッカーでもしているのだろうか。どこからともなく、バイクの音が近づいてきて、去ってゆく。工事の音が大きくなったり、小さくなったりする。つぐみの声も聞こえる。

ああ、もうじき終わってしまう。残りのページが少なくなってきた。どうしよう、このまま一気に読み終えてしまうべきか。それともこの楽しみ——悲しみ——を、あしたまで取っておこうか。迷いながらも、ページを捲る手を止められない。悲しい結末に向かって、ぐんぐん進んでいく。落下していく。もう、どんな音も聞こえない。聞こえているとすれば、それは、ページの上に雪が降り積もってゆく音。

はっと気がついたら、いつのまにか夕方近くになっていて、高かった陽は低くなり、部屋の温度も風の香りも変わっていて、目の前がうっすらと暗くなってきている。シーツにもページの白にも紗がかかっている。でもまだ、夜にはなっていない。夕方と夜の境目の時間帯。夕まぐれは、確か「夕間暮れ」と書くのではなかったか。

夕間暮れに読む物語が、好き。

追い立てられるようにして、読む。とっぷり日が暮れないうちに、急いで、急いで、家に帰らなくては、そんな気持ちで。夏なら、なおいい。秋の夕間暮れは、あっというまに終わってしまうから。一刻も早く読み終えたいという気持ちと、まだ読み終えたくないという気持ちがからみ合って、ほどけなくなっている。それを味わう。いやというほど、味わう。これは何かにそっくりだと思いながら。そう、明典さんと過ごす、夕暮れ時の物語に瓜ふたつ。

今、明典さんはいない。寂しい。寂しいけれど、その寂しさがたまらなくいい。悲しい物語を読むのにはうってつけだ。

部屋のなかがじわじわと暗くなってくるにつれて、物語のなかの悲しみは、加速度をつけて膨らんでゆく。悲しい物語は、あと数ページを残すだけになっている。これ以上は文字を拾えない、目が痛い、という、ぎりぎりのところまで、明かりは点けない。明かりを点けるのは、なんだかもったいない。点けた瞬間、夕暮れ時はどこかへ行ってしまう。

うす暗い部屋のなかで、読みふける。貪るように読む。目に涙を浮かべて、わっと泣き出したくなるような物語を読む。胸を掻きむしられ、感情を揺さぶられ、息苦しくなるような物語を読む。

——おまえ、そんな暗いところで読んでたら、目、悪くするぞ。そうでなくても悪いのに。

電気、点けてやろうか。

——いいの、点けないで、放っておいて。

——なんだ、人がせっかく……

——あともうちょっとだから、邪魔しないで。

——やれやれ、邪魔者扱いされちゃったか。仕方がない。晩飯でもつくってやるか。


読書を中断されるのは、嫌いだけれど、好き。

悲しい物語を、ちっとも悲しくなくさせてくれる人が、わたしのそばにいることの幸福。幸せな、夏の終わりの夕まぐれ。わたしは、何ヶ所か、ページの角を小さく折って、結末は「あしたの夜、ひとりの時に読もう」と決める。栞を挟んで、本を閉じる。

ページの角を折ったのは、そこに好きな一文があったから。その一文があったから、この物語を好きになった、というような一文。その一文が光となって、物語の行く先を照らしている、というような。いつか、明典さんに読ませたい、読んでもらいたいと思えるような。とはいえ、それらの一文だけを書き抜いて、「ねえ、読んで」と差し出しても、明典さんにはなんのことやら、さっぱりわからないだろうなと思う。それぞれの一文は、それぞれのページのなかに、埋もれているからこそ、隠されているからこそ、輝きを放つことができる。

だからいつか、角を折ったまま、一冊の本ごと、手渡したいと思っている。悲しくて幸せなわたしの物語を丸ごと、彼の手に。

　そんな日は、やってくるのだろうか。

　来ないことを願っているような気もする。

　七月の中旬から八月の終わりまで、町立図書館では、毎年恒例の夏のイベントを催した。毎週土曜日の午後、三時から閉館時間の五時まで。

名づけて「遊民タイム——本は友だち」。

去年は「夏休みに本に親しもう」、おととしは「親子で本を楽しもう」だった。今年は、春から実習に来ていた女子大生の清野（せいの）さんが命名した。わたしが襟野で、ほかにはベテラン職員の牧野さんがいて、彼女は清野さんなので、三人揃うと「野の花トリオ」——これは、牧野さんが名づけた。

「遊民タイム？　って、なんなの、それは。おばさんにもわかるように説明してよ」

牧野さんが目をまん丸くして問うと、清野さんは目を細めて微笑んだ。

「カフェで過ごす時間は、コーヒータイムですよね。お昼を食べに行くのはランチタイム。

それと一緒です。図書館で過ごすのは、遊民タイム」

彼女は、短大の研修プログラムが終わったあと、夏のあいだもずっと、アルバイトとして働いてくれている。本が好きで、図書館の仕事が好きで、本に囲まれて働くことが楽しくてたまらないようだった。

遊民というのは、手持ちの辞書を引いてみると「決まった職業を持たないで、のらくら遊んでいる人」と出ていて、いわゆるフリーターに近いのかもしれない。清野さんによれば、「自由な発想で、それぞれの好きなやり方で、本を読みましょう。読むだけじゃなくて、本と一緒に楽しく遊びましょうって意味をこめました」とのこと。

本と遊ぶという発想が、自由でいいね、と、わたしも牧野さんもこのネーミングに諸手を挙げて賛成した。

ここ数年のラインナップ――童話作家を招いて、自作を紙芝居のようにして朗読してもらう。翻訳家に、翻訳のノウハウ、苦労話、喜びなどについて話してもらう。一冊の本を、集まった人たちがかわりばんこに音読しながら、まわし読みをする。録音したCDを抽選でプレゼントする。装幀家を招いて講義をしてもらい、参加者は実際に自分で装幀を手がけてみる――にアレンジを加えて、構成した。もちろん、誰でも自由に参加できるし、寄附は受け付けるが入場料はいただかない。毎年、電車を乗り継いで、一時間以上かけて来てくれる熱心な人もいる。

最終回のきょうは「童話で遊ぼう」の日だった。

講師は、今年の初めに新作を出したばかりの童話作家。地元出身の若い男性。彼は、趣味で組んでいるバンドのメンバーと一緒にやってきて、ジャズ演奏付きの童話の読み聞かせを披露してくれた。童話というテーマだったせいか、子ども連れの人、中高生、大学生、若い女性が多かった。最後の三十分は、参加者全員が音楽に合わせて踊り出し、作家は即興で物語をつくって歌うという、にぎやかな「遊民タイム」となった。

盛況のうちにイベントが終了し、参加者や利用者が三々五々に姿を消していくなか、わたしと牧野さんと清野さんは、館内外のあと片づけをしていた。夕方の五時半を、五分ほど回っていたか。

「あの、襟野さん、ちょっと……困ったことが」

牧野さんが近づいてきて、耳打ちをした。

「なんでしょう?」

わたしはその時、お手洗いとその周辺の掃除をしていた。

「ちょっと来ていただけますか? あっちなんですけど」

牧野さんは、貸し出しカウンターの方をふり向いて、そう言った。カウンターの外側に扇形に並べていたイベント用の椅子を、清野さんが折り畳んでいる。作業はほとんど終わりかけていたけれど、一ヶ所だけ、まだもとのままになっているところがある。

「あっ、あれは……どうしたのかしら、あの子」

前後に五脚ほど、取り残されている椅子と椅子の陰に身を隠すようにして、ひとりの男の子が座り込んでいる。床の上に直接お尻をつけて、おでこを膝頭にくっつけて、両手で膝を抱え込むようにして。小さな男の子だ。ひどく小さい。注意して見ないと、椅子に紛れて見逃してしまいそうなほど。

清野さんが人さし指で、それとなく指さしながら、声には出さないで「どうしましょう？」と、言っている。

近づいていって、わたしは清野さんと男の子の両方に、問いかけた。

「お母さんは？　それとも、お父さん、かな？　一緒じゃなかったの？」

男の子は何も言わない。顔も上げない。

「ねえ、ぼく、どうしたの？　お母さんは？　おうちはどこ？」

「……」

どうやら黙秘を決め込んでいるようだ。年は五つか、四つくらいか。まだ小学生にはなっていないのではないか。それにしても、なんて小柄で華奢な子なんだろう。

「ぼく、きょうは、ひとりで来たの？」

代わりに牧野さんが答えた。

「いえ、母親と一緒だったんです。最初に来た時、受付で、私が確認してます。でも、お母さん、途中でどこかへ行っちゃったんですよね。『すぐにもどってきますので』と言って」

「すぐにもどってくるって、おっしゃったのね？」

「ええ、そうなんです。イベントも始まっていたし、携帯電話を握っていたので、外で電話でもかけてくるつもりかなって思い込んでしまって、それもありますけど、ほんとにすぐって感じがしたので、私も行き先とかはたずねないままで。すみません。うっかりしてました」

「そう、だったら、何か緊急の用件が発生して、それが長引いているのかもしれないわね。大丈夫、そのうち、あわててお迎えに見えられるでしょう」

「そうだといいんですけど……」

男の子の耳に会話が届かない場所まで移動してから、眉をひそめて、牧野さんは言った。

「ときどき、いるんですよね。うちを託児所か何かのように使う、無責任な母親が」

清野さんが輪をかけるようにして言った。

「いるいる、いますね。育児放棄ってやつですか？　まさか、捨て子とかじゃないと思うけど。手遅れにならないうちに、警察に連絡しますか？」

八月の終わりの土曜の夕方。まだ陽は高い。清野さんは、今夜はこのあと、彼氏とデートの約束があるし、牧野さんには、普段は土曜日は休みのところを、夏だけは無理を言って出てきてもらっている。腕時計を見ながら、わたしは言った。明るい声、明るい表情で。男の子をこれ以上、不安にさせたくなかった。

「あとのことはわたしに任せて、ふたりとも、先に上がっていいから。わたしはこの子のお母さんがもどってくるまで、待ってます」

牧野さんも清野さんも、途端にほっとしたような表情になった。

半分は、館の責任者として当然のことだと思っていた。残り半分は、きょうは家に帰っても誰もいないから、だった。

先週の週末からきょうまでの丸七日間、明典さんはうちにいた。うちから仕事に出かけて、うちにもどってきた。今週末は、関西に出張。その出張は、これから丸七日間つづく。話し合って決めたわけではないし、明典さんから何か説明があったわけでもないけれど、このところ、一週間単位で、明典さんは関東と関西を、つまり、わたしの家と奥さんの待つ家を行き来している。会えない一週間は毎日、電話がかかってくる。

「さあ、ぼく、そんなところにいないで、一緒に遊ぼうよ。名前は、なんていうの？　わたしはね、え・り・の・み・ず・き」

六時五分前。牧野さんと清野さんを見送ったあと、わたしは男の子に声をかけた。すぐには反応がなかったものの、わたしが一冊の絵本を手にして、もう一度、

「ねえ、この絵本、読んであげる。一緒に読もうよ、面白いよ。小鳥のことがとってもよくわかる絵本なの。ぼく、小鳥、好き？　見たことあるでしょ？」

そう声をかけると、男の子はすっと立ち上がって、わたしのそばまで歩いてきた。折れそうなほど細い手足。愛くるしい子だった。

「ことり、見たことあるよ。おばあちゃんところ。からす。こーんなに大きいの」

しゃべり出すと、可愛らしさはいっそう増した。まるで、外国の絵本の主人公の妖精が、ページのなかから飛び出してきたようだと思った。

「しんちゃんとこのことりはね、はねがこうなっていて、ママはおばあちゃんところで、でつかいからすがいたの」

どうやら男の子の名前は「しんちゃん」というらしかった。話し方はたどたどしかったけれど、表情は生気を取りもどしている。「小鳥」という言葉が、彼の心の窓をあけたのだろうか。

「じゃあ、お母さんがもどってくるまで、ここで絵本、読もうね。小鳥の本よ」

わたしは最近、小鳥の世界に魅了されている。小鳥について書かれた本、エッセイ集、絵本、写真集などを買い集めている。うちの本棚には、明典さん曰く「小鳥コーナー」ができあがっている。

きっかけは、五月の半ば頃だったか、うちの家とお隣のちょうど境目に置かれている、隣家の物置小屋の軒先で発見した小鳥の巣。近くの山の半分がつぶされて、新興住宅地に変わったことと関係していたのかもしれない。

「林がなくなったから、仕方なく住宅街に来て、巣をこしらえたのかな」

と、明典さんも言っていた。

物置小屋のそばには銀杏が、その向こうには隣家の庭木、松や梅や樫(かし)や楡(にれ)が林立している。うちの裏庭には桜の老木やこぶしや犬柘植(いぬつげ)が立っているし、生け垣の紫陽花は鬱蒼と葉を茂らせている。小鳥にとって、子育てにふさわしい環境だと思えたのだろうか。

「燕(つばめ)かしら。燕なら前にも一度、巣を見かけたことがあるんだけど」

燕ではなかった。燕の巣なら泥でできているはずだ。その小鳥の巣は、枯れ草や藁(わら)状の茎や小枝でできていた。どこから拾ってきたのか、青いビニールの紐みたいなものまで編み込まれていた。いよいよ卵が産み落とされたのか、めす鳥が巣のなかにうずくまって、終日、動かなくなった頃、わたしはバードウォッチング用の双眼鏡を買ってきて、毎日、暇さえあれば、観察をした。

小鳥の種類はなかなか特定できなかった。雀よりもひとまわり大きな鳥で、背中の色は灰色、頭のあたりは黒に近い濃い灰色、胸から脇にかけての羽毛は、くすんだオレンジ色をしているように見えた。

二週間ほど経って、雛が孵ってからは、巣の周辺はにわかに活気づいた。雛は四羽、生まれていた。めす鳥が巣に近づいてきただけで、巣から首を伸ばして、我先にと餌をねだる。驚いたことに、青虫やみみずをつかまえて、せっせと運んでくるのは、めす鳥だけではなかった。おす鳥とめす鳥が揃って、巣の縁に立っていることもあった。餌をやったあと、糞を食べてしまうのはめすで、糞をくわえて去っていくのはおすなのだとわかった。

「飽きずに見てるねえ。そんなに面白い？」

「すごく面白い、飽きない。これって、生きてる絵本の世界よね」

「いつまで見てるつもり？　俺、腹減ったよ。俺にも餌、運んでよ」

「ごめん、そろそろ夕飯にしようね。お魚焼くね。美味しい塩鯖が手に入ったの」

「やれやれ、また魚か。うちでは、焼き鳥と親子どんぶりとチキンカツは御法度になったんだものな」

初めのうちは、巣にも小鳥にもそれほど興味を示さなかった明典さんだったけれど、雛が成長してきて、巣のなかで羽を広げてばたばたさせたり、一羽が一羽の上に乗っかって、外の世界を覗いている姿が見えたりし始めてからは、わたしの手から双眼鏡を奪い取り、

「おお、おまえたち、りっぱになったなぁ」

と、声を上げるようになった。

「さくら！　もみじ！　ちょっと来なさい。小鳥を狙っちゃ駄目だぞ。小さな生き物を大切にしないとな」

と、巣の下をうろうろしている通い猫を叱りつけたりもした。

卵が孵ってからちょうど二週間後、気持ちよく晴れ上がった初夏の午後、四羽の雛鳥は一羽ずつ順番に、羽を広げて、飛び立っていった。親鳥は近くの木の枝のなかで、わたしと明典さんは縁側で、巣立ちの一部始終を見守っていた。

「人が二十年かけてやることを、鳥はたった四週間でやるんだものな、偉いよなあ」

「知ってる？　小鳥の祖先って、恐竜なのよ」

「それは知らなかった。まあ、考えてみれば、飛行機だって、ライト兄弟が鳥を見て思いついたわけだしな。鳥って、なかなかどうして、すみに置けない存在だよな」

「小鳥を好きになってから、なんだか世界が広がったような気がするの。この世の中、人間と、人間がつくったものだけでできているわけじゃないんだなって」

「おお、襟野先生、いいこと言うじゃないか」

新刊閲覧コーナーのソファーに並んで腰をおろして、わたしはしんちゃんに『森のおうち空のおうち』というタイトルの絵本を読んであげた。それは、わたしの気に入っている絵本の一冊で、森で生まれ、森で卵から孵(かえ)った、こまつぐみの雛鳥たち四羽がつぎつぎに巣立ちをし、初めての空を飛んでゆく物語だった。悲しい物語ではない。希望にあふれる、あたたかで、力強いお話だ。

しんちゃんは熱心に聞き入っていた。ときどき絵を押さえて「これが巣?」「こっちがおかあさんで、こっちがおとうさん」などと、つぶやいていた。つぶやきながら、体を少しずつずらしてわたしにくっついてきて、絵本を読み終える頃には、わたしの膝の上にちょこんと乗っかっていた。

額に張りついている髪の毛から、牛乳とバターと卵の混ざったような汗の匂いが漂ってくる。太ももの上には、ずっしりとした重みがある。息を吸ったり吐いたりするたびに、しんちゃんの口と鼻から、くぐもった音が漏れる。普段の生活のなかでは、決して感じることのない、匂いと重みと呼吸音。わたしと明典さんのあいだには存在しない、それらをたっぷり味わいながら、わたしは「もしも……」と思った。

もしも、わたしに子どもがいたら、わたしに、明典さんの子どもがいたら、わたしはこんな匂いと重みと息づかいを感じながら、こんな時間を過ごすことになるのだろうか。明典さんにそっくりな男の子を膝の上にのせて。


――なあ、考えてくれたか？　あの件。子どもの件。

――考えたけど……

――答えはノーか。やっぱりいやか。俺の子ども。

――いやじゃない。全然いやじゃないけど、今はまだ……もう少し……

――待ってくれってか？　俺は待てないよ。いい子だから、産んでくれよ。みずきしかいないんだよ、俺を父親にならせてくれる女は。


いったい何年前の会話だっただろう。

最初に「子どもが欲しい」と言われたのは、知り合ったばかり、三十代になったばかりの頃だった。三十一歳、三十二歳、三十三歳くらいまでは、似たような会話が頻繁にくり返されていた。けれど、ここ一年あまり、明典さんは「産んでくれ」とは言わなくなった。子どもも熱はぴたりとおさまった。なぜだろう。理由は、わからない。わかりたくないのかもしれない。離婚が近いのか、近くないのか、わかりたくもない。奥さんの病気がよくなっているのか、そうではないのか、わたしにはわからないし、わかりたくもない。ただ、わたしが産むとしたら、それは、明典さんの子どもでしかないということだけが、わかっている。悲しい理解だと思う。とても悲しい。悲しいけれど、わたしは不幸ではない。幸せだ。強がりかもしれないけれど。

「はい、おしまい。どうしようか。別の本、持ってこようか。それとも、もう一回？」

わたしがそう問いかけたのと、しんちゃんが手に持っていた絵本をバサッと床に落としてわたしの膝から滑りおりたのは、ほとんど同時だった。

その直後に、

「すみませーん」

自動ドアの横についている扉があく音がして、あたりの空気を引き裂くような大声が響いた。しんちゃんはすでに、声のする方に向かって、駆け出している。「脱兎のごとく」という表現は、こういう時に使うのだと思った。

母親は息子をひしと抱きしめ、抱き上げ、息を切らしたまま言った。

「すみません！　館長さん、本当に、本当に、なんとお詫びを申し上げたらいいのやら、穴があったら入りたいくらいです。本当にすみません。五分で終わると思ってたんですが、こんなことになってしまって。すみません。途中で連絡すればよかったんですが、いえ、一度はしたんですけど、図書館の電話、留守番電話になっていたので、とにかく私がここにもどってくるのが先だと思いまして」

しんちゃんはもう、わたしのことなんて、眼中にもない。母親の腕のなかから、「あんた、誰？」と言いたげな瞳でわたしを見ている。

彼女の説明によると、近くの駅の裏手にあるアパートで暮らしている妹さんが急に産気づいてしまい、姉に電話でＳＯＳを送ってきたらしい。

「おかげさまで、今は産院におりまして、陣痛も一段落したところです。生まれるのは今夜か、あしたの早朝になるらしくて」

母親の言葉を、しんちゃんが遮った。

「ママ、ママ、帰る。おうちに帰る。はやくぅ」

帰り道、野菜畑の前の路肩に出ている屋台で、トマトときゅうりと、泥と葉っぱのついた人参を買った。今夜はひとりきりの夕飯だから、ご飯にお漬け物に、トマトときゅうりのサラダ、冷や奴でじゅうぶん。それから、冷蔵庫にある野菜と果物とこの人参をミキサーにかけて、ジュースにして飲もう。何があったっけ？　苺、ブルーベリー、桃、あんず、さくらんぼ。野菜は、セロリ。

きれいな色のジュースを飲みながら、ゆうべ明典さんに中断された、好きな本のつづきを読もう。何度、読んでも、読み返すたびに、好きな一文が増えてゆく、お気に入りの物語。

主人公は今、珊瑚礁に夢中になっている。わたしが小鳥に夢中になっているのと同じように。好きな人の不在を耐え抜くために、わたしたちには、夢中になるものが必要なのだ。その珊瑚礁が主人公を、思いもよらない場所まで連れていってしまう。わたしも小鳥にそうされるのだろうか。主人公の珊瑚礁は白化し、わたしの巣は空っぽになる？

部屋にもどって、すべての窓をあけ放す。外の風を取り込む。来週は九月。夏の暑さはほんの少し、やわらいできている。

台所のカウンターに、トマトときゅうりと人参の入っている紙袋――新聞紙でつくられている――をドサッとおろした時、ふっと背中に視線のようなものを感じて、ふり返ると、食卓のまんなかに、長方形の包みが置かれていた。一瞬、寂しさが羽を広げて、ぱっと飛び立つ。見慣れた書店の包装紙。ピンクのリボンの印刷された、銀色のシールが貼られている。この書店は、最寄りの駅前にあるお店ではなくて、ここからふた駅先の、急行電車が停まる大きな駅のビルのなかで営業している大型書店だ。

逸る気持ちをなだめるようにしながら、包装紙を丁寧に剝がす。本は二冊。一冊は、子ども向けのぶあつい図鑑。タイトルはずばり『ことり』。

「図鑑はね、大人向けよりもむしろ、子ども向けのものの方が、解説がわかりやすくて好きなの」

わたしの言ったことを、覚えてくれていたんだなと思う。

もう一冊は、洋書。タイトルは『BIRD FEEDER GUIDE』——バード・フィーダー・ガイド。ぱらぱらっと開くと、小鳥の写真のそばに、その小鳥の好む木や実や草花の写真が載っている。こういう木や植物を見かけたら、そこには、こういう小鳥が集まってきますよ、というガイドブックにもなっている。明典さん、腕によりをかけて選んだな、と、我知らず、頬がゆるんでしまう。

二冊の本を胸に抱きしめて、思った。ということは、明典さんはきょう、わざわざ電車に乗ってこの大型書店まで出向いていき、これらの本を買い求め、家に置きにもどってきて、それからふたたび家を出ていったことになる。「出張」に出かける前に、わざわざ。

その「わざわざ」に、愛情を感じた。これは愛情ではなくて、これから一週間つづく出張の埋め合わせ、なのかもしれないけれど、それでもいい、それでも嬉しい、と、わたしは思う。思ってしまう。

「そんなことで喜ぶなんて、馬鹿げてる。人が良過ぎる。あっちは虫が良過ぎる。みずきは甘く見られて、いいように利用されているだけよ」

などと、いくら友だちに言われても、それでもわたしは、馬鹿でいいと思う。賢くなんて、なりたくない。賢くなって、彼女曰く「幸せを摑みたい」とは思わない。馬鹿のままで、不幸のままでいい。それが、人を好きになるということではないかと、開き直っていたい。幸せは、摑み取るものじゃないのよ、いつも、ここにあるものなのと、胸を張って言い返したい。

「俺はね、みずきがいてくれるだけでいいんだ。こうしてみずきと一緒にいられるだけで、俺はいいんだ。また一週間、がんばろうって思えるんだ」

これが幸せでないとしたら、いったい何が幸せ？

そうだ、明典さんにお礼の電話をかけておこう、と、思い立つ。今はまだ、新幹線に乗っているところかもしれない。留守番電話になっていたら、ひとことだけ「ありがとう」を録音しておこう。

携帯電話を開いた瞬間、家の電話が鳴り響く。鳴り方でわかる。明典さんからだ。

「はい」

「もしもし俺。ああ、お帰り。今、帰ってきたか。どうだった、イベントは」

何から話そうかと考えるまもなく、たちまち、明典さんのペースに巻き込まれる。

「こっちは今、名古屋を過ぎたところ。東京駅を出たばかりのところで、新幹線の故障か何かで突然、止まってしまってさ。大変だったよ、閉じ込められて。うんざりした。みんなぶうぶう言ってた。まあ、結果的には三十分ほどだったんだけど、二時間にも、三時間にも感じられたよ。日頃のおこないが悪いせいかなあ、こんな目に遭うなんてさ」

「あの……」

本のお礼がなかなか言えない。わたしよりも先に、明典さんに言われてしまう。

「気に入ってもらえたかな？　どう？　洋書の方は、店員さんにすすめられたんだけどさ。俺はね、載ってる鳥が北米の鳥ってことで、役に立つのかどうか、疑問を感じたんだけど」

「そんなことない。ちっともない。写真を見ているだけで、きれいで、楽しくて、それにアメリカにはこんな鳥がいるのかと思うと、世界が広がって」

そこまで話した時、はっとした。明典さんの様子がなんだか変だ、なんだかいつもと違う、と、直感のようなものが働いた。根拠はない。まったくない。虫の知らせとしか、言いようがない。

「もしもし、明典さん、聞いてる？　どうかした？」

「ああ、いやいや、どうもしてないよ。そういえばさ、こないだ、みずきにCCで送ってもらった同窓会関係のメールの返信が、そっちにどんどん届くかもしれないけど、無視してくれたらいいからね。読まずに消してくれていいから。っていうよりも、無視してくれる？」

なぁんだ、そんなことが気になっていたのか。確かにあのメールは、わたしのアドレスから送ったものだから、受け取った人が返信キーを押して送信すれば、返事はここにも届くだろう。胸を撫でおろしながらわたしは言った。

「わかった。無視するから、気にしないで」

「どうせ、書いてあるのは、中年のおやじとおばさんの下らない愚痴ばかりだから。あ、ごめん、今、会社の人間から連絡が」

そこで電話は唐突に切れた。新幹線のなかからの電話だったので、そういうこともあるだろうと思った。

受話器をもどしたあと、何気なく、パソコンの前に立った。明典さんが小さなことを気にしていたのが可愛くて、人さし指でキーボードを軽く、ぽん、と叩いてみた。スリープモードになっていた画面がよみがえった。白い光を放って。

少し前まで、明典さんはここに座っていたのかもしれないなと思いながら、わたしは椅子に腰かけた。

メールボックスをチェックすると、新着メールが複数、届いていて、ほとんどはわたし宛てのものだったけれど、一通だけ、明典さん宛てのものが含まれていた。読まずに消そうと思った手がふと止まったのは、メールのタイトルが「おめでとう！！！　サクラがサイタね！」となっていたからだ。

明典さんに、何かおめでたいことがあったんだな、と思った。明典さんの苗字は、斉田だから。でも、どんなおめでたいことが？　わたしのまったく知らない、おめでたいことって、何？

ざわざわと胸騒ぎがした。サクラがサイタ？　桜が咲いた？　意思とは反対に指が動いて、「無視して」と頼まれたばかりのメールをクリックしていた。罪悪感よりも、自己嫌悪よりも強い何かに、突き動かされていた。

文面は、短かった。

〈返事が遅れてごめん。もちろん出席。ところで、美樹（みき）から聞いたよ。ついに念願のパパになったサイタの顔、じっくり見てやらないとね。とりあえず、おめでとう！〉

ついに、念願の、パパに、なった？

驚きはまだ、やってこない。この一文に、どんな意味があるのか、まだ、摑めないでいる。夏の終わりの夕まぐれ。幸せが、まっ黒な夜の闇に吸い込まれてゆく。「ママ、ママ、帰る。おうちに帰る」――なぜか、幼い男の子の声が、あたりにこだましている。気まぐれな運命の神様が最後のページを捲る、白い指先が見えた。

盗賊かもめ

Anzu & Mickey

こうしてあなたにお目にかかるのも、きょうで最後になりました。

ほんまに、こんな話でええのやろか、こんなしょうもない、ウダウダした話が何かの役に立つのやろか、と、いまだに疑問を感じてますけど、私としては、時には愚痴や悩みを聞いてもらったり、時には秘密を共有してもらったりして、密度の濃い楽しい大人の時間を過ごさせてもろうたと、感謝の気持ちでいっぱいです。

ほんまにおおきに、ありがとう。

長かったような、短かったような、あなたとの時間、楽しかったです。

それにしても、最後にお話しせんならんのが、愛するミッキーとの別れの話やなんて、これは偶然にしてはでき過ぎやし、皮肉を通り越して、喜劇やね。あ、念のために言っとくけど、悲劇やないよ、喜劇よ。悲劇なんて、そんなかっこええモンは、私には似合わない。あなたもそう思うでしょ？　私には、喜劇がお似合い。

だから、どうぞ、げらげら笑ってやって。あなたの笑いで私の涙を吹き飛ばして、そうして、乾かして欲しいの。

たぶんあなたにも、経験がおありなのではないかと思いますが、別れ話というのは、だいたいにおいて、そんなに簡単に、いっぺんで片がつくものとは違います。ふたりのつきあいの濃度が濃ければ濃いほど、一緒に過ごした時間が長ければ長いほど、言ってしまえば、愛が深ければ深いほど、別れ話はもつれますし、こじれますし、からみ合ったまま、ほどけなくなってしまうこともあります。あ、これもまた、念のためやけど、ここで私が言っている「別れ話」というのは、好きなのに別れんならん、別れたくないのに別れないといけない、そういう別れのことよ。たとえば、どっちか片方が相手に愛想を尽かしたとか、嫌いになったとか、ほかに好きな人ができたとか、はっきりした理由があった上での別れやったら、火花が散り、罵声が響き、茶碗が割れることはあっても、からみ合ったまま、ほどけなくなるようなことはないでしょう。

　しかしながら、逆もまた真なりで、これは人間関係における非常にシンプルな大原則やと私は思うんやけど、どんなに愛し合っていても、ふたりのうち片方が「終わりや」と思ったら、その関係は、終わりなんやね。例外は、ありません。恋人や夫婦に限らず、友だちや親子関係だって、同じこと。表面がどう見えていようと、切れてるモンは切れてるし、つながってるモンはつながってる。そういうことなんやね。人と人の結びつきというのは、実のところはこのように、まことにあっさりとした、わかりやすい、脆い儚いものでもあるんやね。

前置きが長くなりました。いえ、能書きが長くなったと言うべきか。さっさと本題に入れと言いたいでしょ？　わかってます。

正直なところ、私、自分で自分のしたことに、恐れをなしているのね。平たく言えば、びびっているの。ミッキーと別れてしまったことに対して。本当にこれでよかったのかどうか、いまだにわからないし、これから先もずっと、わからないのかもしれないと思うと、暗澹たる気持ちになります。

まだ全然、吹っ切れていないの。引きずっているの。ずるずるずるずる。鼻水みたいにね。ごめんなさい、汚いたとえで。

妊娠に気づいた時、私の体のなかで、「別れ」が生まれていました。そう、赤ん坊、イコール、別れです。妊娠三週間イコール、別れの決意三週間分。妊娠二ヶ月半イコール、別れ二ヶ月半……という風に、小さな命が成長していくにつれて、別れにも目鼻がつき、性別が判明し、次第に人の形を成してきて、ある日、別れは元気に私のおなかを蹴り始めた、とでも言えばいいのでしょうか。

いつ話そう、いつ切り出そう、きょうこそ話そう、あしたこそ。

毎日、毎朝、毎晩、そんな気持ちを抱えて、私はミッキーと一緒にごはんを食べ、一緒にテレビや珊瑚のＤＶＤを見て、一緒に笑い、一緒にお風呂に入って、背中を流し合ったあと、一緒に寄り添って寝て、奥さんのところへ帰さんならん日は「行ってらっしゃい」と、つくり笑顔で送り出し、私のところにもどってくれば「お帰りなさい」と、本物の笑顔で迎え入れていました。前みたいに、ちょっとしたことで――と言っても、私にとっては決して、ちょっとしたことではなかったわけやけど――口喧嘩をすることもなくなり、私が「寂しい」とすねたり、「泊まっていって」と泣いたりすることもなくなっていたので、何も知らないミッキーは、

「この頃、なんや知らんけど、あんずは聞き分けのええ、機嫌のええ、ええ子になったなぁ。成長したということなんかなぁ」

などと言って、にこにこしているのです。

私がミッキーとの暮らしに心から満足していて、この暮らしは、自分が無理に今すぐ離婚なんてしなくても、永遠につづくはずと、信じ切っている表情。今年の春、沖縄旅行へ行けなくなったのも、私の会社のシフトの都合で、どうしても休みがうまく取れなかったためと、信じて疑っていない。ああ、何も知らない、なんてかわいそうなミッキー。

台所で洗い物をしながら、居間で手足を伸ばしてくつろいでいる、幸せそうなパンダみたいなミッキーの姿をちらちらと盗み見しながら、私は思っていました。

その時、私が思っていたこととは――

こんなことを言うと、あなたは驚くかもしれないし、あなたの背筋はぞっとするかもしれないし、きっと私のことを、なんて冷酷で非情な女なんやろう、と、軽蔑するかもしれないけれど、その時、私が思っていたこと――これを話さずして、何をか話さんや。それは、今ほどミッキーを愛している時間は、今まではなかった、ということです。

つまり、別れを決意し、決意しているのにまだ打ち明けていない、私の子宮のなかだけで、ひそかに愛と別れを育んでいる今、つまり、この人を心底、裏切っている今こそ、私はこの人を、かつてないほど愛しているというこの自覚。これが、愛の正体やったんやね。あくまでも、私の愛の正体、ということですけど。

「なぁ、ミッキー、話があるんやけど……」

「なんや、どんな話や。ええ話か？　ええ儲け話やったら乗るで」

「そんなんとは違うの。あのな……聞いてるか？」

「聞いてるがな、さっきから、耳が地獄になっとるわ。なんやねん、早う、言うてみ。悩みがあるんやったら、俺が解決したるがな。不可能なことはみな、俺が可能にしたる」

得意げに胸を叩かれて、私には返す言葉もありません。

そんなこんなで、別れ話を切り出せないまま、時だけが流れて、十月五日。

その日は、私が子どもの頃、目に入れても痛くないほど可愛がっていた猫の命日やった。名前は、プチ。プチの力を借りて、私はミッキーに別れを言い渡そうと決意したの。妊娠も別れも、もう、あとへは退けへんところまで進んできていました。なんとはなしに、おなかの膨らみも目立ち始めていたしね。「この頃ちょっと、太ったんと違うか」なんて言われるたびに、ひやひやしていたの。

考えに考えた末、私はミッキーに手紙を書いて、プチ家出をすることにしました。ミッキーが奥さんのもとから、うちにもどってくることになっていた十月五日。用意周到に、私は食卓の上に別れの手紙を置いて家を出、その日からしばらくのあいだ、友だちのアパートで寝泊まりをさせてもらい、そこから会社に通う段取りをつけておきました。こうしておけば、ミッキーは、手も足も出せないと思ったんです。

手紙には、一世一代の大嘘を書きました。「私には好きな人ができた。私はその人の子を身籠もっています。その人はあんたと違って、ぴかぴかの独身。だからあんたとは別れて彼と一緒になり、子どもを産んで家庭を築き、私は幸せになります。今まで色々ありがとさん。バイバイ」——まあ、要約すると、こんな内容の手紙です。

十月五日の夕方には予定通り、会社から友だちの部屋にもどって、彼女と一緒に近くの居酒屋に食事に行き、おしゃべりに花を咲かせ、夜は泊まらせてもらって、次の朝はごく普通に出社。普通に仕事をして、何事もなく時は過ぎ、別れは順調に進行していくかのように見えました。ミッキーは前の晩、衝撃の手紙を読まされ、怒り心頭に発したものの、妻ある男の哀しさよ、地団駄を踏んでくやしがりながらも、なす術もなくあきらめて……ところが、すっとこどっこい、そうは問屋が卸しません。

異変が起こったのは、昼休みです。十二時半過ぎ、ランチを食べに行こうとして、鼻歌交じりで事務所から出たところで、私は「うっ」と呻きながら、右手で口もとを押さえて、その場に凍りついてしまいました。悪阻です。実際に吐くわけではなくて、吐き気がするだけ。もう、慣れていました。でもその時、呻いたのは、悪阻に加えて、そこに、ミッキーがいたから。

そうなんです、ミッキーは真っ昼間に私の会社までやってきて、事務所の前で仁王立ちになって、私を待ち伏せしていたの。いったいどんな理由をつけて、学校を抜け出してきたのか。ミッキーの恰好は、ジャージーの体操服の上下。授業と生徒を放り出して、駆けつけてきたのでしょうか。ミッキーの勤めている中学校から、私の会社までは、どんなに上手にバスと電車とタクシーを乗り継いでも、一時間半強はかかります。往復三時間、教師が学校を抜け出せるものでしょうか。

「あれっ、どないしたん、ミッキー」

私の口からは、場違いなほど明るい、甲高い声が出てしまいました。場違いなところで、場違いな人を見つけたという感じ。素直な驚き。自分が一方的な別れの手紙を突きつけてきたことさえ、一瞬、忘れてしまっていました。しかし、そのあとにやってきたのは、足もとで爆竹が鳴らされたみたいな驚きでした。

「どうもこうもない。これ、返しにきたんや。こんなしょうもないもん、俺は一文字も読んでへんからな。わかったか。わかったら、さっさと仕舞っとけ。いや、破って捨てとけ、こんなもん。人をコケにしてからに」

今までに一度も聞いたことのない、冷たい、いっそ、おどろおどろしいと言ってもいいようなミッキーの声と、口調と、顔つきと目つき。驚かされたのは、それらだけではなくて、ミッキーが私の手に無理矢理、握らせようとした、私の手紙。そしてその手紙は、封筒に入ったまま、封を切られていない。その時には、そのように見えていました。だから、ドキドキしていた私の心臓とは裏腹に、また明るい声が出てしまったの。

「えっ、嘘、なんで？　読んでへんの？　手紙、読んでへんの？」

狐につままれたような気分とは、まさにこのことやと思いました。拍子抜け、あるいは、腰砕けでしょうか。それにしても、読んでもいないのに、なんでミッキーには、この手紙に「しょうもないことが書かれている」と、わかったのか。読むべき手紙ではない、頭に来るようなことが書かれている、ということが、なんで、読まないのにわかるのか？

そう、その答えは、ミッキーは手紙を読んでいたから、です。

よく見ると、手紙の封は一度、切られたものをもう一度、ご丁寧に貼り直してあるとわかりました。ったく、下手な小細工をしてからに。なぁんや、やっぱり、読んでたんやないか。と、般若の笑顔で言おうとしたけれど、言えなかった。言葉が喉の奥に、すぅっと吸い込まれていくようやった。ああ、私は、途方もなく残酷な仕打ちを、この人にしたんやなと、その時、初めて、自分で自分のしたことの意味を、認識できたように思いました。同時に「これで、別れられるな」と、悪魔のように思っている自分もいました。

ミッキーは混乱していました。いったん私に渡した手紙を乱暴に奪い返すと、私の目の前で二つに、四つに、びりっびりっと引き裂いて、握りつぶした紙片を地面に叩きつけるようにして投げつけ、足でぐりぐり踏みつけました。まるで、煙草の吸い殻を踏み消すようにして、何度も何度も。「こんなもん、書きやがって、許さん」と言いながら。

そこへ、早めに昼休みを取っていた職場の同僚ふたりがもどってきました。

さすがにミッキーは、きちんとした社会人です。お子様ではありません。きちんとした所作で同僚たちに挨拶をし、修羅場のさなかでありながらも、「いつも都築がえらいお世話になっております」とまで言い、あたかも私の兄か親戚気取りで、難なくその場をやり過ごしました。私はおとなしくお地蔵さんになったまま、そんなミッキーを見つめていました。同僚のうちひとりは、私とミッキーの関係について、大筋の事情を打ち明けている人やったので、彼女はさぞ心配しているやろうな、あとでちゃんと事の次第を説明しておかなあかんな、などと、思っていました。

「とにかく今晩、家でじっくり話を聞こうやないか。ええか、ちゃんと帰ってこいよ。待っとるからな」

一方的に言い置いて、ミッキーは去っていきました。そのうしろ姿を見送りながら、私ははっきりと理解していました。散らばった紙片を一枚一枚、拾い上げながら、自覚していました。今夜、私が部屋にもどっても、ミッキーはもどってこないんだということを。実際には私はもどり、ミッキーももどってくる。私たちは、話し合う。もしかしたら、一緒にごはんを食べながら。もしかしたら、ミッキーがわざわざ買い求めてきた、私の大好物の穴子寿司をつまみながら。でも、私はもう、もとの私ではないし、ミッキーももう、もとのミッキーではない。私たちはもう、終わってしまった。今までの私たちは、どこにもいない。私たちの部屋には、誰もいない。たとえば、引き裂かれた手紙をジグソーパズルみたいにつなぎ合わせて、裏からテープで貼ったとしても、もとの手紙にはならへんでしょう。これが、別れです。別れとは、こういうことなんです。もどってこないんです、ふたりとも。

さて、ここからは、とても悲しい話をしなくてはなりません。

そう、さっきから、あなたが訊きたくて、うずうずしている問いかけに、私は答えないといけません。

光ちゃん、こと、光喜くんのことです。

光ちゃんは、私の妊娠を知りません。知らないままで、彼はひとりで逝ってしまいました。もしも知っていたら、幾度そう思ったか、知れません。もしも知っていたら、彼は死ななかったのではないか。もしも知っていたら、彼は死なずに済んだのではないか。もしも知っていたら、彼はあの夜、石段の上から、飛び降りることはなかったのではないか。

もしも知っていたら――

けれども、この世には、人生には、「もしも」は、存在しないんです。意味がないんです。

「もしも」ほど空しい言葉を、私は知りません。

真柴先生の話によると、光ちゃんはその夜、友だち数人と遅くまで飲んだあと、タクシーを拾って、いったんは自宅に向かっていたそうです。酔ってはいたけれど、意識ははっきりしていたらしくて、タクシー乗り場で別れた友だちも、特に何かが変とか、気になるとか、そういうことはまったくなかった、とのこと。また、タクシーのなかから、光ちゃんは恋人に、携帯メールを送っていたそうです。そこにも、特別なことは何も書かれていなかったようです。それどころか、次のデートの日時の確認までしていたみたいやった。

しかし、光ちゃんの頭のなかではその夜、何かが起こっていたのでしょう。衝動的だったのか、計画的だったのか。光ちゃんは途中でタクシーを乗り捨て、三十分ばかり――車から降りた場所と、発見された場所は、それくらい離れていたそうです――ふらふらと歩いて、町中にある墓地にたどり着きました。そこには、光ちゃんの尊敬している有名な劇作家のお墓があり、桜の名所としても知られていて、いわば、光ちゃんのお気に入りのスポットのひとつでもあったようです。この話は、光ちゃんの恋人が真柴先生に語ったそうです。

おそらく光ちゃんは、敬愛する劇作家のお墓参りをしたあと、またふらふらと歩いて、ふと気がついたら、墓地のかたすみにある、石段の最上段に立っていた。真柴先生はあとで、石段の数を数えに行った、と言うてはりましたけど、その石段は、二十三段、あった。通路としてはほとんど、誰にも使われることのない、区画整理か何かがあったのに、なんらかの事情で取り除かれないまま放置されている、古い古い石段です。ところどころ崩れかけていて、苔むしている石段。実は私もあとで、見に行ったの。百聞は一見にしかずとはこのことで、実際に見てみると、その石段は恐ろしく急で、幅も狭くて、最上段に立っただけで、足もとがすーっとして、しゃがみ込んでしまいたくなるほど怖かった。

警察の話では、酔っていた光ちゃんは、石段から足を滑らせて転落し、頭を打って血を流して倒れているところを、早朝、通りかかった人に発見され、病院に運び込まれた、とのこと。そして、意識不明のまま手術を受け、意識を回復しないまま、息を引き取った。発見されるのがあと一時間、早かったら、助かっていたかもしれない、と、手術を担当したお医者さんは真柴先生に話したそうです。けれど、脳外科医である真柴先生には「助からん方が、よかったんかもしれん。天使が息子を連れ去ってくれた」と思えた。「命は助かっても、意識は一生、もどらへんかったやろうな。脳にはそれくらいの損傷があった」――。

ここからは、私の想像。あくまでも想像やし、想像の域は超えてへんと思いますから、聞き流しておいて下さいね。

私、光ちゃんは足を滑らせたのではなくて、飛び降りたんや、と思うんです。なんでそう思うのか。根拠はありません。これは、カンや、としか、言いようがありません。女のカンや、と、言わせてくれますか？　たった一度だけやったけど、肌を合わせたことのある女のカンや、と言えば、もっとうまく意味が伝わりますか？

光ちゃんにせがまれて、しかしみずから進んで光ちゃんとベッドをともにした時から、私は漠然と感じていたの。いつか、こんな日が、光ちゃんが自分で自分の人生に決着をつける日が、来るのではないか、と。

それやったら、なんで？

なんで、なんとかせんかったのか。なんとかして、事前にそれを食い止めることが、私にはできたんやないか。髪の毛を掻きむしりながら何度、自分を責めたことか。でもすべては、今にして思えば、ということに過ぎません。今にして思えば、そんな予感があったなぁ、ということ。言い換えると、光ちゃんが死なへんかったら、そんな予感はなかったことになる。要は、あとの祭りということです。

自殺した人のことを、あなたは弱い人間やと思いますか？

私は思いません。それどころか、強い人間やと思います。尋常ではない強さです。だって、ちょっと考えてみて。思い浮かべてみて。あなた、死ねますか？　急な石段の上から飛び降りられますか？　頭から突っ込むのよ。怖いでしょ？　足が竦むでしょ？　怖くて、自殺なんて、できへんでしょ？

誰がなんと言っても、半分は間違っているとわかっているけれど、私は、私だけは、光ちゃんのしたことを決して否定するまいと思ったの。悲しむだけ悲しんだら、そのあとは、光ちゃんの死を受け入れ、おかしな言い方になるけど、光ちゃんの生き様(ざま)を肯定し、褒めたたえてあげようって、決めたの。よく生きたね。りっぱだったよって。そうしないと、光ちゃんが、浮かばれない。死んだあとも「なんで死んだんや、いくじなし」って言いつづけられたら、あの子がかわいそう。死というのはね、美しいんです、無条件で。誰の死も、平等に、美しい。そう思わんと、やってられん。

どんなに怖かったやろう、と、思います。飛び降りる直前には、どんなことを考えていたんやろう。ひとりぼっちで、寂しかったやろうな。誰かに止めて欲しかったんと違うやろか。私はその時、何をしてたんやろう。

私は部屋でぐうぐう寝てたんです。私の隣にはミッキーが寝ていて、平和な鼾をかいていたに違いありません。

何度目かの別れ話で、私はやっと、本当のことをミッキーに話しました。妊娠していることも含めて、誰の子かということも、光ちゃんの死も隠さず、洗いざらい。

真実を知ったミッキーは、うなだれて、しばらくのあいだ、顔を上げようとしなかった。じっと自分の太ももを見つめていました。まるでそこに、答えが書いてあるかのように。どういう顔をしたらいいのか、思案していたのでしょうか。どういう態度を取ろうか、取るべきか。私も黙って、ミッキーの下す決断を待っていました。

ゆっくりと顔を上げて、私を見返したミッキーは、優しい笑顔になっていました。それがミッキーの選んだ顔やったのでしょう。

「ようわかった。ひとりで産んでひとりで育てる。それが、あんずの出した最終的な結論なんやな。それやったら、俺はそれを尊重するよ。応援する。尊重して、応援する代わりに、ひとつだけ、条件がある」

ミッキーから出された条件とは、私が無事この子を産んで、ある程度、大きくなるまで、ふたりのつきあいは、ほとんど今まで通りにしたらどうか、というものです。ミッキーらしいと思いました。号泣したいくらい、嬉しかった。けど、断りました。きっぱりと撥ねつけました。だって、そんなことしたら、未練が募るだけです。そんなことしたら、私が甘えて、いつまでもミッキーを頼りにするだけです。元の木阿弥です。

最初にお話しした通り、別れ話は、こじれました。もちろん、口汚い言い争いもしましたよ。相手を責めたり、責められたりね。口論を重ねるなかで、ミッキーも本音を漏らして、時にはぶちっと切れたりもしました。だって、私は、ミッキーという人がいながらも、ひと晩だけやったとはいえ、ほかの男、しかも、若くてハンサムなもと義理の息子と関係を持った、盛りのついためす犬なんやからね。

私は私で、負けずに言い返しました。元はと言えば、あんたの奥さんの顔を見てしまったことで、やけくそになって、私は光ちゃんと……だから、こうなったのは全部、あんたのせいやないかと、私はわめきちらしてやったの。そこまで私のしたことをどうのこうの言うんやったら、今すぐ、離婚してこい！　身ひとつになって出直してこい！　ってね。

でも、ある日を境にして、ミッキーはふっと、あきらめたようでした。何かがミッキーに決意をさせたのでしょう。「何か」とは、何か？　私には、わかりません。ミッキーの家で何かがあったのかもしれないし、家族に何かがあったのかもしれないし、それともただ単に、心境に変化があったのか、醜い言い争いに、ほとほと疲れ果ててしまったのか、とにもかくにもある晩、ミッキーが「わかった」と、別れを承諾する恰好で、蠟燭の火がふっと消えるように、決着がつきました。

翌日の夕方、彼は私に、縦長の茶封筒を差し出しました。その封筒を私が受け取ったら、自分はもう二度と、この部屋へはもどってこないし、私のことはきっぱりあきらめると言うのです。

「こんなもん、受け取りたくもないやろうけど、あんずに今、一番、必要なんは、これしかないと思うし、受け取って欲しい。額が足りんかったら、言うて。俺にできる限り、援助するから」

「援助交際か。いまどき、古いで。けど、助かるわ。遠慮なくいただいておく」

私はずっしりと重い封筒を受け取り、私たちは穏やかな笑みを交わし合いました。

最後に「和平成立の握手」でもして別れようか、と、私が言うと、ミッキーは、

「なんならキスでもええで」

と、唇を突き出してきました。

「きょうのお昼に、ガーリック入りのパスタ食べたばっかりやし、かなり臭いで」

「ああ、俺もな、餃子定食の餃子二人前いうのを食べたんや。負けへんで」

どこまでが笑い涙で、どこからが悲しみの涙なのか、区別がつかなくなっていたけれど、私は目尻に滲む涙を拭いながら、差し出された手を握り、柔らかなミッキーの手のひらをひしと握りしめ、真面目に握手をし合って、ぱっと離して、別れました。

互いに、ええ恰好しぃなところがあるので、最後はわりとさっぱりと、爽やかな別れになったんやないかと思います。


きのうは会社の公休日でした。

朝一番に、京都市内の病院まで定期検診に行って、赤ん坊がすくすく育っていることを確認し、それから市バスに乗って、駅前までもどってきました。そのバスの窓から見えていた鴨川と、秋色に染まった河川敷の遊歩道と、川べりをそぞろ歩いてゆく人たちの姿と、それらを悠然と、空から見おろしながら舞っている、ゆりかもめの姿がありました。

ああ、かもめや、かもめ、かもめしかない、と、私は思いつきました。

私の赤ん坊は、女の子です。娘の名前は「かもめ」にしようと決めました。この子は、かももちゃん。どう？　可愛い名前でしょ？

　そしてきょう、ここに来る前に、会社の近くにあるお気に入りの図書館——「無人島」と勝手に名づけている——に立ち寄って、かもめについて、色々と調べてきたの。最近、この図書館には、鳥の本が増えたみたい。楽しかったよ。かもめとひと口に言っても、実にさまざまな種類があるんやね。

　ゆりかもめはね、かもめのなかでは最も体が小さいの。波の静かな海辺や川の近くで暮らしてて、食べ物は昆虫やみみず。ゆりかもめよりも大きなのが、こあじさし。こあじさしはね、川や湖や海にばしゃっと飛び込んで、魚を獲って食べるの。ほかにも、猫みたいな声で鳴く海猫、背黒かもめ、大背黒かもめ、わしかもめ、白かもめ、三つ指かもめ。ひめ首輪かもめ、なんて名前のかもめもいるの。大背黒かもめというのは、北海道でよく見られるかもめで、背中の毛が黒いのね。魚のほかに、蟹や雲丹（うに）、ほかの鳥の卵や雛を食べたりもするのよ。

　なかでも、私の心をぐっと鷲掴みにしたのが、盗賊かもめ。なんや、いかにも悪そうなかもめでしょ。

　だって、盗賊よ、盗賊。

　盗賊かもめはね、自分で獲った魚も食べるけど、その名の通り、ほかの海鳥に襲いかかって、その海鳥がつかまえた餌を奪い取って、食べることが多いの。時には餌を吐き出させてね、げろを喰らって生きてるの。たくましいというか、凄まじいというか、悪賢いというか。でも私には、そこがなんとも言えず魅力的。あっぱれやと思うの。

生きていくためなら、なんでもする。生き残っていくためなら、なんでもする。たとえ人から何かを奪ってでも、サバイブしていく。

盗賊かもめに、私はなりたかった。

なれなかったけれど、なりたかった。

ミッキーの奥さんに襲いかかって、ミッキーを奪ってやりたかった。できなかったけれど、そうできたら、どんなによかったやろうって思ってる。今も。今、この瞬間も。

だって、愛というのはね、奪うものでしょ。好きやったら、人から奪ってでも、自分のものにしたいと思うものよ。甘いきれいな薄紙に、幾重にもくるまれている愛情から、その薄紙をどんどんどんどん剝いでいけば、最後に残っているのは「盗賊かもめ」よ。

愛にはね、奪う喜びと奪われる喜びの、両方があるの。どちらが欠けていても、それは愛とは呼べないの。奪って、奪って、奪い尽くして、相手をすっからかんにしてしまって、だけど、自分も、持っているものは全部、相手に差し出して、すっかり裸ん坊になって、裸と裸で愛し合うんやね。それが私にとっての、理想の愛。結局、私にはそこまでの勇気も度胸もなくて、途中で投げ出してしまったわけやけど。

最後にもうひとつ。

あなたにお見せしたいものがあります。

かもめのことを調べたあと、書棚と書棚のあいだをぶらぶら歩いている時、ぱっと目に飛び込んできた本があったの。中学生の時分からずーっと好きで、読みつづけてきた作家、田辺聖子さんのエッセイ集。これです。一九八五年に出版された本。

ね、あけてみて、ぱらぱらっと。

ほら、ページの角がところどころ、折れてるでしょう。

きっと、この本を借りた誰かが、あとでノートに書き写そうと思ったのか、忘れないでいたいと思ったのか、そんな言葉や文章のあるページの角を折って、折ったまま返却したんやろうね。もしかしたら、ページを折った人は、複数いるんやろうか。

私はつい夢中になって、その、角が折れたところをつぎつぎに読んでいったの。エッセイ集自体は、前に読んだことがあったから、だいたいの内容は覚えていたんやけれど、細かいところは忘れてた。けど、読んでいくうちに、思い出した。ああ、そうやった、私も励まされた、私も慰められた、この、誰だか知らない人が読んで折ったページと同じところを読んで、私も元気をもらった、笑顔になれた、そういう日があったなぁって。

そうして今の私は、この作家が、この本を読んだ人が、ページを折った人が、どこかで私を応援してくれているような気がしてならないの。

盗賊かもめにはなれなかった私やけれど、私は、盗賊かもめの強さを見習って、生きていこうと思います。私のおなかのなかで育っていく、やがては私から巣立っていく、ひとつのまっ白な「未来」とともに。

死なないで――

私は、あなたという人を通して、誰かに、たくさんの人たちに、たったひとりの人に、呼びかけたいと思います。このエッセイ集のタイトルにもなっている言葉。

死なないで――

もしも今、なんらかの悩みを抱えていて、あるいは、直面していて、たとえば愛していた人に裏切られて、死にたいくらい絶望していても、どうか死なないで、あなたの人生を、あなたの信念を貫いて、生きていって。

生きていくことは、死ぬことに比べたら、ぶざまで、不恰好で、美しくもなくて、苦しいことだけが多いのかもしれへん。せやけど、それでも、生きてさえいれば、別れた人ともまたいつか、どこかで、再会できるかもしれないでしょ。次に会った時には、ミッキーが、誰かから私を奪い取りたいのに、奪うことができなくて、泣きを見ることになるかもしれないでしょ。ううん、もう二度と会えないにしても、大好きだった人と過ごした日々、黄金の時間を思い出して、なつかしんだり、愛おしんだりすることはできるでしょ、生きてさえいれば。かけがえのない「あの瞬間」がある日、突然よみがえってきて、まるで「今、この瞬間」に重なり合ったかのように胸が震えることだって、あるかもしれない。風に乗って、ふたりで交わした会話やキスがもどってくることだって。

強がりかな？

強がりやね。

笑ってくれていいよ。最後の最後まで、往生際の悪い女で悪かったね。

あなたに会えて、よかった。話を聞いてもらえて、幸せやった。また会おうね。年寄りになってからでもかまへんし、あの世でもいいし、ページの折れた本のなかでもいい。あなたにまた会えたら、嬉しいよ。

さようなら。

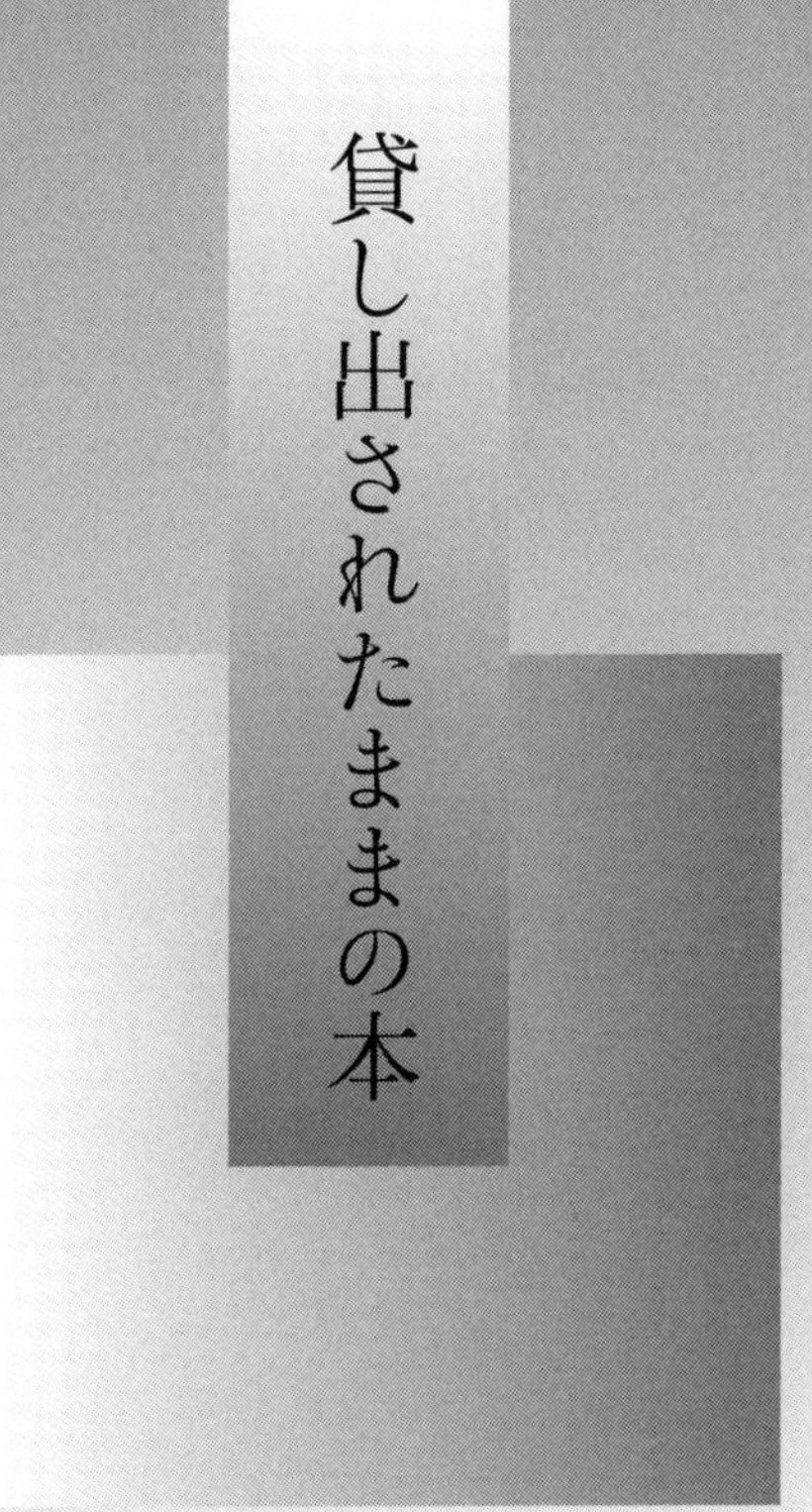

貸し出されたままの本

Mizuki & Akinori

風が好き。

誰かと別れたあとに、吹く風は特に。

久しぶりに親しい友だちに会って、紅茶を飲んでケーキを食べ、紅茶のお代わりもして、お水のなかの氷も溶け、グラスも空っぽになって、それでもまだ話が尽きなくて、時間だけが尽きてしまい、「また会おうね」と言い合って、駅の前で右と左に別れたあと、弾んだままの胸と火照った頰をすぅっと撫でてゆく、夜風のひんやりとした手のひらが好き。

好きな人がそばにいなくて、寂しくてたまらなくて、それなのに、だからこそ、ひどく悲しい物語を読みふけったり、涙が止まらなくなるような映画を観たりしたあと、ぱっと気分を切り替えようと思って外に出た時、焼き立てのパンの匂いや秋刀魚の焦げる匂いや金木犀（きんもくせい）や銀木犀の香りに乗せて、子どもたちの笑い声を運んできてくれる、夕方のもわっとした風が好き。行ったこともないくせに、カリブ海に浮かぶ島々の町や村に吹いているのは、こんな風なんじゃないかと思ったりする。

湿った心と涙を乾かしてくれる、風はいつでもわたしの強い味方。

ひとつの季節が終わって、新しい季節の扉が開く時、ページを捲る風の指先を感じる。冬から春に変わる時には、いたずらっぽい指先にくすぐられて、ちょっとだけ、涙が出そうになる。卒業とか、引っ越しとか、転職とか、春は何かが始まると同時に、誰かと別れる季節でもあるからだろうか。春先の風の指先は、くすぐったくて、せつない。滲むのは、甘い涙。だけど、秋から冬に変わる時のそれは意地悪で、容赦ない。風の指先は、わたしが胸の奥に仕舞い込んでいる水ぶくれ——ひとりぼっちのクリスマスの記憶——をつついて、わたしを泣かせようとする。苦い涙を流させようとする。でもそんな風が、わたしは嫌いじゃない。

色づいた葉を散らせ、樹木をすっかり裸にしてしまった木枯らしが、まるで忘れ物でも取りに来たかのような夏の顔をして、舞いもどってくる日がある。たいてい、十一月の終わりから十二月の初めにかけて。英語では「インディアンサマー」と呼ばれているらしい。冬だとは思えないような麗らかな南風が、一日だけ、朝から晩までそよそよと吹き抜ける。わたしはその日、職場の花壇に、水仙やヒヤシンスやクロッカスやムスカリの球根を植える。余った球根は、自宅の庭のかたすみに。来年の春の発芽と開花を夢見ながら、寡黙な夢を、土のなかに埋め込む。来るべき春、わたしがたとえひとりぼっちであっても、花たちがそばにいてくれますように。

すっきりと晴れ上がって、からっと空気の乾いている冬の午後、干しておいた洗濯物を取り入れようとしてベランダに立った時、強い風は吹いていないのに、洗濯物があっちへ行ったり、こっちへ寄ったり、朝とは位置が変わっていることがある。重なり合ったり、離ればなれになったりして。風のしわざだな、と、頬がゆるむ。風がわたしに話しかけてくる。「ほら、大丈夫、あなたは、ひとりぼっちじゃないよ」って。

いつものように、好きな人と一緒に早めの夕ごはんを食べて、でもそのあとで、わたしの知らない町に出かけていくその人を、見送らなくてはならない秋の短い夕暮れ時、あけ放したままにしておいた窓からびゅうびゅう吹き込んできて、季節はずれの風鈴をやかましく鳴らしながら、「まだ行かないで、どこへも帰らないで、ずっとここにいて」と、叫び出したいわたしに成り代わって、カーテンをばさばさ揺らしてくれる、頼りになる風が好き。もしもそんな時、一枚のシーツと毛布にふたりとも裸でくるまれていたなら、好きな人はきっと「ああ、ここから一歩も外に出たくなくなったよ」とつぶやきながら、わたしの体をぎゅっと抱き寄せてくれるだろう。そしてこう言う。

「ここはあったかいね。子どもの頃、冬の朝さ、布団から出られなくなって、困ったりしたこと、なかった？」

「あるある。お布団から顔だけ出して、ぐずぐずしてた。口から吐く息が白かった」

「ああ、俺もだ。このままずっと、みずきの息がかかるところにいたい」

つめたい風が連れてきてくれる、あたたかい会話が好き。

それでも、別れの時はやってくる。好きな人は手を伸ばして窓を閉め、風を遮断しておいてから、ひとりベッドを抜け出して、身支度を始める。「見送りには、来なくていいからね」と優しく、幼子に言い聞かせるような口調で言いながら。

「外は寒いんだから、風邪引くぞ」

それでも、わたしは見送る。彼を見送りに行く。そうしないでは、いられない。あわててそのへんに散らばっていた衣服を身に着け、髪の毛をひとつにまとめて、好きな人と並んで歩きながら、駅まで一緒にくっついてゆく。「来なくていいって言ってるのに」という言葉とは裏腹に、わたしの手を握りしめている人の手は、かすかに汗ばんでいる。情熱の名残りなのか、欲望の余韻なのか。汗にこもった熱を気づかせてくれる、別れ際の風。

もっと強く吹いて、もっと激しく、前後の見境なく吹いて、この手と手を離れなくさせて、と、わたしは寒風に願っている。祈っているのかもしれない。聞き入れられない願いであると知っていながら。離さないで、離れさせないで。

「行ってらっしゃい」

「行ってきます」

それでも、手は離される。まるで風と木の葉が会話をしているような「行ってらっしゃい」と「行ってきます」のあとに。どこへ行くのか、いつ帰ってくるのか。行くのではなくて、帰るのではないのか。そこで、誰が待っているのか。誰の手がこの人の手を握りしめるのか。その手はひとつなのか。もみじの葉っぱよりも小さな手も、あるのではないか。たくさんの、そして、たったひとつの思いを封じ込めて、それでも笑顔で、別れようとする。「気をつけてね」「早くもどってきて」「必ず電話して」「待ってるから」と、突風にくるくる舞う落ち葉のように。

懸命に持ちこたえている笑顔は、完璧なまでの泣き顔になっている。だからすぐに見破られる。叱られる。

「なんだよ、もう、今生の別れでもあるまいし、そんな情けない顔するなよ。だから、見送りに来るなって、言ったじゃない？」

「ごめんなさい」

わたしは謝る。誰に対して謝っているのか。好きな人に対してなのか、好きな人を待っている人たちに対してなのか、自分に対してなのか、わからない。

嘘をついて、ごめんなさい。わたしはもう、本当は、あなたの帰りを待ってなど、いないのかもしれない。それなのに、待っているふりをすることしか、できない。何もかも知ってしまったのに、何も知らないふりをして。意気地なしで、臆病者のわたし。だから、ごめんなさい。今はまだ「さようなら」を告げる勇気がない。

どうしたらいいのか、わからない、今はまだ。

わかっているのは、いつか、この見送りが、わたしたちの最後の別れになる——そんな日がやがて、やってくるだろうということ。今はまだ、ぐずぐずと先延ばしにしているけれど、それは確実にやってくる。

別れは、風が連れてくる。

その日、吹いている風を、わたしは好きになれるだろうか。


冬が始まったばかりの週末、東京近郊の町に住んでいる、弟の家を訪ねた。電車を乗り継いで、バスに揺られて、二時間以上もかけて。弟は九州への出張で家を留守にしていたけれど、弟の奥さんの志穂美(しほみ)ちゃんに誘われて、半年ほど前に生まれたばかりの姪、彼らのふたり目の赤ん坊に会いに行った。

「みずきちゃん、いらっしゃい。よく……ちゃいました」

上の女の子——今年の春に二歳になった睦美(むつみ)ちゃん——は、この一年に、数えるほどしか会っていないというのに、わたしのことをちゃんと覚えていて、文字通り「目に入れても痛くない」と言いたくなる笑顔で出迎えてくれた。

　みずきちゃん、と、本人は言っているつもりなのだろうが、わたしの耳には「みうき」と聞こえる。いらっしゃいは、いらっちゃいに。よくおいでくださいましたは、事前に母親から教わっていたはずなのに、うまく言えなかったようだ。舌がもつれて、言葉が団子になる。そこが可愛い。それが可愛い。なんとも言えず、可愛い、と、わたしは思わず小さな体に震いつきたくなる。噎せ返りそうになるほど、甘い匂いのする体。ぱんぱんに張った、いじらしい太もも。

「はい、どうもありがとう。おじゃましますね」

「いらっちゃい、いらっちゃい、ママ、みうきちゃん来たよ」

「来たよ、じゃないでしょ。おいでくださった、でしょ。ようこそ、おいでくださいました。ありがとうございますって言わないと」

「そんな堅苦しいこと、言わなくていいの。来たよでいいのよ。だって、家族なんだもん、ね、睦美ちゃん、そうだもんね」

　姪の頭を撫でたあと、わたしはまっすぐに、キッチンにいる志穂美ちゃんの方へ近づいていって、彼女の腕に抱かれている赤ん坊に挨拶をする。

「こんにちは、菜々美ちゃん。はじめまして、みずきおばちゃんです。菜々美ちゃん、菜々美ちゃん、こんにちは、聞こえますか？……」

我知らず甘い声で、何度も何度も呼びかけてしまう。爪が生えているのかいないのか、はっきりわからないような小さな手を握って、でも、まったく力は入れないで上下に動かす。すると、赤ちゃんは、思いがけず強い力で、握り返してくれる。マシュマロみたいに柔らかい、ピンク色をした手のひら。

「不思議よね。この子ね、普通は、知らない人に声をかけられると、泣き出したり、いやがったりするんだけど、やっぱり、みずきちゃんのことは、わかるのかなぁ」

わたしはすっかり脂下がり、いい気分になり、調子に乗って話しかける。

「はい、わかるんですよね、菜々美ちゃんは、とってもいい子だから。わたし、あなたのパパのお姉さんですよ」

「抱っこしてみる？　よかったら、どうぞ」

志穂美ちゃんから差し出された赤ん坊を、ためらいがちに受け取って、おそるおそる、わたしは抱っこする。軽い。あまりにも軽い。衝撃的なまでの軽さだ。生まれたばかりの命は、こんなにも軽いのか、と、大発見でもしたように驚いてしまう。

「可愛いね、可愛いね、いい子ね、とってもいい子。菜々美ちゃんはいい子。大きくなったらなんになるの？」

ふにゃふにゃした海草みたいな髪の毛も、でっぱってごつごつした後頭部も、ぷくぷくした腕や、段々の入っている足も、足の裏も、何もかもが、愛らしい。まるでミニチュアのお相撲さんのよう。わたしが思っていることと同じことを、目を細めて、志穂美ちゃんが言う。

「なんだか、力士みたいでしょ、この子」

「頭も禿げてて、うちのおばあちゃんみたい」

「菜々美ちゃんは、禿げちゃびんさんだ」

「禿げちゃびんのお相撲さん」

「あんまんみたい？」

「肉まんでしょう？　頭から湯気が出てるよ」

「うんうん、豚まんだ、菜々美ちゃんは豚まんさん。頭に辛子、つけちゃおうかなぁ」

いつのまにか「可愛い」が形を変えて、悪口みたいになってきている。けれどもそれは、可愛くて、可愛くて、たまらないという気持ちの表れに、ほかならない。わたしにも義妹にも、そのことがよくわかっている。

そうして、最初は軽いと感じていた赤ちゃんが、次第に、重くなってきていることに気づく。重いだけじゃない。最初はほかほかとあたたかい感じだったのに、今はなんだか熱いくらいになっている。いつのまにか、わたしは汗びっしょりになっている。そのことが、嬉しい。わくわくする。単純に、嬉しいとしか言いようのない喜び。たとえば、生きていることの喜び、と言いたくなるような。それはおそらく、生きている者が生きている者に与えることのできる、最大かつ最高の喜びなのではないだろうか。

幼い姉妹がふたり寄り添って昼寝を貪っているあいだに、互いの近況報告をし合った。

「仕事はどう？　図書館、繁盛してる？」

「うちは零細だから、貧乏暇なし」

志穂美ちゃんとわたしは、義理の姉妹というよりもむしろ親友同士のような間柄だ。弟に引き合わされた頃から、互いを「志穂美ちゃん」「みずきちゃん」と呼び合ってきた。年もひとつしか違わない。妹とは名ばかりで、志穂美ちゃんの方が上。

「ねえ、志穂美ちゃん、しばらく見ないうちに、なんだかまた、ひとまわりほど、痩せたんじゃない？」

何気なく、わたしがそう言うと、志穂美ちゃんは自分の手の甲を見つめながら答えた。

「そう？　きっと、ごはんを食べるのを忘れちゃうからだね」

「えっ、忘れちゃうの？」

「だって、上の子に食べさせて、下の子にお乳飲ませて、おしめを換えて、また食べさせて飲ませて出させて、でしょう。そうやって四六時中、せっせと飲ませたり食べさせたりしてるから、つい、自分が食べるのを忘れてしまってるのよね」

「そうなんだ……」

わたしはため息をついた。「大変ねぇ」という意味のため息ではなくて、「すごいなぁ」という感嘆のため息。わたしに、できるだろうか？　自問して、自答した。できないだろうな、わたしには。したくても、できないだろう。どうして？　その答えはわかっていたけれど、わかり切っていたけれど、咄嗟にわからないふりをした。

わたしの胸の内など、知るはずもない志穂美ちゃんがくすっと笑った。

「知ってる？　赤ちゃんの唇ってね、おっぱいを飲む時の形のままになってるの。形状記憶っていうんだったかな。生き残っていくための野性の力みたいなもの？　昔はそれくらいのたくましさがないと、サバイブできなかったんだろうね、きっと」

「志穂美ちゃんもずいぶんたくましくなったよ。睦美ちゃんの時と違って。堂々としてる」

彼女は声を上げて、笑った。

「それを言うなら、ずぼらになったって、言ってくれていいよ」

確かに志穂美ちゃんは、上の子が赤ん坊だった頃、おむつを換えたあとはお尻を丁寧に消毒し、お乳を飲ませる前には自分の乳首を消毒していたし、ちょっとでも泣くと抱っこして、懸命にあやしていたけれど、ふたり目の赤ん坊に対しては、そこまで神経質になっていないように見える。「母親」が板についてきた感じがする。お化粧もしていないし、肌には日焼けによる染みも見え隠れしているし、髪の毛は素っ気なく引っ詰めてあるだけだし、動きやすさを考慮してなのか、恰好はジャージーのトレーナーとレギンス。もしかしたら、痩せているのではなくて、やつれているのかもしれない。わたしの目には、そんな志穂美ちゃんが美しく、神々しく、近づきがたい存在のように思えてならない。この人は、わたしにはできないことを、やってのけている。わたしには、できないことを——

したくても、わたしには、できないことを——

したくても？

「よかったら、泊まっていったら？　月曜、図書館休みでしょ。夏樹くんは今夜、十時過ぎにはもどってくると思うから、せっかくだから、会っていけば？　夏ちゃんも喜ぶと思うよ。久しぶりでしょ？」

義理の妹の誘いを辞して、ひとり暮らしの家にもどっていく、帰り道。

わたしはくり返し、くり返し、巻きもどしては、思い出していた。

背中に赤ん坊をおぶって、夕飯の下ごしらえをしながら、上の子のためにお風呂の準備を進めていた志穂美ちゃんの、尖った肩。何か訴えたいことがあったのか、全身をまっ赤にして、体中で泣いている赤ん坊を「よしよし、大丈夫。いい子だから、もうちょっと待っててね。これ終わったらお乳あげるから」とあやしながら、わたしに向かって「赤ちゃんはさ、まっ赤になって泣くから、赤ちゃんっていうのよね」と、微笑んでみせた志穂美ちゃんの瞳。何かいたずらめいたことをして、おもちゃを壊してしまった上の子を叱りもしないで、言葉を荒らげもしないで、優しく「大切にしなきゃね。あとで直そうね」と言い聞かせていた志穂美ちゃんの、額に浮かんでいた汗の玉。

わたしには、できないことばかりだった。

いとまを告げる少し前に、赤ん坊をお風呂に入れるのを手伝わせてもらった。志穂美ちゃんが「やってみる?」と言ってくれた。キッチンの床の上にふかふかのバスタオルを敷いて、陶器でできた赤ちゃん用の湯船を置き、ほどよくあたためたお湯を張り、ゆっくり、ゆっくり、少しずつ、少しずつ、赤ちゃんの体をお湯のなかに沈めてゆく。「いい気持ちですね——とってもとってもいい気持ちですねー」と、声をかけながら。お湯からちょこんと出ている肩と首のあたりに、わたしが手ですくったお湯をそっとかけてあげると、赤ちゃんは唇をきゅっと前に突き出して、「ほぉっ」というような顔をした。

「あ、また、その顔。なんだかおじさんみたいでしょ」

「『いい湯だなぁ』って、まるで温泉に浸かって、大満足しているおじいちゃんそのもの」

「菜々美ちゃん、どうする？　いきなりおじいちゃんにされちゃったね」

志穂美ちゃんとふたり、笑い合った。上の子が「むっちゃんもお湯、かけてあげる」と言って、わたしたちはかわるがわる、小さな体に、お湯をかけてあげた。お湯と湯気を隠れ蓑にして、わたしは泣いた。今なら、泣いても、誰にも気づかれないだろうと思って、好きなだけ、涙を流した。ぽろぽろぽろぽろぽろ、涙をこぼした。「気持ちいいですねーああ、いい気持ちですねー」と、つぶやきながら。

あの時、わたしは、明典さんの赤ん坊のことを考えていた。明典さんと奥さんのあいだに生まれた、明典さんの奥さんが産んだ、夫婦の赤ん坊。血管と血管が、心臓と心臓が、三人のそれらがつながっているかのような、彼らの分身。明典さんもこうやって、赤ん坊にお湯をかけてあげているのか、奥さんと一緒に。わたしにはできないことを、奥さんと一緒に、明典さんはしているのか。こんなにも無垢な存在とともに、こんなにも無垢な時間を、明典さんは過ごしているのか。これは、嫉妬なのか。嫉妬よりも激しい、嫉妬よりも苦しい、感情の渦巻きのなかで、溺れそうになりながら、わたしは思っていた。

別れなくてはならない。

きょう、わたしが弟の家で見てきたこと——志穂美ちゃんのしていたこと——はすべて、明典さんの奥さんがしていることなのだ。赤ん坊を抱き上げてあやし、おむつを取り換え、お乳をやり、背中をとんとんとんと叩いてげっぷをさせている志穂美ちゃんは、そのまま、明典さんの奥さんなのだ。神々しく見えた志穂美ちゃんは明典さんの奥さんで、生まれたばかりの赤ん坊は、明典さんと奥さんの赤ん坊。志穂美ちゃんが話してくれたことは何もかも、明典さんと奥さんが今、体験していること。

あの時も、あの時も、あの時も、朝からずっと、きのうからずっと、おとといからずっと、夏の終わりからずっと、嫉妬という名の想像に苦しめられてきた。何をしている時でも、ひとりでいる時でも、明典さんがそばにいる時でも、本を読んでいる時でさえ、わたしの耳には赤ん坊の泣き声が聞こえつづけていた。でも、もう、終わりにしよう。終わりにしなくてはならない。志穂美ちゃんがきょう、わたしを家に招待してくれたのは「終わりにしていいよ」という、神様からのメッセージだったのかもしれない。長いこと、よく持ちこたえたね。だけどもうこれ以上、がんばらなくていいよ、という。

去年の夏、ふたりで京都へ行こうと約束し、ホテルや料理屋さんの予約まで取っていたのに、急に「行けなくなった」と電話で告げられた日、明典さんはひどい風邪を引いて、熱を出していた。

――会いたいんだ、みずき。来てくれよ。そこから四十分もあれば、来られるから。

――そんな……

――来てくれよ、頼むから。

奥さんのいない家に、明典さんはわたしを呼ぼうとした。あの日、わたしが彼らの家を訪ねていたなら、今とは違ったことが起こっていたのだろうか。わたしはあの日、彼らの住んでいる家に乗り込んでいって、奥さんから明典さんを奪い取る「盗賊かもめ」になってしまえばよかったのか。「だって、愛というのはね、奪うものでしょ。好きやったら、人から奪ってでも、自分のものにしたいと思うものよ」「愛にはね、奪う喜びと奪われる喜びの、両方があるの。どちらが欠けていても、それは愛とは呼べないの」――好きな小説のなかに、そんな言葉があった。わたしの持っている本の、そのページの、角は折れている。

――あのね、みずき、マイはずっと病院と実家だから、ここにはいない。俺はここで、ひとりで暮らしている……だから、ひとりなんだよ。だから、それでも駄目かな。

おそらく、あの頃、明典さんと奥さんは別居していたのだろう。入院も、本当だったのかもしれない。けれどもその後、わたしの知らないところで、状況は変わった。奥さんは退院し、なんらかの事情によって別居は解消され、奥さんは明典さんの子どもを身籠もった。逆かもしれない。妊娠が別居を解消させた。かつて、明典さんがわたしに望んでいたことを、奥さんがやってのけた。もしかしたら、奥さんは、最初から癌などではなくて——

わたしの降りる駅が近づいてきた。いい加減にやめなさい。「もしかしたら」なんて、思っちゃ駄目。それまで考えていたことにぴしゃりと蓋をして、わたしは指先で頬のあたりを拭った。からからに乾いた涙のあとが、うすいかさぶたみたいにこびりついていた。

どんな風にして、別れよう。

電車から降りて、家までの道をとぼとぼ歩きながら、思いを巡らせていたのは、別れ方について、だった。別れの方法。別れの儀式。いい別れ。見苦しくない別れ。醜くない別れ。いっそ、醜い女になって、これでもかこれでもかといやな女になって、とことん愛想を尽かされて、別れるのがいいのだろうか。それとも、手紙を書く？　ぶあつい別れの手紙を書く？　それを残して、家を出る？　あの物語の主人公がしたように？

そこまで思い至った時、思いついた。本を渡そう、と。あの本を渡そう。ところどころ、ページの角が折れている本。わたしが折った。そのページには、明典さんに伝えたい思いが、伝えたかった思いが、伝えたいのに伝えられなかったわたしの思いが、そのまま言葉になって、確かにそこに在る。呼吸している。「わたしはここにいる」という、小さな三角形の目印の、いっぱいついた本。

　明典さんは、小説はほとんど読まない。特に恋愛小説は。フィクションは苦手だ、ピンと来ないとよく言っている。「恋愛はさ、読むものじゃなくて、するものだろ？」——だから、すぐに読んでくれなくてもいい。すぐに理解してくれなくてもいい。でもいつか、きっと、ふとした時に気まぐれに開いてみた時、角の折れているページに気づいて、思わず読んでしまった時、明典さんの胸に、言葉が矢のように、命中してくれたらそれでいい、と、思った。短い年月だったけれど、わたしがかつてあなたのすぐそばにいて、あなたをこんなにも好きだったということを、ふと思い出してくれたら、それでいい。これ以上に、これ以外に、わたしが彼に対して、望むことがあるだろうか。

　わたしがまだ、明典さんと知り合う前に、家庭のある人とつきあっていた友だちが言っていた。

「みずき、これだけは覚えておくといいよ。不倫はね、悲しいことが多いけど、ひとつだけ、いいこともあるの」

　それは、彼女によれば「別れたくなったら、簡単に切れる。気持ちいいくらいに、すっぱりとね」ということだった。

「ほんとなの？」

問い返すと、彼女は乾いた声で笑った。

「だって、そうでしょ。相手には奥さんと子どもがいるんだもん。別れますと言われたら、何も言い返せない。ぐうの音も出ない。手も足も出ない。きれいさっぱりおさらばよ。こっちから捨ててやればいいの」

彼女はあの時、別れを決意していたのだろうか。今のわたしと同じように。

「おお、みずきか。元気か？　悪いねぇ、このところ、本社での仕事やら接待やら、野暮用が鮨詰めでさ、なかなかゆっくりとそっちに帰れないんだ。ごめんな」

優しい声だった。

電話に出た明典さんは、いつもよりも、優しい雰囲気をまとっていた。謝る言葉はどこか、弾んでいるようにさえ聞こえた。それはそうだろう、あんなにも欲しかった子どもが生まれたのだ。嬉しくて当然、幸せで当然、だからわたしにも、限りなく優しくできるのだろう。優しさなのか、哀れみなのか、わからないけれど。もしかしたら、役に立たなくなって、不要になって、捨てようと思っている者への同情なのかもしれない。

あっさりと、わたしは切り出した。

「お願いがあるんだけど、クリスマスイブに、もどってきて欲しいの。イブの夜、一緒に食事がしたいの。前に連れていってもらったことのあるイタリアン、『gigi』で。駄目だったら、二十三日でも、二十五日でもいい」

「……クリスマスか……」

途端に、声のトーンが落ちた。嘘のつけない人なのだ。本音を隠せない人なのだ。赤ん坊にとって初めてのクリスマス。家族三人で過ごしたいに決まっている。

「わかってる。駄目でもともとってことで、お店、予約しておくから。来られそうになかったら、キャンセルしてくれていいから。そうなったらわたし、誰か別の人を誘って食事に行くから、ね、お願いね」

半ば強引に話をまとめて、電話を切った。

三分後、明典さんから電話がかかってきた。その三分間に、明典さんがめまぐるしく思いを巡らせていたことが、手に取るようにわかった。

「さっきはごめん。スケジュールを調整して、なるべく行くようにする。なんとかする。だけど……」

「だけど？」

「何かあったのか、いやなことでも。仕事場で？」

「どうして？」

逆に問い返すと、明典さんは一瞬だけ、言葉に詰まった。

「あ、いや、どうしてって言われても、理由はないんだけど、なんだか、みずきが」

「いつもと違う？　聞き分けのいい子じゃない？」

「そういうわけじゃない。いや、わかった。わかりました。クリスマスイブだな。なるべく早く帰れるように、店に参上できるように、当方鋭意努力いたします」

最後はいつもの快活な明典さんにもどって、電話は終わった。かわいそうに、と、わたしは思った。かわいそうな明典さん。子どもができて、嬉しくてたまらなくて、でもわたしとはその喜びを分かち合えないし、わたしをどう扱ったらいいのか、ふたりの関係をどうすればいいのか、途方に暮れている。

大丈夫よ、と、わたしは気丈に言い聞かせた。明典さんと自分の両方に。もう少しで、あなたたちを解放してあげる。このことから。この幸福とこの不幸から。

十二月二十四日。その日の仕事を終え、表玄関の鍵を掛けた直後に、まるで「待ってました」と言いたげに携帯電話が鳴った。第一声は案の定、

「みずき、悪い……」

だった。わたしは一気に言った。「待ってました」と言いたげに。

「大丈夫よ。わたしのことなら気にしないで。今夜もこれからも大丈夫。今まで黙ってて、最後まで困らせるようなことして、わたしの方こそごめんなさい。あのね、この電話を、最後にしましょう。さようなら、今まですごく楽しかった。ありがとう」

「…………」

なぜだ、とも、どうしてだ、とも、明典さんは、言わなかった。何も言わなかったことで、決定的になったものがあった。明典さんはやはり、知っていたのだと思った。わたしが知っているということを、彼は知っていた。いつから知っていたのか。いつ、気づいたのか。でももう、そんなことはどうでもいい。

「ひとつだけ、お願いがあるの」

何度も練習してきた台詞を暗誦するようにして、淀みなくすらすらと、わたしは言った。

渡したい本がある。いつか、読んで欲しい本がある。それを今夜、今から「友だちと」食事に出かける、gigiに預けておくから、いつでもいいから、お店まで、取りに行って欲しい。本は返さなくていい、読んでも読まなくても、連絡も報告もしなくていい、と。

送るのではなくて、わざわざ取りに行ってもらうことが、わたしの小さな意地のようなものなのかもしれなかった。みみっちい意地だと思った。笑ってやりたくなった。心のかたすみには「なんでわざわざ、俺が取りに行かなきゃならないんだ。そんなもの、うちに置いとけばいいだろ?」と返されたなら、もしかしたらわたしたちは、別れないでいられるのかもしれない、そんな小さな小さな未練があったのも、事実だ。

「わかった。取りに行くよ」

未練は消えた。あっけなく、儚い芽はつぶされた。終わった。終わらせることができた。これでいい。

「その本、返さなくていいんだな? 借りたままでいいんだな?」

「そう、返さなくていいの。ずっと、持ってて」

「それがみずきの出した最終的な答えなんだな」

それがわたしの答えだった。たどり着いた場所。行き着いた地点。

おそらく、明典さんの解釈は、間違っていたはずだ。明典さんは、わたしとのつながりを残しておくために「借りたまま」と言ってくれたのだろう。わたしの気持ちは、正反対だった。貸し出されたまま、二度ともどってこない本。わたしは、わたしの恋を、そのような本にしたいと思っていた。本は持ち主を失い、図書館を忘れ、書棚からもラベルからもバーコードからも解放されて、自由になる。わたしのもとへも、どこへも、もどってこなくていい。

思い出の店で、クリスマスイブに、わたしはたったひとりで食事をした。ひとり分をキャンセルしたにもかかわらず、お店の人たちはわたしをあたたかく迎え入れ、大切に丁寧に扱ってくれた。ひとりでも、寂しくなかった。音楽がわたしを包んでくれた。店の奥にある温室のようなスペースを開放して、その夜、ジャズのライブが催されていた。ニューヨークからやってきたトリオで、女性ピアニストは、及部(およべ)恭子(きょうこ)さんという人。ラストは、『We will meet again』というタイトルの曲。ビル・エヴァンスにも同じタイトルの曲があったと記憶しているけれど、彼女の弾いた曲は、彼女のオリジナルだった。

　また、会えるよね、わたしたち。

明典さん、またいつか、どこかで会えるよね、わたしたち。

記憶のなかで、日々よみがえる記憶のなかで、わたしたち、何度でも何度でも、きっと、また会えるよね。

　恭子さんの指先から、そんな歌が聞こえてくるようだった。わたしの言葉のようでもあり、恭子さんの詩のようでもあり、ピアノの囁き声のようでもあった。

　店の外に出ると、風が吹いていた。

　ワインの酔いを醒ますにはちょうどいい、ひんやりしているけれど柔らかな、師走の風。あの日も吹いていた、と、わたしは思い出す。この店で食事をして、京都へ行こうと誘われたあの夜の風は、強かった。びゅんびゅん吹いて、わたしたちを寄り添わせてくれた。あの日、あの夜、わたしの隣には、明典さんがいた。

今はいない。彼はいない。風が吹いている。風だけが吹いている。誰もいない。わたしたち以外には、誰も。ここは、ふたりだけの島なのだ。

――行ってきます。

――行ってらっしゃい。早くもどってきてね。

――わかってるよ。言われなくても、すぐにもどってくるよ。

――駄目。今夜はどこへも行かないで、ここにいて。

――どこへも行かないよ。ここにいる。

風が、無人島で交わされた会話を運んでくる。

解　説

村山由佳

〈この作品を通して、いちばん訴えたかったのは何ですか〉

一作書きあげた後のインタビューで、そう訊かれることがままある。

そういうのは読んだ人が自由に受け止めてくれればいいんじゃないですか、などと、うっかり本音で答えたりすると気まずい感じで話が終わってしまうので、こちらとしても何かしらそれらしい返事をひねり出すか、さりげなく話をすり替えるかして切り抜けるのだけれど、あれは正直とても困る。

作家は、必ずしも自作を通して何か大切なことを訴えたいから小説を書くわけではない。小説は道徳の教科書ではない。ミステリ作家が殺人事件を書いたからといって人殺し万歳と唱えたいわけでないのと同じように、恋愛作家が不倫の恋を描いたからといって、道ならぬ恋を推奨しているわけではない。

書こうとしているのはただ、そこに厳然とある純度の高い想いだけだ。持てる言葉を駆使して、のっぴきならない想いそのものをどれだけ生のままの姿で描出できるかということに、どうしようもなく惹かれるから、書く。

おそらく本作の書き手もそうなのだろう。

〈男の狡さ〉を書ける作家はいる。しかし〈男の狡さを知りながら愛し抜く女の哀しさ〉まで書ききることのできる作家はめったにいない。

小手鞠るいはまぎれもなく、その最も優れた一人だ。

エネルギッシュな書き手である。膨大な著作の中には、大人の小説もあれば、ヤングアダルトや児童書もある。伝記もノンフィクションも、翻訳書も詩集もある。これだけ書いて書いて書いて、どうして筆が荒れないのか不思議でならないが、著者の作品を一作でも手にしたことのある読者ならご存じの通り、文章の純度はどこまでも高く保たれ、過激で透明で美しい。

本作の主人公は二人――そう見せかけてじつは一人かもしれないのだが、とりあえず二人としておこう。

一方の杏子（＝あんず）は、あっけらかんとにぎやかな女だ。関西言葉を駆使して、たくさんのことをこちらに話しかけてくる。相手の男・幹広（＝ミッキー）は体育教師。大きな体はたくましく、杏子に言わせるとクマさんのようだ。食事の仕度をしていても、一旦果てた後も、貪るようにくり返し抱かれた杏子はやがて疲れきって丸くなるが、深夜、幹広はそっと寝床を抜け出す。息を殺して眠ったふりをしている杏子を残し、妻子を持つ男は自分の家へと帰ってゆく。

もう一方のみずきは、ひとり静かに本を読み、自分の好きなものを挙げてゆくことでこの世界を語ろうとする。紫陽花が生い茂る借家に暮らす彼女は、図書館の責任者として働くかたわら、やはり妻ある男・明典を待ち続ける。近所の子どもたちから懐かれるほど日常に溶け込んでいる彼が、「これから行く」と言わず「帰る」と言ってくれるのが、みずきは嬉しい。病弱な妻の存在を、できるだけ意識の外に置くことで、彼女は愛する男との時間を守ろうとしている。

物語はこの二人の女たちそれぞれを語り手として、交互に進んでゆく。あっけらかんとした杏子の恋が必ずしもあっけらかんと進むわけではないし、物静かなみずきの想いがまったく波立たないわけでもない。笑って強がってみせるにせよ、黙って呑み込んでしまうにせよ、女たちの胸の内側にはそのつど嵐が吹き荒れる。

すでに誰かのものである男を愛するのは苦しい。賢い女であればあるほど、いつか必ずやってくるであろう終わりの時がまぶたの裏にちらついて、それでも男を責めずにいようとすれば自らが修羅を抱えるしかなくなる。

だったら、と世間の多くの人は言うだろう。だったら初めからそんな恋などしなければいい。美々しい言葉で飾ってみたところで不倫は不倫、モラルも法も踏み外し、周囲の全員を不幸にするとわかっているのになぜ踏みとどまれないのか、情けない……。

いや、まったくもって正しい。正し過ぎて当たり前のことなので、それくらいは誰でもわかっている。

しかしそれでも人は、ある時ふとした弾みで引力に抗えず穴に落ちてしまうことがあり得るのだ。自分はない、絶対にあり得ない、と言い切る人のまわりには、たまたまこれまで穴がなかっただけのことだろう。もちろん過ちを犯すまいと踏みとどまる心は尊いけれど、不倫に限らず、わずかでも道を踏み外してしまった人の弱さや孤独や哀しさをまるで魔女狩りのように指さし糾弾することができるほど、私たちは皆えらいのだろうか。

〈正しいかどうか〉の観点から本作を眺めるならば、杏子やみずきの生き方などあきれるばかりだ。ましてや、家庭のある身で彼女らをふりまわす男たちに至っては、ただただ狡い人間でしかなくなる。

そう、幹広も明典も確かに狡い。が、保身に走る男たちにもそれぞれに、女たちへの愛はあり、優しさもあり、彼らなりの誠実さだってないわけではない。妻への誠実は、意に反して愛人への不誠実となり、逆もまたしかりだ。

また一方、その狡さを許すことで自らの幸せを少しでも延命しようとする女たちだって、そうとう狡い。杏子もみずきも自分の狡さをいやというほど知っているし、妻と愛人を同じ秤では量れないこともわかっている。家庭や夫婦生活というものは愛があってもなくても持続させることが可能だが、恋愛のほうは愛だけがあっても続かず、愛がなければもっと続かないからだ。

杏子は言う。

——愛というのはね、奪うものでしょ。好きやったら、人から奪ってでも、自分のものにしたいと思うものよ。甘いきれいな薄紙に、幾重にもくるまれている愛情から、その薄紙をどんどんどんどん剝いでいけば、最後に残っているのは「盗賊かもめ」よ。

法の領域は別として、本来ならば当事者以外の誰一人、誰かの過ちを糾弾することなどできはしない。そもそも世の中は、善と悪とにきれいに分けられるものではない。

優れた小説を読むと、そのことがすんなり胸に落ちる。

自分とは似ても似つかない登場人物の心情や行動を、善悪や好悪はひとまず横に置いて読み進める。できるだけフラットに、〈もしかしたら私も〉〈あのときひとつ間違えば〉といった具合に、自らの中にある弱さや脆さに引き比べて想像してみると、知らなかった景色が見えてくる。物語と出会うとはすなわち、未知の人生と出会うことと同義なのだ。

作中、本をこよなく大切にしているみずきが、物語世界への愛着について語る言葉が、ひとつ残らず、現実に素晴らしい物語を生み出してきた作家たちと本を愛し続ける人々への賛歌にもなっていることには、しみじみと胸が熱くなった。

――砂漠のように乾いた人生よりも、涙で潤っている人生をわたしは選ぶ。

――恋には闇がつきものなんです。闇のない恋は、恋とは言えない。

――愛とは、決して難しいものではないんです。手に入れにくいものでもないんです。愛とはただ、片方が死ぬまで、もう片方がそばにいること。

――人が潔く、本気で切り捨てたものは、あとでまったく別のいい形になって、もどってくるよ。

――どんなに愛し合っていても、ふたりのうち片方が「終わりや」と思ったら、その関係は、終わりなんやね。

惜しげもなく繰り出される警句と箴言にぐいぐいと引っぱられるようにして読み進めてゆくうちに、読者は、奇妙な感覚に戸惑うはずだ。まったく別のところで綴られていたはずの杏子とみずきの物語が途中、ふっ、ふっ、と交叉し合う瞬間が現れる。

二つの〈無人島〉が重なり、二人の女が離れてはまた近づく。虚構が現実へ向けて差し出され、現実が虚構をまるごと受け止める。

ほとんどアクロバットに等しいそれらが筆者の筆によってどれほど鮮やかなかたちで為されるかについては、もったいないからここでは詳しく触れずにおくけれど、最後の最後、みずきが取った行動によって、二人の女たちの人生はある意味ひとつになる。二人と見せかけてじつは一人かもしれない、と書いたのはそういう意味だ。

ちなみに本作は、単行本での発表当時は『誰もいない』というタイトルだった。

たとえ誰もいなくなっても、交わされ綴られた言葉は残ってゆく。

作者の初期の代表作に『欲しいのは、あなただけ』という小説があるが、それを踏襲するならば、「残るのは、言葉だけ」となるだろうか。

そういえばあの作品の主人公の名前は「かもめ」だった。本作を読みながら、気づいてはっとした人もいるのではないだろうか。

『美しい心臓』という作品に寄せた文章の中に、私は以前、こう書いた。

「ふと思い起こしたのは、『シェルタリング・スカイ』の作家ポール・ボウルズだ。彼が描いたのは、旅の途上で異文化との境界線を踏み越えたまま、こちら側へ戻れなくなってしまう人々だった。だが、ある意味、小手鞠氏が描き続けているのもまた、恋愛という狂気の向こう側へ行ってしまったまま戻れなくなった人々ではないだろうか。しかも彼女たちは、知らずに踏み越えてしまうのではない。そこに境界線が、あるいは深いクレバスが、あるとわかっていてなお、自らの意思で一歩を踏みだすのだ」

「いつも思うことだけれど、この作者の小説には中毒性がある。寄せては返す波のような文章にせつなく狂おしく翻弄されるうち、いつしかその甘い苦痛がもっと欲しくなってゆく」

この時の感想は、今も変わっていない。恋愛という狂気の向こう側。境界線を踏み越える意思を持った者だけが知る、甘くて苦い毒を、あるいは涙を――小手鞠るいはその筆の先からとめどなく滴らせ、作品を生み続けている。

――作家

この作品は二〇一二年十月小社より刊行された
『誰もいない』を改題したものです。

幸福の一部である不幸を抱いて

小手鞠るい

令和2年4月10日　初版発行

発行人――石原正康
編集人――高部真人
発行所――株式会社幻冬舎
〒151-0051東京都渋谷区千駄ヶ谷4-9-7
電話　03(5411)6222(営業)
　　　03(5411)6211(編集)
　　振替00120-8-767643
印刷・製本―中央精版印刷株式会社
装丁者――高橋雅之

幻冬舎文庫

ISBN978-4-344-42963-5　C0193　こ-22-3

幻冬舎ホームページアドレス　https://www.gentosha.co.jp/
この本に関するご意見・ご感想をメールでお寄せいただく場合は、
comment@gentosha.co.jpまで。